INSTRUME

En quelques phrases une f
ricaine, écrivain, divorcée
peu impudente. Elle s'appe_____
appeler Nada.

Nada a entrepris d'écrire un récit à partir d'un fait divers ancien :
l'histoire de Barbe Durand, une jeune servante française mise à
mort en 1712 pour avoir dissimulé sa grossesse puis fait disparaître
l'enfant qu'elle avait eu de relations forcées avec son patron.

En même temps, par bribes et fragments, Nada confie à son
journal l'histoire de sa propre enfance dans une famille catholique qu'ont disloquée la déchéance alcoolique du père et le nau-
frage d'une mère dont la carrière de violoniste a été brisée par ce
mariage, par des fausses couches et des hurlements de bébés.

Très vite, l'imaginaire impose son autorité au réel... Nada
raconte au présent l'histoire de Barbe et rédige au passé la relation
du présent. Mieux encore, on la voit emprunter à son entourage les
caractères de son récit, en même temps que les événements de
celui-ci investissent sa vie au point de la bouleverser.

Ce texte unique, violent, sombre et tendre, ne peut être comparé qu'à une composition musicale dont les mouvements
déploient toute leur diaprure sous les effets l'un de l'autre.

Instruments des ténèbres a été récompensé par les lecteurs à
deux reprises, par le prix Goncourt des lycéens 1996 et le prix du
Livre Inter 1997.

NANCY HUSTON

*Nancy Huston, romancière et essayiste, vit à Paris. Chez Actes Sud
sont déjà parus :* Cantique des plaines *(1993 et Babel n° 142),* Les
Variations Goldberg *(Babel n° 101),* La Virevolte *(1994 et
Babel n° 212),* Tombeau de Romain Gary *(1995) et* Désirs et Réalités *(1996).*

DU MÊME AUTEUR

Romans

LES VARIATIONS GOLDBERG, ROMANCE, Seuil, 1981 (prix Contre-point) ; Babel n° 101.

HISTOIRE D'OMAYA, Seuil, 1985.

TROIS FOIS SEPTEMBRE, Seuil, 1989.

CANTIQUE DES PLAINES, Actes Sud / Leméac, 1993 (Grand Prix du Gouverneur général, Canada) ; Babel n° 142.

LA VIREVOLTE, Actes Sud / Leméac, 1994 ; Babel n° 212.

Livres pour enfants

VÉRA VEUT LA VÉRITÉ, Ecole des Loisirs, 1992 (avec Léa).

DORA DEMANDE DES DÉTAILS, Ecole des Loisirs, 1993 (avec Léa).

Essais

JOUER AU PAPA ET A L'AMANT : DE L'AMOUR DES PETITES FILLES, Ramsay, 1979.

DIRE ET INTERDIRE : ÉLÉMENTS DE JUROLOGIE, Payot, 1980 (prix Binet-Sangle de l'Académie française).

MOSAÏQUE DE LA PORNOGRAPHIE : MARIE-THÉRÈSE ET LES AUTRES, Denoël, 1982.

A L'AMOUR COMME A LA GUERRE, CORRESPONDANCE, Seuil, 1984 (en collaboration avec Samuel Kinser).

LETTRES PARISIENNES : AUTOPSIE DE L'EXIL, Bernard Barrault, 1986 (en collaboration avec Leïla Sebbar).

JOURNAL DE LA CRÉATION, Seuil, 1990.

TOMBEAU DE ROMAIN GARY, Actes Sud / Leméac, 1995.

DÉSIRS ET RÉALITÉS, Leméac / Actes Sud, 1996.

INSTRUMENTS DES TÉNÈBRES

Collection dirigée par Sabine Wespieser et Hubert Nyssen

© ACTES SUD, 1996
ISBN 2-7427-1454-5

Illustration de couverture :
Les Lavandières ou *Laveuses de nuit* in *Légendes rustiques*,
dessin de Maurice Sand
Fonds patrimoniaux de la médiathèque d'Arles (RC6)

NANCY HUSTON

INSTRUMENTS DES TÉNÈBRES

roman

BABEL

Plusieurs épisodes de la "Sonate de la Résurrection" ont été inspirés par des faits réels que relate André Alabergère dans Au temps des laboureurs en Berry, *Edition Cercle généalogique du Haut-Berry, 1993.*

à Ethel Gorham,
diable gardien

... Mais c'est étrange,
Et souvent, pour nous entraîner à notre perte,
Les instruments des ténèbres nous disent vrai ;
Nous gagnent avec d'honnêtes vétilles, pour mieux
Nous trahir en profondeur.

SHAKESPEARE, *Macbeth.*

L'esprit est un monde à lui tout seul ; il sait
Transmuer l'Enfer en Ciel, et le Ciel en Enfer.

JOHN MILTON, *Le Paradis perdu.*

Rien ne peut
Eteindre l'esprit, si l'esprit veut être lui-même
Et le centre de tout le reste ; il est fait
Pour vaciller.

BYRON, *Caïn.*

C'est la même vie.

JOHN BERGER

LE CARNET *SCORDATURA*

Fin de l'été. Je note cela. Mais ajoute aussitôt : la nature, je m'en fous éperdument, je n'ai jamais collectionné de feuilles, même pas étant enfant, même pas de cailloux – qu'on se trouve au printemps ou en automne ou en hiver m'est parfaitement égal, le miracle de la vie ne me touche pas, la vie qui bourgeonne, évolue, explose et change, les boutons de fleur qui enflent et éclosent, ces choses me laissent froide (alors que je ne suis pas une femme froide, pas frigide, non, loin de là). J'ai toujours eu du mal à comprendre que les gens aiment faire du jardinage, qu'ils trouvent passionnant de se raconter que leurs tomates poussent, ou de s'exclamer sur les fleurs, les fleurs, chaque année les mêmes... Les hortensias, par exemple.

Les hortensias, ces grosses houppes vulgaires en couleurs pastel, figurent tout en haut du palmarès de ma haine. Les gens qui s'extasient devant les hortensias viennent juste après.

Non, j'exagère (j'ai un penchant prononcé pour l'exagération) : en fait il y a des choses que je hais encore plus, la haine est une de mes grandes et belles spécialités intimes, mon cœur renferme toute une université qui n'enseigne que la haine, propose des séminaires en haine avancée, distribue des doctorats en haine.

Tout de même, je suis polie. Quand les femmes du voisinage me montrent en soupirant fièrement leurs nuages bleus et roses d'hortensias, je ne les gifle pas.

Je n'ai jamais voulu connaître les noms des plantes, des fleurs, des arbres : c'est dérisoire, un jeu. D'abord on leur invente des noms et ensuite on met à l'épreuve notre connaissance de ces noms, ils n'ont pas de noms, alors pourquoi faire semblant ?

La nature est muette.

C'est moi qui nomme.

(Je me suis moi-même nommée, ou plutôt renommée. Mes parents m'avaient appelée Nadia et quand il m'est devenu clair que *I*, le je, n'existait pas, je l'ai éliminé. Dorénavant mon nom, mon petit nom, mon nom de plume, mon seul nom restant, c'est : Nada. Le néant. L'initiale N m'enchante au plus haut point. Selon certain auteur français du siècle dernier, ce phonème est singulièrement apte à exprimer des idées de négation, d'anéantissement et de nihilisme, et j'ai tendance – *Nil Nul Nix Niet* – à lui donner raison. L'auteur en question s'appelait Nodier.)

Même ici, dans cette chère maison à bardeaux où je me réfugie quand les sirènes hurlantes de

Manhattan me lacèrent trop les nerfs, je ne m'empare pas d'un panier, comme le font les autres femmes, pour aller à la cueillette des mûres. Le fait qu'elles soient mûres fin août plutôt que début février me laisse de glace.

Les gens font tant de tintouin autour de choses arbitraires. Et ensuite ces détails sans pertinence se mettent à prendre toute la place. Date de naissance (d'où : phases de la vie, sens de la contemporanéité). Lieu de naissance (d'où : patriotisme, équipes de base-ball, guerres et *tutti quanti*). Le temps passe, certes ; c'est une des lois de la vie, cruelle et implacable. Il est passé à travers mon corps d'enfant, le transformant en un corps de femme, corps d'une stérilité militante, et il en aura bientôt fait un macchabée, je ne vois pas là de quoi se pavaner ; c'est ainsi, *amen*, la vérité plate, sinistre, sordide et sans réplique. Vérité biblique merdique. Personnellement je ne fais aucune confiance à la vérité ; il n'y a que les mensonges qui m'intéressent. Les miens, en particulier. Même enfant, j'aimais mentir ; et depuis que j'écris, le mensonge est devenu ma passion dominante.

Bientôt cinquante ans : suis-je vieille ? D'après Stella, on sait qu'on commence à vieillir quand les gens cessent de vous traiter d'"épatante" et se mettent à vous traiter de "brave" ou de "pétillante"… Mais pour le moment il me semble que ma beauté, plutôt que se faner, ne fait que s'infuser comme du bon thé, devenant chaque jour plus âpre et plus savoureuse. Combien d'hommes ont rendu visite à

13

mon corps ? (J'avais autrefois le fantasme qu'un jour toutes les verges que j'ai rencontrées se trouveraient alignées côte à côte – en pleine tumescence, bien sûr – non pour stupidement en comparer la longueur, mais pour les dénombrer, les inspecter : saurais-je reconnaître à qui était chacune ? Certaines circoncises, d'autres pas, celle-ci longue et rose, celle-là trapue et brune, une autre aux veines épaisses, une autre encore aux bourses velues et violacées… fantasme assez puéril, je le reconnais.) Combien d'hommes ? J'ai cessé de compter depuis belle lurette. Plusieurs viennent encore dans mon lit et passent sur moi, versent leur semence dans un ventre dont ils savent avec certitude qu'il ne la transformera pas subrepticement en mioche brailleur. C'est trop tard maintenant, bien sûr. Mais, toute ma vie, à l'instar des belles sorcières qui folâtraient avec Satan durant les cérémonies du sabbat noir, j'ai eu besoin de savoir que mon plaisir était stérile. Sans quoi, pas de plaisir.

Me débarrasser de mes enfants m'a affectée exactement autant que de jeter aux toilettes un scarabée trouvé sur le dos, remuant les pattes dans l'air. Une minuscule détresse ; terminé.

"Ça m'est égal" est mon opinion la plus sincère concernant le monde des humains. C'est ce que les gens ont le plus de mal à admettre. On peut afficher de l'indifférence à l'égard des jardins pourvu qu'on s'intéresse à la politique féministe, ou inversement.

Les deux sujets, tous les sujets, tout ce que mes amis me racontent en m'ouvrant leur cœur, ce qui les ronge, leur coûte de l'argent ou du sommeil… m'assomme. Ce ne sont là que des épiphénomènes. En eux-mêmes, par eux-mêmes, indifférents. Mais je ne puis le dire à mes amis : c'est le plus silencieux de mes silences, ce savoir, quand il surgit en moi au détour d'une conversation au sujet des crèches ou des logiciels d'ordinateur ou du budget de la Défense ou des conflits raciaux… Ça m'est égal.

Le monde m'est égal.

C'est une cause perdue, dépourvue de sens.

Le sens, c'est moi qui le fabrique.

Venez avec moi.

Oui (instantanément).

Je dis toujours oui à ma muse, mon beau *daimôn* invisible, la voix désincarnée qui me donne accès à l'au-delà, à l'autre monde, aux régions infernales. Les démons d'Ivan Karamazov et d'Adrian Lever-kühn m'ont toujours fait hurler de rire, surgissant comme ils le font en chair et en os, affublés de costumes trois-pièces et de pince-nez… oh non non non non ! Mon *daimôn* à moi est homme mais un homme sans corps : le seul homme qui ne m'ait jamais déçue, le seul en qui j'aie complètement confiance. On vole, tous les deux. Quand il choisit de m'emmener. C'est lui qui décide.

Volez avec moi.

Oui. Je vous crois. Oui.

On décolle. Ensemble on plane, flotte, glisse à travers une sorte d'effluence. Une substance non concrète, plus fragile qu'une toile d'araignée, plus impalpable que l'air. Un im/matériel. Il n'y a aucun effort, aucun vent, aucune résistance atmosphérique et, bien qu'on avance à toute allure, ça n'a rien à voir avec la vitesse, avec une vélocité mesurable, qu'il s'agisse de kilomètres, qu'il s'agisse d'années, peu importe, on peut le faire, on peut tout faire, voler à travers non seulement le temps mais l'espace, l'espace sans fin – oh, pas le cosmos, rien d'aussi insipide que le cosmos, non, nous ne sommes pas en train de planer parmi les constellations clinquantes des films Universal – non, c'est un vol sans vision, par-dessus océans et décennies mais sans heurt, sans bruit, sans friction ni turbulence d'aucune sorte, en juste autant de temps qu'il en faut pour le dire, le lire, le penser, pas une seconde de plus ni de moins…

Venez avec moi.

Oui… à travers la lisse légèreté aérienne…

L'ailleurs devenant *l'ici*, arrivant maintenant dans un autre continent mais qui fait encore partie de cette Terre, oui de cette même vieille planète, se dirigeant droit vers le cœur de ce continent, connu déjà sous le nom d'Europe : se dirigeant oui mais lestement, sans images, pas à la manière bête et brutale d'un avion, d'un hélicoptère, d'un zoom de caméra – non, mais à califourchon sur l'idée de se diriger, cramponnés aux mots se diriger, voilà, vers le cœur du cœur de ce continent, non seulement la France mais le centre de la France…

L'alors devenant *le maintenant*, parcourant à rebours les vieux albums photos, dont la couleur s'évanouit peu à peu pour laisser la place au noir et blanc et au sépia, fondant vers le gris, remontant plus loin, plus loin, au-delà des bords jaunes dentelés des plus vieilles photos de vos grands-parents, de vos arrière-grands-parents, les pages en pelure d'oignon déchirées selon leurs plis accidentels, plus loin encore, au-delà de l'invention de la photographie, du daguerréotype, au-delà des brumes miroitantes de la mémoire, jusqu'en l'an 1686, juste après que le Roi-Soleil eut décidé de révoquer le par trop tolérant édit de Nantes, acculant ainsi les protestants à se cacher, à se convertir ou à émigrer…

Maintenant nous sommes alors, ici nous sommes là et – vite maintenant, gros plan (on peut couvrir l'espace en un instant ou en une heure, tout est infiniment extensible et compressible, c'est nous qui sommes aux contrôles) – oui, cela commence à se produire…

Regarde, regarde.

Je regarde et, du néant, surgit une image parfaitement claire.

SONATE DE LA RÉSURRECTION

I – LA NATIVITÉ

Une bougie.

Et puis : une forêt de bougies, de tailles différentes, allumées, tremblotantes, frémissantes car dans la pièce il y a beaucoup de va-et-vient, on sent de l'angoisse dans l'air, des jupes de femmes qui bruissent autour de leurs pas rapides, efficaces, des pas de paysannes silencieuses et pressées, aux lèvres serrées, comprimées, ce n'est pas seulement l'angoisse qu'on sent dans l'air, non, c'est la mort, une odeur de mort, et toutes les quelques minutes les cris de celle qui chantait si joliment déchirent l'air, les cris de la petite Marthe Durand qui n'arrive pas à accoucher, des cris à vous figer le sang, à vous glacer le sang, mais d'elle le sang n'est ni figé ni glacé, d'elle le sang se déverse à flots, on l'a allongée sur une paillasse pour absorber ce liquide vermillon, à la lumière des bougies les femmes scrutent anxieusement le visage de la pauvre parturiente, elles savent qu'elle ne va pas y arriver, qu'elle ne s'en sortira pas, la petite bergère à la voix argentine, elle n'a que dix-sept ans et elle est trop affaiblie déjà, ses amies ont peur parce que la matrone confirmée n'a pu venir, étant elle-même malade et alitée, et aucune d'elles ne se sent l'autorité de prononcer les mots de l'ondoiement *in extremis*, il va bientôt falloir aller réveiller M. le curé…

L'une des femmes s'affaire au-dessus d'un chaudron d'eau bouillante, suspendu à la crémaillère de la cheminée, une autre tiédit à la chaleur des flammes le linge qui recevra l'enfant mais la parturiente se débat encore, lutte en hurlant de toutes ses forces contre les mains sans douceur, les mains malpropres de paysannes qui la retiennent, la restreignent – elle s'arc-boute mais les autres la plaquent sur la paillasse, il faut en finir, elles ont peur, en se détournant elles se signent, et puis, furtivement, se couvrant la bouche, murmurent des mots connus d'elles seules, des mots sans le moindre rapport avec la Vierge Marie ni avec son Fils l'Enfant Jésus, mais elles savent que, quels que soient les mots, les suppliques, les prières qu'elles pourraient prononcer, il est désormais trop tard. Raymonde la meilleure amie de Marthe lui tient la tête sur ses genoux, avec un linge elle lui caresse le visage, éponge les rigoles de sueur sur son front et dans son cou, lui parle bas tout en la caressant, lui disant Marthe, ne t'inquiète pas, tu t'en sortiras, on est là avec toi, on a toutes connu la même chose, on s'en sort, calme-toi ma chère calme-toi ma bonne amie, et pendant ce temps les autres amies s'affairent, prient, et désespèrent.

Enfin les cris de Marthe commencent à s'espacer et deviennent comme des soupirs, presque des soupirs de bonheur, oui c'est presque comme si elle fredonnait de contentement dans son sommeil – on reconnaît à nouveau, en très atténué, la voix si pure, si mélodieuse de la jeune fille – et Raymonde, tout en tenant la tête de son amie et en lui caressant le front, sent que ces soupirs prennent fin à l'exact instant où les muscles du cou se relâchent et où le poids de la tête de Marthe s'abandonne sur ses genoux.

Silence. C'est le moment. Il faut agir vite. A la dérobée, les femmes regardent la plus âgée d'entre elles : le geste lui appartient.

Et puis, oui : d'un hochement de tête, la vieille signifie à Cécile la petite sœur de Marthe de prendre ses jambes à son cou, d'aller jusqu'à Torchay chercher le père Thomas, et la petite, terrorisée, déguerpit sans même penser à prendre sa cape, malgré l'humidité glaciale et pénétrante de la nuit de novembre.

Cécile partie, la vieille femme s'installe près du ventre dénudé de la morte. La pointe du couteau effilé se glisse sous le sternum et entame sa descente, c'est tellement tendre la chair humaine, plus tendre encore que la chair d'un cochon quand on l'ouvre, lui aussi, de la poitrine jusqu'à l'aine, c'est le même geste, mais combien plus facile ici, la chair de Marthe se livre comme la plus raffinée des viandes cuite à point et servie rutilante sur la table du Roi-Soleil, la descente du couteau est donc rapide, les lèvres de chair s'écartent et le sang ruisselle ; les amies de Marthe suivent l'opération, partagées entre la fascination et l'effroi.

Brusquement la porte de la masure se rouvre, laissant s'engouffrer le vent, le curé mal réveillé et la petite Cécile, hors d'elle, pantelante.

Il n'est pas en soutane, bien entendu, le bon père Thomas, et il est de mauvaise humeur parce qu'on l'a arraché à un rêve des plus sensuels, il n'a eu le temps que de chausser ses lunettes et ses bottes et d'attraper au passage un flacon d'eau bénite, c'est les yeux encore tournés vers l'intérieur, vers les seins oniriques entre lesquels se frottait sa verge à moitié onirique, qu'il ondoie maintenant, distraitement, le fœtus que la vieille retire des entrailles du cadavre – *Ad nominem Pater et Filius et Spiritus Sanctus* – lorsque, soudain et presque à l'unisson, les femmes poussent une exclamation

il ne s'agit pas d'un enfant, non :

il s'agit de *deux* enfants ! deux, embrassés, enlacés, les membres affectueusement mêlés en une étreinte serrée, voilà pourquoi il était impossible à leur mère de les expulser par les voies naturelles, voilà pourquoi la petite bergère est morte.

Lorsqu'on parvient tout doucement à les séparer, à faire se relâcher la prise des membres les uns autour des autres, en soulevant les minuscules doigts gluants, en tirant sur les menus bras et jambes, et à sectionner les deux cordons tressés ensemble, on constate que les jumeaux sont garçon et fille. C'est la fille qui porte sur sa tête – les femmes font des petits bruits d'approbation en la nettoyant, la caressant – la précieuse membrane, la coiffe : un signe du Ciel, elle aura longue vie, belle vie, vie de chance.

On choisit les noms – de façon expéditive, afin que le curé puisse aller se recoucher, il inscrira tout cela demain dans le registre paroissial –, elle, ce sera Barbe, et lui, Barnabé. Voilà, c'est fait.

LE CARNET *SCORDATURA*

Perry Street, 13 septembre

Je dois travailler vite, plume volant sur la page,
téléphone débranché, longue mèche de cheveux
dans la bouche, lunettes me glissant sur le nez,
genoux serrés, grande tension dans les épaules : de
la con/centr/ation (tout convergeant vers le centre)
– vite, vite, avant que la putréfaction ne s'installe.
Les phrases doivent couler à travers moi sans me
toucher. Mon contact les corrompt. Ce que dit,
pense, fait mon *daimôn* est sublime, immaculé,
d'une beauté surhumaine. Dès que moi j'inter-
viens, le texte est souillé, vicié, rendu malade et
banal…

Plus tard

Ainsi voilà : vous recevrez en partage une chose
appelée le corps, qui restreindra votre liberté de
façon douloureuse, presque intolérable : dorénavant, vous ne pourrez manifester votre présence

que dans un lieu et une époque à la fois et, qui plus est, les lieux devront être géographiquement contigus et les époques reliées les unes aux autres dans une avancée inexorable.

Oh non !

Il m'a toujours semblé que les choses avaient dû se passer ainsi. Voilà la vraie punition, le vrai bannissement du vrai paradis. Nous emprisonner dans l'ici et le maintenant, comment a-t-Il osé ? Qui, Il ? Lui, quoi. Celui qui énonce la loi du réel et la déclare incontournable. Je passe mon temps non seulement à la contourner mais à danser dessus, à la piétiner, à l'écraser sous mes talons. Je lutte de toutes mes forces contre Ses décrets. Et je l'emporte. Grâce à un autre, grâce à l'Autre – qui, lui, n'est pas mon ennemi mais mon allié.

Mon fol allié.

Ou alliés. Car son nom est légion.

"Si vous ne devenez pas comme les enfants – ainsi le Fils de Dieu prévient-Il ses adeptes – vous n'entrerez pas dans le Royaume des Cieux…" Alors évitons à tout prix de devenir comme les enfants ! Faisons nôtre, au contraire, ce vœu de Walt Whitman…

Ne me quittez jamais, ô cris d'amour inassouvi
Ne me laissez jamais revenir à l'enfant paisible que je fus
Avant cette chose qu'attisa le messager, là dans la nuit,
Près de la mer sous la lune jaune affaissée :
Ce feu, ce doux enfer du dedans…

Si beau, ce doux enfer.

"Que votre parole soit Oui, Oui ; Non, Non ; tout le reste vient du Malin", dit encore Jésus. "Tout le reste", c'est la seule chose qui m'ait jamais intéressée.

Dieu a l'esprit littéral. Il déteste les métaphores, parce qu'elles vous conduisent quelque part. *Métaphore* veut dire transporter et, de même, *diaballein* veut dire jeter à travers. Le diable nous jette à travers, nous conduit d'ici jusque-là. Dieu, Lui, reste planté sur Son trône à nous fixer de Son bienveillant regard grave et vide. Avec Lui on ne peut aller que nulle part, car c'est là Son pays d'origine et Il ne veut surtout pas qu'on en bouge. Satan, en revanche, est un leader-né. Et où nous conduit-il, où nous induit-il ? En Tentation, bien sûr. Comment voudrait-on aller ailleurs ?

Dieu est Un : c'est bien pourquoi Il est assommant. Même quand Il est Trois, Il est Un. Le diable, comme chacun sait, est "l'Autre". Dieu n'a qu'une seule longue barbe pendouillante alors que le diable a deux cornes dressées (sans parler de ce qui se dresse ailleurs) – et deux visages aussi. L'un sur la tête, affichant un malin sourire, et l'autre, grimaçant, sur le derrière, que le rituel du sabbat imposait aux fidèles de baiser. Même ses sabots sont fendus !

On dit que Dieu est omniscient mais en fait Il ne sait que dalle sur les êtres humains. Il ne sait que la vérité, ce qui ne représente que la moitié de la vérité, et encore. Le diable – Prince des mensonges, Père des mensonges – est beaucoup plus savant. Il doit l'être, puisqu'il est aussi beaucoup plus faible.

(Si on est tout-puissant, à quoi bon apprendre quoi que ce soit ?) Les mots que le serpent a glissés dans l'oreille d'Eve sont la vérité, toute la vérité et rien que la vérité au sujet des êtres humains : ils aiment la bonne bouffe et ils adorent transgresser la loi.

Dieu est lumière : pure, impitoyable, aveuglante, alors que le Prince des ténèbres se nomme… Lucifer. Là encore, le diable est double, oxymoron, mariage de contraires. Fourchu et fourbe. Moi aussi j'ai besoin du dédoublement, de la duplicité. Pas de vision sans division. Je ne cesse de comparer, combiner, séduire, traduire, trahir. J'ai le cœur et le cerveau fendus, comme les sabots du Malin. Anglais, français. Oui : je suis éprise de tout ce qui est français. (Sauf le peuple.)

Alors que les contours de la sainteté sont lisses, réguliers et symétriques – longues robes ondulantes, verticalité hautaine, irradiation glorieuse –, les choses du diable sont pointues, torves et tordues, à poil et à contre-poil, culs butés comme aurait pu dire mon père dans un de ses lamentables calembours…

Daimôn, dans les bons vieux jours de la Grèce ancienne, signifiait esprit, génie, lutin – mais dès que les chrétiens s'en sont emparés, ils l'ont réduit à n'être plus que l'esprit impur. Oui c'est *l'esprit* en tant que tel qui est impur ! A bas les mots d'esprit ! Vive la spiritualité bêtasse et soupirante ! Le seul à avoir survécu à l'hécatombe était l'Esprit-Saint, pauvre baudruche tout juste bonne à engrosser les vierges. (Mon esprit à moi est tout sauf saint – c'est mon djinn, mon dragon, mon ange gardien aux mains sales, et son souffle est de feu. Oh ! j'aime-rais qu'il y ait pléthore d'esprits et de fantômes dans mon histoire.)

L'Esprit-Saint est débile. *Wit* en anglais, comme *esprit* en français, tend ses deux bras gracieux vers la sagesse *et* l'humour. Dieu n'a ni l'un ni l'autre, le diable a les deux. C'est bien pourquoi on le surnomme le Malin. Il aime les facéties, les farces, les contrepèteries. Avec lui, au moins, on rigole ! Qu'est-ce qu'une blague sans double sens ? Vous avez déjà vu Dieu ricaner ? glousser ? rejeter la tête en arrière et se fendre la patate ?

D'aucuns ont prétendu que le *daimôn* de Socrate n'était ni plus ni moins qu'un éternuement ; d'autres ont juré qu'il s'agissait d'une voix. Après avoir passé en revue de nombreux témoignages là-dessus, Plutarque écrit – oh cela m'enchante, c'est formidable : voici un homme d'il y a mille neuf cents ans, citant *un être apparu dans le rêve de quelqu'un d'autre*, Timarque, et du coup on dis-pose des mots exacts de cette créature de songe et je les recopie ici aujourd'hui, tels quels : "C'est aux âmes dociles et qui, dès le début, à la naissance, obéissent à leur propre démon, qu'appartient l'es-pèce des devins et des hommes inspirés. De ce nombre était l'âme d'Hermodore de Clazomènes, dont tu as sans doute entendu dire qu'elle abandon-nait complètement son corps pour errer nuit et jour en mainte contrée, puis qu'elle revenait, après s'être trouvée bien loin présente à beaucoup d'entretiens et d'événements (…). Or cette relation n'est pas véridique : l'âme ne sortait pas du corps, mais, comme elle obéissait toujours à son démon et relâchait son lien, elle lui donnait loisir d'aller partout à la ronde et par conséquent de voir et d'entendre au-dehors beaucoup de choses qu'il venait lui rapporter." (Plutarque, *Démon de Socrate*, 592.)

Ceci est capital. C'est aussi ce qui arrivait aux sorcières, ces femmes inspirées dont l'âme était si étonnamment docile qu'il leur suffisait de se frotter le corps d'un onguent et – pouf ! – elles s'envolaient par la cheminée sur leur balai pour aller danser, festoyer et faire l'amour jusqu'à l'aube avec de beaux diables, grands, forts et infatigables…

… et c'est aussi ce qui arrive dans un roman.

Oui mais ce roman-ci, Nada. Et en ce moment. Pourquoi ?

Je crois que c'est parce que j'ai besoin, là, maintenant, à l'âge que j'ai, plus que "le milieu du chemin", de confronter la mort de mon frère jumeau, et la catastrophe du mariage de mes parents.

La dernière chose que je souhaite, vous savez, c'est de diminuer la quantité de folie et de souffrance dans le monde.

Oui, je sais bien… Du reste, vous êtes moins cher qu'un psychanalyste : tout ce que vous me

demandez en guise de paiement, c'est mon âme.
Mon âme aux cordes tordues…

Je me souviens du jour où Stella m'expliqua la
scordatura pour la première fois. Je devais avoir
neuf ou dix ans.

— Au sens propre, me dit-elle, *scordatura* veut
dire discordance. Quand les Italiens mettent un *s* au
début d'un mot, eh bien le mot est foutu, ma chérie.
Beaucoup de compositeurs de la période baroque
s'amusaient à tripoter l'accord des violes et des vio-
lons, montant d'un ton par-ci, baissant par-là, pour
permettre au musicien de jouer des intervalles inhabituels. Tu vois ? Mais parfois les intervalles n'étaient
pas seulement inhabituels, ils étaient insensés.

Dès que Stella me dit cela, je me reconnus. "Me
voilà. L'instrument désaccordé, c'est moi." Au fond
je l'avais toujours su. Les gens avaient beau me
frôler, me triturer et me tirer dans tous les sens, ils
n'arrivaient jamais à faire sortir de moi le son qu'ils
désiraient. Des couics et des couacs. Je ne fonction-
nais pas comme les autres. Depuis quand ? Je me
poserai cette question une autre fois. Peut-être.
Scordare signifie aussi, d'après mon dictionnaire
italien, oublier.

— La *scordatura* la plus inouïe, la plus inhu-
maine de l'histoire du violon, me dit Stella, c'est
celle qu'a utilisée Heinrich Ignaz Franz von Biber
dans sa *Sonate de la Résurrection*. Voilà ce que le
violoniste doit faire…

Elle me fit la démonstration, croisant et nouant ses propres doigts boudinés.

— L'accord normal des quatre cordes, c'est : *sol, ré, la, mi*, n'est-ce pas ? Bon. Alors dans un premier temps, tu prends les deux cordes médianes et tu les croises derrière le chevalet, ensuite tu les croises encore sur le chevillier, et enfin tu abaisses la corde de *la* d'un ton à *sol*. Le résultat de cet ajustement c'est que les première et troisième cordes se retrouvent côte à côte et accordées à l'octave *(ré)*, tandis que les deuxième et quatrième cordes sont également côte à côte et accordées à l'octave *(sol)* !

Ma mère Elisa ne me parlait jamais de musique. Le plaisir qu'elle prenait à faire de la musique était une chose aussi intime et sacrée que sa croyance en Dieu ; d'une certaine façon c'était la même chose. Elle en parlait avec sa meilleure amie, et sa meilleure amie en parlait avec moi.

— Ainsi, poursuivit Stella, la musique étant notée comme si le violon était accordé normalement, le son qui sort de l'instrument n'a rien à voir avec ce qui est écrit sur la partition. On peut, par exemple, suivre sur la portée des notes qui montent tout en s'entendant jouer des notes qui descendent, ou lire un accord majeur et produire un accord mineur...

D'après Stella, le concert à Philadelphie des *Sonates sur les mystères du Rosaire* de Biber fut pour Elisa un moment d'extase pure : elle avait l'impression, par ce décalage inouï entre les notes écrites et les sons produits, de toucher à l'essence même du divin.

Alors me voilà en train d'écouter du matin au soir, tout en travaillant, les compositeurs de cette époque, Biber en particulier. Va savoir pourquoi, pour affronter ce sujet, j'ai besoin de remonter trois siècles en arrière. J'allume des bougies, fais brûler de l'encens… c'est absurde. On dirait que j'essaie de recréer l'atmosphère étouffante des messes dominicales de mon enfance. Mais la musique est si belle. Belle à pleurer. Oui. Elisa la jouait. Avant. Avec Stella. J'essaie de me rappeler… Quand elle était jeune. Avant qu'on ne la tue. Nous tous, séparément et ensemble : Jimbo, Joanna, Sammy, Stevie et ma pomme. Surtout ma pomme.

Mère, Mère… (Mais si le corps et l'âme sont si radicalement transformés, peut-on dire encore qu'il s'agisse de la même personne, peut-on lui donner le même nom ?) Aujourd'hui, "Mère" s'affaire autour de sa chambre dans une maison de repos cossue, pas loin d'ici ; je lui rends visite deux ou trois fois par an ; c'est une femme au sourire placide et au regard vitreux, qui hoche sans cesse la tête en déblatérant des platitudes…

Oh Nada, cela suffit.

Je ne sais écrire là-dessus. Ce n'est que ces jours-ci que ça commence à m'envahir, menaçant de faire s'ébouler mes défenses.

Etant l'aînée et, par-dessus le marché si j'ose dire, une fille, c'est moi qui dus assister au carnage dans la chambre parentale, fausse couche après fausse couche car mon père ne cessait de la mettre catholiquement en cloque et qu'elle s'abstenait par soumission au pape, Pie XII à l'époque, de prendre des mesures pour l'éviter, de sorte que, plus d'une fois l'an, les draps s'emplissaient de sang et aussi de ces caillots noirs veloutés et tremblotants qui avaient une vague ressemblance avec de la chair humaine, oui, plus d'une fois l'an alors que sept bouches béaient déjà autour de la table de la salle à manger.

(Ah ! n'est-ce pas que mes scarabées sont plus propres, plus secs, plus discrets ? Au moins leur meurtre ne laisse-t-il pas de taches.)

Le jour où elle faillit mourir, son sang la quittait à flots, elle se vidait de sa substance, j'étais près d'elle dans la chambre quand soudain ses cris se muèrent en soupirs, presque des soupirs de plaisir, et cela me terrifia encore plus que les cris. Après, elle me dit qu'elle s'était sentie partir, qu'elle avait vu son âme s'en aller en flottant doucement au-dessus d'elle – tel un ange ? – et que ç'avait été une sensation divine parce que la douleur s'était arrêtée, que tout était terminé enfin. J'y repense chaque fois

que j'entends les chants d'amour de Purcell, Monte-
verdi, Vivaldi, d'India ou Lambert, ce vibrato suave
et poignant avec lequel la soprane ou le haute-
contre chante

> *Lasciatemi morire...*
> *Mi sfaccio, mi moro, cor mio !...*
> *Makes me, makes me, want to – die – die – die...*
> *Let me, living, die...*
> *Au moins ne m'ostez pas le plaisir de mourir...*
> *Hélas ! que voulez-vous ? je meurs...*

C'est terminé, maintenant, fini, fini, il n'y a plus
rien à craindre. Je suis désormais une femme sans
crainte.

SONATE DE LA RÉSURRECTION

II – LES ENFANCES

Le Durand est un journalier, un jeune homme à la peau déjà épaisse et craquelée, un homme de peu de mots puisqu'il n'est que corps, que force physique, le temps que cela durera, et ensuite ne sera rien. Bientôt il aura oublié tout cela : ce premier mariage, et la longue attente avec Marthe d'un fils robuste qui pourrait les aider plus tard... Ces événements seront vite engloutis par le brouillard de ses journées éreintantes et monotones.

D'une croix, il a signé la déclaration de naissance des jumeaux dans le registre paroissial, et maintenant il aligne des cailloux blancs à même le sol, encore en forme de croix, pour marquer la tombe de la petite bergère chantante. Personne ne s'attend à ce qu'il garde et élève les bébés qui l'ont tuée : lui-même est orphelin depuis l'enfance et sa belle-mère, la mère de Marthe, a péri il y a quelques mois dans un incendie. Il va falloir que les jumeaux se débrouillent, d'une façon ou d'une autre, qu'ils se fient à la grâce de Dieu ou à la générosité des humains, toutes deux aléatoires...

Le père Thomas, curé au village de Torchay, donne le nouveau-né mâle en oblation à Notre-Dame d'Orsan, prieuré voisin dont il se trouve être aussi le confesseur. En grandissant, Barnabé apprend par bribes l'histoire de cet endroit, exceptionnellement haut en couleur dans cette région plutôt fruste et fade.

Orsan, lui raconte le père Thomas, appartient à l'ordre fontevriste, créé à la fin du XIe siècle par le toujours vénéré mais jamais béatifié Robert d'Arbrissel. Ce Breton charismatique et hirsute, éloquent et va-nu-pieds, fortement suspect aux yeux de la hiérarchie ecclésiastique, avait prôné un retour aux enseignements du Christ, notamment les valeurs de l'humilité, la pauvreté et l'amour. Il avait fait bâtir l'abbaye de Fontevraud par les milliers de laissés-pour-compte qui constituaient sa suite : femmes de mauvaise vie, gueux, lépreux, mendiants, épouses déçues ou bafouées... Quelques vierges et veuves de sang noble étaient par ailleurs admises, pour garantir la solvabilité et l'approbation royale de l'entreprise.

L'ordre fontevriste était unique en cette fin du Moyen Age, non par sa mixité (il y avait d'autres ordres doubles), mais parce que les hommes y étaient en toute chose soumis aux femmes, ne pouvant prendre la moindre initiative sans y être par elles autorisés, devant subir sans sourciller les punitions corporelles par elles décidées, et contraints de travailler à l'extérieur pour les entretenir (elles-mêmes étant des contemplatives). En organisant ainsi la vie de l'ordre, d'Arbrissel avait surtout à cœur d'humilier le sexe masculin, qu'il jugeait par trop orgueilleux et dominateur. Un temps, les frères fontevristes, désireux de faire la preuve de leur capacité de renoncement, avaient poussé l'émulation du bon Robert jusqu'à dormir comme lui dans les mêmes salles que les femmes, mais celles-ci, ayant constaté la faiblesse de la chair imparfaitement mortifiée, avaient ordonné la construction, pour et par les moines, de nouveaux dortoirs.

Tous les prieurés fondés en France par Robert d'Arbrissel se conforment à la même règle de vie, y compris et peut-être surtout Notre-Dame d'Orsan, car c'est là – ô merveille ! – que le fondateur, en l'an 1116, a rendu l'âme, et c'est là – ô insigne honneur ! – qu'est précieusement conservé son cœur si tendre et miséricordieux. Chaque fois que le père Thomas évoque la mort à Orsan de Robert d'Arbrissel, le jeune Barnabé a l'impression qu'il plane autour de cet événement quelque drame ou énigme, mais il ne réussit jamais à l'éclaircir.

Elevé en cet étrange lieu monacal dès son plus jeune âge, comme d'autres orphelins mâles de la région, Barnabé manifeste tôt les signes d'un caractère serviable et devient le petit favori des frères. Comme il n'est pas dans leurs mœurs de gâter cet enfant (et encore moins dans leurs moyens, la prieure décrétant jusqu'à la manière dont ils doivent disposer des restes de leur nourriture), ils rivalisent pour lui apprendre la musique et le jardinage. A douze ans, Barnabé se passionne déjà pour la taille et la greffe des arbres fruitiers, et aime à traîner dans le verger pendant ses heures de liberté, à fredonner les plus suaves airs des vêpres et des matines.

De loin, il voit les moniales, formes blanc et noir mystérieuses, flottantes, traverser la cour, entrer dans la chapelle et en ressortir mais, comme elles ont embrassé la règle bénédictine qui impose le silence, il n'entend jamais le son de leur voix. Une autre femme, cependant, est souvent là, qui lui révèle l'exquise douceur de la voix féminine : c'est sa mère.

En effet, au dortoir ou au verger, Marthe surgit à l'improviste, veille sur son fils et lui parle, lui chante des pastorales, s'alarme avec lui des dégâts des taupes ou de la grêle, écoute avec lui l'appel stupide du coucou, la trille plus complexe du merle (qu'il s'efforce d'imiter depuis longtemps mais sans succès), les roucoulements de la tourterelle – et aussi, lorsqu'il est allongé le soir sur sa paillasse, le hululement de la chouette. Barnabé n'a jamais eu peur de cet oiseau nocturne, prophète de mort que les paysans clouent sur la porte des granges pour conjurer le malheur. Non : car c'est en écoutant la plainte répétée de la chevêche qu'il a vu apparaître sa mère pour la première fois. Il avait quatre ans. Depuis lors, elle ne l'a jamais laissé longtemps seul.

Elle lui parle d'une voix mélodieuse et rassurante, le regarde s'endormir avec un sourire attendri, elle est nimbée de lumière comme la Vierge Marie mais c'est une lumière bleue, pas or, pour dire qu'elle est humaine. Elle l'aime, son petit Barnabé.

Quant à Barbe, bien que née coiffée, elle a moins de chance. Une petite orpheline est une charge que l'on ne se dispute guère, surtout ces années-ci, des années de famine où beaucoup dans cette campagne se retrouvent sans lit et sans habits, sans linge et sans meubles, et où il n'est pas rare de découvrir des femmes et des enfants morts sur les chemins et dans les blés, la bouche pleine d'herbe…

Dans un premier temps, c'est Raymonde la meilleure amie de Marthe qui prend la fillette chez elle et, comme elle allaite encore son petit dernier, elle lui donne le sein comme elle peut, mais Barbe passe toujours après l'autre, un gros garçon glouton, de sorte que, lorsque vient son tour, il ne reste plus dans les seins de Raymonde qu'assez de lait pour exacerber la faim de la petite. Barbe en devient chétive, malingre et aigrie, elle pleure de rage, elle pleure sans cesse et Raymonde sent refroidir en son cœur le désir déjà tiède de la nourrir. Enfin le problème se règle d'une autre manière, de la manière divine habituelle : Raymonde attrape la fièvre typhoïde, agonise quelques jours et rend l'âme sans se plaindre outre mesure, et la petite Barbe passe chez la voisine, qui bientôt ne la supporte plus parce qu'à deux ans et demi elle parle mieux que sa fille à elle qui a quatre ans, elle la refile donc à une cousine qui habite le hameau voisin, et ainsi de suite et ainsi de suite, de hameau en hameau autour du village de Torchay.

A force de changer d'entourage, à force d'être immergée tous les six ou huit mois dans une odeur différente, une cacophonie différente, une famille et une basse-cour différentes, à force d'être trimballée, bousculée, caressée et fessée par des mains toujours différentes, Barbe devient une fillette méfiante et futée. Là-bas on dit qu'elle est *ch'tite*. Maigre comme un clou, dure comme un clou aussi, les yeux toujours à l'affût : du vif-argent.

Elle grandit et les sales années se succèdent : la variole et le choléra fauchent les pauvres gens à tour de rôle, d'anciens soldats traversent le pays en pillant et en cassant tout ce qui leur tombe sous la main, grêles et pluies violentes saccagent les récoltes. Les gens se sentent écrasés, punis, maudits par ils ne savent quelle puissance et pour ils ne savent quel péché, ils font ce qu'ils peuvent pour se protéger des fléaux qui leur tombent dessus et ils punissent à leur tour : les impuissants. Barbe Durand n'est la fille de personne alors c'est le souffre-douleur de tous. A six ans, elle sait courir vite et obéir très vite. Tirer l'eau du puits sans en renverser une seule goutte, nettoyer les chaises paillées en les fouettant avec des orties, pétrir frénétiquement la pâte à pain, écosser les pois, découper poires, pommes, choux-raves. Ses petits doigts travaillent, vifs et agiles, sur les pis de la chèvre ; le lait gicle, mousse, elle n'a pas le droit d'en boire.

Plus souvent qu'à son tour elle reçoit des gifles. Des coups de bâton. Des cris du mari ivre, ou de l'épouse excédée. Chaque fois que la nourriture vient à manquer, on menace de la donner au *m'neur* : la charrette de celui-ci traverse le hameau trois fois l'an avec son sinistre chargement en provenance des villes, plusieurs dizaines de nouveau-nés qu'il est censé mener à la nourrice provinciale ou à l'exposition à Paris, mais dont la plupart sont déjà à l'article de la mort. Barbe regarde, tendue et silencieuse, ces tout-petits anéantis de faim et de fatigue, cet amas gigotant, gémissant, pleurnichant, de chair rose et de haillons sales.

Elle devient adroite et alerte, prête à s'évanouir en un clin d'œil à l'approche du danger, tel le lézard surpris dans son bain de soleil sur le mur de pierre.

L'année de ses sept ans est la pire. Cette année-là, l'été et l'automne sont froids et pourris et l'hiver qui suit est glacial : les semences gèlent dans le sillon et c'est la grosse catastrophe, ni blé ni orge ni avoine ne pourront être récoltés, ce qui veut dire qu'on ne moudra aucune farine, qu'il n'y aura aucune bouillie ni aucun pain à manger, même pas le vilain pain de méteil habituel, ce qui veut dire la mort. De près et de loin les paysans affluent vers le prieuré Notre-Dame d'Orsan qui donne du pain aux pauvres depuis des siècles, mais les terres ecclésiastiques n'ont pas été miraculeusement épargnées et même les frères et les sœurs ont l'estomac dans les talons, les paysans protestent, crient, tentent de mettre le feu aux bâtiments – et puis, trop faibles, renoncent et rentrent chez eux, mangent de l'herbe et de la farine de glands, crèvent de faim. Crèvent. Les loups se multiplient aux abords des villages.

La fillette maigrichonne dispose d'une force vitale confondante, on dirait qu'elle n'a nul besoin de consommer de la nourriture, qu'elle dévore tout ce qu'elle voit et entend, et que cela lui suffit. Pendant la grande famine, elle prend l'habitude de scruter les cadavres au bord des chemins, se penchant pour les regarder de près, caressant les joues livides et hirsutes des vieillards, les cheveux emmêlés des jeunes mères qui portent encore leur bébé au sein, les lèvres bleues des garçonnets.

Et puis le pire est passé : on enterre les morts dans le cimetière qui jouxte l'église, à fleur du sol pour qu'il leur soit plus facile de ressusciter le moment venu, on brûle leurs paillasses et on recommence.

Barbe déménage à nouveau, tous les adultes de la ferme où elle habitait sont morts et leur marmaille a été dispersée, elle se retrouve pour la première fois dans une famille paysanne un peu aisée mais on la fait dormir dans l'étable ; du reste, bien plus de chaleur émane des bêtes que des humains dans cette maisonnée.

Un jour le fils de la maison, qui a le même âge que Barbe mais une bonne tête de plus, lui dit qu'ils vont jouer à la pêche. Elle ne comprend pas, elle va comprendre. Il l'entraîne dans le grenier où sont rangées les cannes à pêche, lui dit de s'allonger sur les planches sales, au milieu des crottes de souris et des toiles d'araignées, et lui annonce :

— Moi c'est le pêcheur, toi c'est le poisson, essaie de te sauver.

Il veut la voir se tortiller au milieu des saletés. Elle demeure rigide, sans bouger, glacée par la haine. Elle pense à son frère jumeau. Elle sait, ses marâtres successives le lui ont dit, qu'elle a un frère quelque part, sans doute pas loin d'ici, et qui porte ce beau nom si proche du sien, le nom de Barnabé. Le garçon amène le bout de la canne à pêche tout près de son visage. Il n'y a pas d'hameçon, il n'y a pas de danger. Barnabé, Barnabé.

— Attention, dit-il, ou je vais t'attraper !

Barbe ne bronche pas mais soudain la canne à pêche plonge dans sa narine gauche, loin, jusqu'à la gorge. Elle sursaute, hurle, il retire l'instrument d'un coup sec, le sang jaillit.

— Chut ! dit le garçon. Crie pas, arrête ! J'ai pas fait exprès.

Elle voit à son visage effaré qu'elle saigne beaucoup. Il lui tend pour s'essuyer un chiffon sale qui traînait dans un coin.

— Tu diras rien, hein ? J'ai pas fait exprès.

Elle hoche la tête, elle ne dira rien, cela va de soi, c'est lui le fils de la maison. Il s'en va, la laissant seule et ensanglantée dans le grenier.

Tout cela glisse sur elle.
Elle attend son frère.
Elle rêve de lui. Elle rêve qu'ils se retrouvent et qu'ils vivent ensemble, les deux orphelins, comme dans l'histoire de Jeannot et Margot qu'elle a entendu raconter tant de fois, en cassant des noix ou en écossant des haricots pendant tant de veillées devant tant d'âtres, ils s'en iraient loin des villages et des fermes et se construiraient une cabane au beau milieu des bois… Son rêve ne va jamais plus loin que cela, car elle sait que les bois contiennent loups et sorcières et, sans Barnabé à ses côtés, elle n'ose imaginer ce qu'elle ferait, face à l'une de ces créatures d'épouvante…

Arrive, cahin-caha, l'adolescence de Barbe, ses premières règles, et, avec elles, la question de sa première communion. On décide de l'envoyer au catéchisme en même temps que le garçon de la maison. Naissent alors, dans l'esprit de la jeune fille, plusieurs malentendus inextricables. Comme on va l'initier à la notion du péché précisément en compagnie de son bourreau du grenier, les mots de *pêcheur* et de *pécheur* seront pour elle à jamais confondus, et elle aura du mal à comprendre

43

pourquoi le Christ a choisi ses disciples parmi les pécheurs, pourquoi il a dit "Je suis le pécheur des hommes". D'autre part, on lui explique maintenant que Jésus est mort par sa faute, que Son sang a coulé parce qu'elle a été méchante ; mais qu'en mangeant Son Corps et en buvant Son Sang elle peut se racheter ; le sang qui coule d'entre ses cuisses est-il donc le bon ou le mauvais ? Celui qu'on n'aurait pas dû verser ou celui qu'il nous est loisible de boire ? Cela fait, en définitive, beaucoup d'énigmes à la fois. Mais, avant de communier, avant d'avoir le droit de mettre une robe pour la première fois de sa vie (même s'il s'agit de la robe de la fille aînée, trop grande, vraiment beaucoup trop grande pour le corps chétif et émacié de notre Barbe), elle est obligée d'aller à confesse.

Cette perspective la fait trembler de peur. Elle connaît bien de vue le père Thomas, et elle le trouve intimidant avec sa tête chauve tavelée, ses yeux globuleux, sa robe noire sous laquelle rebondit un ventre énorme. Elle ignore que c'est lui qui, douze ans plus tôt, a quitté à regret un rêve sensuel pour venir asperger d'eau bénite sa petite tête. Elle a peur, quand viendra le moment de lui raconter ses péchés, de devenir aphone et de se faire accuser d'orgueil.

C'est joyeuse, au contraire, qu'elle émerge du confessionnal cette première fois car, à peine avait-elle prononcé, en un chuchotement timide, son nom et son lieu de naissance, que le père Thomas poussait un cri de surprise, disant qu'il était ravi de faire enfin sa connaissance, que son frère Barnabé était son moinillon préféré au prieuré d'Orsan, garçon doté par Dieu d'une oreille et d'une voix exceptionnelles, capable d'imiter aussi bien les crapauds que les anges, qu'il la cherchait depuis de longues années, que ses prières avaient été exaucées enfin, grâces en soient rendues à Dieu, et patati, et patata, tant et si bien qu'il en avait oublié, le bon curé, le but principal de la visite de la jeune fille, et, au lieu d'exiger la liste de ses méfaits, ne lui avait rien demandé d'autre que le nom de sa maison, afin qu'il pût le communiquer au plus vite à son jumeau.

Sur l'instant, Barbe se mit à croire en Dieu. Elle pleura.

Tout resta pareil, mais sa vie fut transfigurée. Ce fut comme si, dans cette grande pièce ténébreuse qu'était son âme, l'on avait écarté d'un geste de lourds rideaux en velours. Le bonheur entra à flots, tel le soleil.

Barbe a le cœur qui bat fort. C'est son frère qui vient vers elle. Il est là. Les deux enfants se tiennent par les mains et se regardent, la curiosité venant facilement à bout de la gêne. Ils ont la même taille, les mêmes yeux bruns pétillants, le même menton pointu et le même nez en trompette.

Barnabé. Garçon moi.

Elle le regarde, et c'est comme si elle se regardait elle-même dans la surface de l'étang : elle-même mais combien plus serein ! combien plus solide ! Barnabé serre contre lui le corps-clou, le corps-lézard de sa sœur jumelle.

— Barnabé... murmure-t-elle. Ce nom qu'elle a scandé dans son esprit des milliers de fois, elle ose à peine le laisser traverser ses lèvres.

Ils ne peuvent rester longtemps ensemble ce jour-là ; jamais, d'ailleurs, ils ne pourront rester longtemps ensemble, leur vie n'est pas de telle nature qu'ils puissent y aménager de larges espaces pour converser et se promener, ce n'est pas une vie de cour, une vie de grasses matinées et de soirées scintillantes, toujours ils devront arracher à leurs journées rudes, raidies par la nécessité, des bribes de temps pour s'appartenir... Mais, quand même, le bonheur coule à flots.

Barnabé lui dit : prions. Et Barbe tremble de joie en l'écoutant remercier Dieu de leurs retrouvailles.

Ensuite, main dans la main, ils s'assoient sur le petit banc en pierre à l'entrée de la basse-cour et se mettent à résumer l'un pour l'autre leurs pauvres existences, cherchant leurs souvenirs d'abord avec timidité et maladresse, mais, à mesure qu'ils prennent confiance, parlant avec une émotion et un entrain grandissants. Barbe a une mémoire très précise des faits, elle égrène la liste des maisons où elle a vécu, les noms de hameaux, les années fastes et néfastes, les personnes vivantes, mourantes et mortes ; elle passe sous silence, en revanche, les violences dont elle-même a pu être l'objet. Pour sa part Barnabé évoque l'étrange petit univers d'Orsan, prieuré où les femmes commandent et où les hommes obéissent ; où les femmes prient, méditent et se recueillent tandis que les hommes travaillent pour les entretenir ; où les femmes sont muettes alors que les hommes parlent.

— Alors, dit Barbe, incrédule, avant de venir me voir, tu n'avais jamais entendu une voix de femme ?

— Si, si, bien sûr ! dit Barnabé en riant. Celle de la prieure Anne du Château, qui vient du reste de m'accepter comme novice. Et puis… et puis, chère sœur… (oui, déjà cette première fois il le lui dit, la confiance entre eux est charnelle, immédiate)… j'entends aussi la voix de notre mère.

Barbe sursaute comme s'il l'avait giflée, c'est certainement un blasphème, elle se signe tout en écarquillant les yeux.

— Mais Barnabé, dit-elle. Tu sais bien que notre maman est morte, elle est morte en nous donnant le jour, on l'a jamais connue…

— Oui je sais, mais je la vois, je te le jure, et cela depuis très longtemps, depuis mes quatre ans. Si Jésus peut revenir d'entre les morts, pourquoi pas notre maman ?

— Chut…

Les petits sourcils inquiets de Barbe tissent un nœud sur son front.

— C'est vrai… ? chuchote-t-elle.

Barnabé hoche la tête avec solennité.

— Elle est comment, alors ? Comment elle est ? dit la fillette d'une voix excitée, car il est soudain urgent, pour elle, de le savoir.

— Elle est belle, merveilleusement belle… c'est un peu comme si elle était transparente. Quand elle vient près de mon lit, je peux voir les solives du plafond à travers son corps. Quand elle me rend visite au verger, je vois encore les poiriers devant lesquels elle se tient.

— Mais alors, c'est que c'est un… un spectre ! dit Barbe d'une petite voix pointue, apeurée.

Le regard de son frère s'assombrit.

— Ne dis jamais cela, ma Barbe. Je te l'interdis.

Barbe rougit et baisse les yeux.

— Elle est belle, reprend Barnabé d'une voix ferme, après un bref silence. Souvent elle chante, le soir. Elle a une voix sublime. Un peu comme ceci…

Fermant les yeux, Barnabé prend son souffle et laisse couler de sa gorge des sons de miel pur : notes liquides, chaudes et dorées, jamais les tympans de Barbe n'ont été ainsi caressés. Un frisson la parcourt tandis que, percluse d'amour, elle dévisage son frère. Mais celui-ci reprend, comme si de rien n'était :

— C'est elle, aussi, qui m'a appris à écouter et à imiter les bruits. On a commencé par les oiseaux…

Et, devant sa sœur abasourdie, Barnabé se tord les lèvres, creuse et boursoufle ses joues, agrandit ses narines, souffle, siffle, se fait tour à tour pivert, chouette, bergeronnette, et puis, changeant de registre, frelon, loir, verrat. A la fin de la démonstration Barbe éclate de rire et serre son frère contre elle, ravie.

Mais, au bout d'un instant, elle ne peut s'empêcher d'y revenir :

— Alors pourquoi elle apparaît devant toi, maman, et jamais moi ? Je l'ai jamais vue, moi ! C'est pourtant ma mère autant que la tienne ?

Barnabé réfléchit. Comment, en effet, expliquer une telle injustice apparente de la part de leur mère ?

— Peut-être, hasarde-t-il, c'est parce que tu as eu la coiffe en naissant, alors elle s'est dit que tu avais moins besoin de son aide…

— Née coiffée… dit Barbe, hochant la tête avec amertume. Oh ! Barnabé, je vais pas me plaindre, le jour de nos retrouvailles, c'est le plus beau jour de ma vie, mais dis-moi encore une chose : tu crois que je pourrais quand même la voir moi aussi, de temps en temps, notre maman ?

— Ça…

Il hausse les épaules, ne sait que répondre. Les deux enfants restent assis là en silence, préoccupés, heureux. Puis, voyant du coin de l'œil les arcs erratiques des premières chauves-souris, ils se rendent compte que la nuit est déjà en train de tomber.

Balançant la tête de droite à gauche, Barnabé se met à sonner, imitant à la perfection la cloche de la chapelle d'Orsan ; à nouveau Barbe éclate de rire, puis frère et sœur se lèvent et s'enlacent une dernière fois, avant de se séparer.

LE CARNET *SCORDATURA*

Train vers Long Island, 16 septembre

Rien.

C'est chaque fois réduit à rien.

Tout ce que j'entreprends, ce en quoi je commence à croire…

Arrêtez, Nada. Je vous préviens.

… dès que j'ai le dos tourné : poussière.

"Pauvre glaise !" comme dit Lucifer à Abel, railleur, dans la pièce de Byron.

Au réveil ce matin – encore, encore – cette sensation de perte. Dans mes rêves, des passages entiers de la *Sonate de la Résurrection* m'apparaissent scintillants, mais s'évaporent avant que je n'aie pu les capter par des mots. Quand je m'installe à mon bureau le travail est si lent et si maladroit que j'ai l'impression de déplacer des sacs de ciment, alors que dans mon sommeil les thèmes tournoient et s'entrelacent telles des ballerines sur la scène…

Ce qui m'exaspère dans l'écriture c'est son caractère successif. Je ne parle pas de l'ordre chronologique (je suis évidemment libre de me servir de flashes-back si je le veux), mais du simple fait d'être obligée d'écrire l'histoire une phrase à la fois – on voudrait créer à la manière de Dieu – tout, d'un seul coup, dans un fabuleux éclat d'énergie – le big-bang, le minuscule fœtus, la chose qui *est*, dans l'instant, et qui peu à peu se diversifie, se spécialise, s'étendant dans tous les sens à la fois… Le roman est d'une linéarité enrageante. Imagine-t-on Dieu en train de fabriquer Adam comme les enfants jouent au pendu : d'abord la tête, ensuite le cou et les épaules, puis un bras, puis l'autre ? ou en train de créer une galaxie étoile par étoile ? Même la Création telle que la Genèse la décrit est absurdement laborieuse, absurdement humaine : le premier jour Il fit ceci, le deuxième jour cela… grotesque !

En effet, ma chère, si vous aspiriez à la vie éternelle ou à la création instantanée, il fallait frapper à l'autre porte. Quand vous m'avez choisi comme maître, vous saviez très bien que j'étais attaché au temporel. Tout récit dépend du passage des jours et des années – dépend, autrement dit, de la mort. Mon royaume à moi.

Oui mais il y a des jours où je ne le supporte pas. Me réveillant ce matin j'ai entendu la petite Sonya, le bébé de Mike et Leonora, en train de courir sur le plancher au-dessus de ma tête, ce n'est plus un bébé, elle sait courir déjà – il y a quelque chose…

Aïe, que ne faut-il pas entendre ! Les petits petons des enfançons, je crois rêver...

D'accord mais il y a quelque chose de si particulier dans la façon de courir des tout-petits, ça m'a rappelé Stevie et Sammy quand ils étaient gosses, comme ils bondissaient et galopaient à travers la maison, je les aimais si fort ces deux-là, j'étais leur grande sœur omnisciente, ils m'adulaient... Je vois encore les chaussons qu'avait Sammy à l'âge de trois ans, je peux presque les toucher, sentir le cuir bleu foncé contre ma joue, quand je pense aux tatanes titanesques qu'il met maintenant pour aller faire son jogging... et la manière dont on *est* ensemble, tous les trois, nos conversations forcées, chacun feignant de s'intéresser à ce que fait l'autre, Sammy parti à Duluth pour de nouvelles aventures informatiques, Stevie penché sur ses araignées venimeuses et moi avec mes satanés livres, et au fond on s'en fout les uns des autres, mes frères et moi, merde, qui sommes-nous, qu'est-ce que c'est que cette vie ?

J'avais cru comprendre que l'indifférence était la pierre angulaire de votre philosophie.

Oui mais être là au lit ce matin, à écouter les pas précipités de Sonya, son énergie et son désir, si purs, pas encore corrompus par la pensée, l'histoire, le savoir, la mort – ça m'a donné envie de pleurer, de vomir –

il fallait que je quitte la ville tout de suite –

sautant sur le téléphone j'ai appelé Stella – chère énorme irremplaçable Stella, ma grosse bonne *yiddische mama* – et elle m'a dit "Mais bien sûr, mon cœur. Viens tout de suite, on déjeunera" – et une demi-heure plus tard j'étais à Penn Station.

Et là, à l'instant, sur le quai pendant que je montais dans le train, un jeune homme tendait un tout petit enfant vers sa grand-mère pour lui dire au revoir, l'enfant devait avoir huit ou neuf mois et on voyait que son poids dans les bras de son père n'était *rien*, et, encore une fois… oh… ce moment est déjà passé, déjà mort, l'enfant sans poids est devenu une lycéenne mâcheuse de chewing-gum, une yuppie installée devant son CD-ROM, une mère ravagée par le cancer, un cadavre en pleine décomposition – oh…

Dit le Corbeau : Jamais plus.

Oui je sais bien, tout cela a déjà été dit, et mieux dit, par votre cher poète Poe, entre autres… Vous êtes bien sarcastique ce matin, je déteste que vous me parliez ainsi.

Oh ! je peux me taire, si vous voulez.

Oui, bonne idée. Taisez-vous un peu. Je vous appellerai quand j'aurai besoin de vous.

(Il rit, de son plus beau rire sardonique. L'idée que *lui* puisse suivre mes ordres à moi est loufoque, naturellement. Mais on se connaît bien maintenant ;

je sais que je peux compter sur son retour. Jadis, l'idée qu'il puisse m'abandonner tout à fait me plongeait dans la panique.)

Mais *pourquoi* me semble-t-il toujours que les choses se fanent, se flétrissent et se meurent, s'éloignent de moi, s'étiolent, s'écroulent – *pourquoi* cette perte perpétuelle et sans merci, incontestable malgré toutes les preuves du contraire ?

Train de retour

Stella ne me déçoit jamais. Pas une seule fois depuis que je la connais, c'est-à-dire depuis ma naissance, elle ne m'a infligé une seconde d'ennui ou d'agacement. Elle est si drôle ! Tout son corps est secoué par son rire, elle a les seins qui se trémoussent, le ventre et les hanches qui tremblent comme de la gélatine, les pieds, les mains et la tête qui oscillent, chaque centimètre cube de son être participe à son rire, de même que, naguère, tout participait à son jeu de violoncelle, les gens devaient fermer les yeux pour pouvoir écouter la musique, pour ne pas être distraits par l'incroyable spectacle de son corsage sautillant (elle dit encore "corsage", comme autrefois ma mère... un jour Stella a fait une mauvaise chute dans sa baignoire et, me le racontant plus tard au téléphone, elle a dit : "Ah ! tu devrais voir mon corsage, il ressemble à la Coalition Arc-en-ciel !"). En dépit de son corsage et du reste – toute cette matière ondulante, roulante, débordante, les bourrelets de ses bajoues et de ses bras remuant au même rythme que la musique mais une demi-seconde après le temps – Stella n'a jamais manqué une note au cours d'un concert. Son archet allait et venait avec passion sur les cordes, elle transpirait à grosses gouttes, perdant une bonne livre au cours de chaque spectacle de sorte qu'elle avait besoin, après, d'un repas gargantuesque pour compenser, mais quelle musicienne ! quelle femme ! J'ai dû assister à près de cinquante concerts de l'Ensemble avant qu'elle ne décide enfin de se retirer à Long Island – pour, comme elle dit, "lire les dramaturges grecs et soigner aux petits oignons mes petits-enfants".

(Comment avait-elle fait, elle, avant, pour concilier enfants et carrière ? Je lui ai posé une fois la question. "On avait des sous, répondit-elle avec un petit haussement d'épaules. Jack gagnait bien sa vie et ce n'était pas un homme radin. On avait de l'aide à la maison. Dès que je partais en tournée, femmes de ménage, baby-sitters et cuisinières prenaient le relais. Ça fait une différence. Mais ne crois pas pour autant que mes enfants aient mieux tourné que ceux d'Elisa, hein ? Ou qu'ils ne m'en tiennent pas rigueur : encore aujourd'hui, toutes leurs névroses sont ma faute. La formule parfaite, ça n'existe pas." Sage Stella.)

C'était si apaisant de me trouver à ses côtés sur la plage, à flâner au milieu du bois flotté et des rochers. Elle a encore tous ses esprits, sa mémoire est meilleure que la mienne alors qu'elle doit avoir dix ans de plus que ma mère, c'est-à-dire quatre-vingts ans bien sonnés, même si par coquetterie elle a toujours refusé de me dire son âge : "Allez, Nadia, pourquoi voudrais-tu savoir une chose pareille, **tu** risquerais après de me voir comme une vieille dame et ce ne serait pas gentil de ta part, hmm ?"

Son cœur, cependant, a faibli. Notre allure sur la plage était moins guillerette qu'autrefois, et elle s'est mise à haleter au bout d'une dizaine de minutes. Elle prend ses cachets de trinitrine un peu plus souvent aussi. "N'y fais pas attention, me dit-elle avec un gros clin d'œil. J'ai toujours été toxico. Je prends tout ce que mon médecin me prescrit, je ne demande même pas ce qu'il y a dedans, je m'en fiche, hormones, cortisone, mort-aux-rats, tout est bon ! En ce moment, ça doit faire quelque chose comme dix-sept petites pilules multicolores par jour."

Je me souviens qu'une fois elle est venue dîner chez moi à Perry Street, elle devait passer la nuit ensuite chez sa sœur à Brooklyn, il était minuit passé quand elle est partie mais elle a insisté pour prendre le métro. "Ne t'en fais pas, ma chère, me dit-elle. Plus personne n'a envie de me violer ! – Ce n'est pas ça, protestai-je. Mais tu sais bien que c'est mauvais pour ton cœur, tous ces escaliers, tu as déjà eu une longue journée, prends un taxi, je t'en prie, fais-le pour moi… – Nadia, rétorqua-t-elle, me coupant, j'ai bien plus de chances d'avoir une crise cardiaque en voyant le montant inscrit au compteur du taxi qu'en grimpant les escaliers."

Pourquoi est-ce que je note tout cela ? Tellement précieux. Ne veux jamais la perdre. Seul témoin vivant de la gloire de ma mère ? Non ce n'est pas ça. C'est juste… Stella.

Je lui ai fait un rapport sur les divagations mentales d'Elisa.

— Ça me fait penser au piano de Hölderlin, dit-elle. Tu connais le piano de Hölderlin ?

Je ne connaissais pas. Il semble que la princesse de Hombourg ait offert à Hölderlin un piano à queue et que le poète fou, s'emparant de grands ciseaux, en a coupé les cordes… mais *pas toutes*. Ensuite, s'asseyant au clavier, il s'est mis à improviser, sans jamais savoir quelles notes allaient retentir et lesquelles demeurer silencieuses.

— Ce piano, dit Stella, était l'image de son âme.

Quand on revint à la maison, je lui parlai de mon obsession avec l'idée du Témoin. On était assises dans sa cuisine où prolifèrent les bouteilles bleues, la porcelaine bleue, les objets bleus hétéroclites qui parviennent, je ne sais comment, à ne pas être des bibelots. Elle me laissa parler, grignotant des brownies, buvant du thé et se léchant les doigts tout en m'écoutant attentivement.

— Tu comprends, lui dis-je, je ne peux m'empêcher de penser (dans mon cerveau il y a un lobe à part, réservé aux phrases qui commencent par : je ne peux m'empêcher de penser) qu'*il y a un Témoin.* C'est sans doute parce que j'ai été élevée dans le catholicisme…

— Ne t'en fais pas, dit Stella, parlant la bouche pleine mais avec délicatesse. Nous autres juifs athées ex-communistes, on a le même problème.

— C'est si difficile de renoncer à l'idée que QUELQU'UN doit comprendre le sens profond de tout ce bordel, poursuivis-je. Il m'arrive de me redresser dans mon lit au milieu de la nuit et de m'écrier tout haut : "Alors comme ça personne ne nous regarde, personne ne tient des comptes ? On n'aura jamais, *jamais* notre dû ?" Oh Stella, ce n'est quand même pas possible de patauger *ad vitam æternam* dans l'indifférence cosmique, si ? Sérieusement. Ne me dis pas que les crimes d'Enver Pacha et de Hitler et de Staline et de Pol Pot vont rester là au milieu de l'univers, arrogants et sans réplique, à jamais impunis… si ? Je sais bien que oui, mais c'est impossible ! Tu veux dire que chacun, *chacun* des petits enfants africains en train de mourir de faim et de sida et de diphtérie est une âme humaine, riche et complexe, remplie de rêves et de souvenirs et de chansons, et qu'ils vont être tout simplement rayés de la carte ? *Par milliers ?* Allez, ce n'est pas vrai. Je sais que c'est vrai, mais ça ne peut pas être vrai.

Je préfère les voir comme des scarabées.

Stella eut un petit rire triste, hocha la tête et s'essuya la bouche avec une serviette en papier. Je crois qu'elle-même, étant jeune, a subi un ou deux avortements. Avant, après, au milieu des trois enfants qu'elle a portés à terme ? Je ne sais pas. Son fils unique a fini en mille lambeaux sanguinolents au-dessus de la Corée.

Je poursuivis mon speech.

— Je ne peux m'empêcher de penser que la vie est une sorte d'année scolaire, tu comprends, et qu'à la fin on va tous recevoir notre bulletin, plein de révélations étonnantes. Le Témoin, embrassant toute notre existence d'un seul coup d'œil, nous dira : "Bon, eh bien, vous avez écouté le *Quintette* de Schubert soixante-trois fois, vous avez mangé sept cent quarante et un *bagels* au sésame…" Non, hein ? Oh, Stella… comment se résigner à l'idée qu'il n'y aura jamais aucun Jugement d'aucune sorte ? Ni Premier, ni Dernier, ni jour d'expiation, rien du tout ?

— C'est dur, je sais bien, dit Stella, avalant sa dernière goutte de thé au lait et faisant tinter sa tasse en porcelaine dans la soucoupe. Mais au fond, ajouta-t-elle, ce n'est pas parce qu'il n'y a pas de Démerdeur Suprême qu'on est obligés de rester dans la merde.

Perry Street, plus tard
(2 heures du matin)

Le *daimôn* est bel et bien un démon. Il est aussi, oui, une torture. L'exclusion du paradis s'appelle : conscience de soi. Je me souviens quand j'ai ressenti pour la première fois cette lame froide et aiguisée se glisser entre moi et ma peau : oui, je connais avec précision l'instant où j'ai cessé d'être comme la petite Sonya là-haut, capable de courir vers une chose sans rien d'autre en tête que mon désir de cette chose, capable de l'atteindre, de l'avoir, d'être absorbée en elle, comblée par elle…

C'est une de mes "images au formol", comme je les appelle : des souvenirs qui ne changent pas, ne bougent ni ne s'évanouissent, mais restent là, alignés sur une étagère dans ma tête, muets et horribles tels les organes humains et animaux du siècle dernier qu'on voit exhibés dans des bocaux au Muséum d'histoire naturelle à Paris.

J'avais quatre ans, l'âge qu'avait Barnabé quand sa mère lui est apparue pour la première fois. (Maintenant que j'y pense, c'est peut-être ce jour-là qu'Elisa m'apparut pour la première fois – telle qu'elle était, telle qu'elle allait devenir – comme quelqu'un d'étranger, voire d'hostile…)

Eric, qui l'avait remplacée comme premier violon dans l'Ensemble, était venu à la maison (il est mort maintenant, tout cela est mort depuis longtemps, tout sauf les dégâts – nada nada napalm – qui en ont résulté) – pour prendre le thé et rencontrer le nouveau bébé, ç'aurait été Jimbo cette fois-là, qui pendant ce temps était probablement en train de gémir et de geindre dans un coin, mettant les nerfs d'Elisa en lambeaux…

J'aimais bien cet Eric. Il était grand et osseux avec des cheveux couleur de paille, il ressemblait plus à un fermier suédois qu'à un musicien. Ce jour-là j'étais assise sur ses genoux et, une fois le thé terminé, il sortit son instrument et me tendit l'archet. Je me mis à frotter avec maladresse les cordes du violon, en avant en arrière, pendant que lui bougeait ses doigts sur le manche et, stupidement bien sûr (maintenant je dis : "stupidement bien sûr"), j'étais fière, étonnée, ravie par la beauté des sons qui en sortaient. J'avais l'impression divine de jouer d'un instrument ! Mais quand, plus tard le même soir, je m'en vantai devant mon père, Elisa dit sèchement : "Ne sois pas ridicule, Nadia. C'était Eric qui jouait."

Voilà.

Rien, n'est-ce pas ?

Nada.

Plus jamais je ne toucherais à un instrument de musique. Et plus jamais je ne serais insouciante. La lame était sous ma peau. C'était ainsi : j'avais cru être heureuse, alors qu'en fait je n'avais été que ridicule. *Scordatura*. On joue une note et c'est une autre qui sort. Cordes, plume, sourire, cœur – tout chez moi est tordu. Tu avais beau me frotter, Mère, je n'arrivais jamais à produire la musique que tu avais envie d'entendre. Pas moyen d'amener le sourire à tes lèvres.

Quand je commençai à écrire de la poésie et que je te montrai mon premier poème – un poème triste, sans doute d'une tristesse sirupeuse et mièvre, mais

61

quand même – tu me dis : "C'est charmant ! si je meurs à la prochaine grossesse tu pourras le lire à mon enterrement."

Oui je sais, tu venais de faire une nouvelle fausse couche, montant l'escalier quatre à quatre jusqu'à la salle de bains en hurlant de peur pendant que le sang te quittait à flots, de grosses *gouttes de sang* cher Macbeth sur chaque marche de l'escalier, des flaques de sang dans le couloir puis sur le carrelage de la salle de bains, plus tard je dus t'aider à l'essuyer, vite, vite, éliminer les traces avant que papa ne revienne, cette fois-là est la seule où je vis de mes yeux la chose, le fœtus qui avait giclé de tes entrailles comme les cris giclaient encore et encore de ta gorge – tu le ramassas, l'enveloppas dans des mouchoirs en papier et le glissas dans la poubelle, oui, Dieu avait décidé de rappeler à Lui cette âme-là aussi, avant qu'elle ne puisse connaître les affres de la naissance, du baptême et de la faim – mais était-ce ma faute, Mère ? *Etait-ce ma faute à moi ?*

(Comment se fait-il que Ronald n'était jamais à la maison à ces moments-là ? Une autre fois, je me souviens, la mère d'Elisa se trouvait là par hasard quand l'horreur a commencé, j'ai été exemptée de la corvée de nettoyage cette fois-là et mamie est descendue toute blême en fin d'après-midi, les traits pincés, les lèvres serrées, secouant la tête et marmonnant, avec son accent hongrois : "Il pourrait faire un peu plus attention, tout de même, ton père…" Je ne comprenais pas ce qu'elle voulait dire, j'ai passé des semaines à me creuser la cervelle : comment mon père pouvait-il faire attention ? Qu'avait-il à voir là-dedans ?)

Je n'ai jamais raconté ces choses-là à Stella.

Je les ai rangées dans des bocaux de formol, ce sont mes *stigmata diaboli*, les parties anesthésiées de mon âme, là où le diable m'a touchée pour la première fois.

Pincez-moi, brûlez-moi, enfoncez des aiguilles à ces endroits ; je ne sens rien. *My heart belongs to Daddy…* mon âme appartient au Père des mensonges.

Allons, allons, cessez de vous apitoyer sur votre sort. Pensez à tout ce que je vous ai donné en échange.

Oui je sais bien… L'ubiquité, l'immortalité, la résurrection, la divination – les bottes de sept lieues ne sont rien, à côté des cadeaux dont vous m'avez couverte ! Oh, le Petit Poucet cramponné à la femme de l'ogre tandis qu'elle traverse à grandes enjambées bois et champs… regarde ! Comment faire pour ne pas croire aux miracles ? Nous en sommes tous capables… Faire des pas de géant, des pas d'ogre, en avant et en arrière dans le temps, de côté dans l'espace… et *être*, réellement, en Israël aux temps bibliques, ou en Grèce ancienne… *être* dans la Chine communiste du XXe siècle… *être* un jeune Trinidadien faisant la plonge dans un boui-boui à Spokane, Washington… raviver les morts, faire mourir les vivants…

(Je n'ai jamais compris pourquoi le Faust de Goethe ne souhaitait rencontrer que les superstars du passé. Hélène de Troie, pour l'amour du ciel ! Et pourquoi pas, à la place, un pauvre *pêcheur* de Troie, tout ridé et ratatiné ? Méphistophélès devait tout de même être capable de l'amener dans des bicoques anonymes, et pas seulement au milieu des nuages tourbillonnants de l'Olympe ?!)

Oh oui, le jeu en valait la chandelle… Je ne veux pas être ici à Perry Street. Je veux savoir tout ce qu'il y a à savoir sur Barbe et Barnabé. Ce sont des zéros. Des nullités. Et déjà je les adore.

SONATE DE LA RÉSURRECTION

III – LE RÉVEIL

— Mère…

— Oui, mon fils. Tu es bien préoccupé ce soir.

— Mère, comment se fait-il que vous ne rendiez pas visite aussi à ma sœur Barbe, à ma jumelle ?

— Je t'ai choisi, toi, Barnabé, parce que je te savais menacé.

— Moi, menacé ? Mais j'ai l'existence la plus tranquille du monde, je passe mes journées entre le verger et le cloître, à marcher et à méditer, j'aime tout ce que touchent mes mains et tout ce qu'entendent mes oreilles, je me plais dans la compagnie des frères et dans celle – silencieuse, énigmatique – des sœurs. Quand je chante les louanges du Seigneur, on me dit que ma voix est celle d'un ange mais c'est la vôtre, Mère, c'est votre voix à vous qui emplit mon cœur, enfle ma poitrine et renaît par ma gorge… De quoi, alors, pourrais-je être menacé, ma douce Mère ?

— Il n'est pas dans mes pouvoirs de voir l'avenir, Barnabé ; et, même si je connaissais ton sort, je n'aurais point le droit de te le dire. Ce qui est certain, c'est que Barbe s'en tirera. Tu n'as pas de souci à te faire pour elle.

Barnabé demeure pensif.

— On s'est tout de suite aimés, Barbe et moi, dit-il. Comme si on avait passé toute notre vie ensemble. Et c'est troublant à quel point on se ressemble, trait pour trait… Ça m'a fait une drôle d'impression.

Marthe le regarde et une légère tristesse, dirait-on, se mêle à son aura bleue.

— Tu auras bientôt des poils sur le visage, mon fils. Tu deviendras un homme, ta sœur une femme, et la ressemblance s'estompera. Mais je sais que ton amour pour elle ne fera que grandir toujours plus, jusqu'au jour de ta mort.

Etrangement, alors que cette deuxième prédiction de Marthe devait s'avérer exacte, la première était fausse. Barnabé en atteignant la puberté reste glabre et menu, ses traits ne se durcissent, ne se virilisent guère, sa taille ne forcit pas, et sa voix, au lieu de muer, devient une voix de haute-contre naturelle, d'une justesse et d'une limpidité saisissantes, ce qui lui permet de chanter encore et toujours la partie soprano des cantiques et des psaumes. Barbe, de son côté, demeure un petit être osseux à la poitrine plate, de sorte que les jumeaux continuent, tout en vivant séparés, de se ressembler à un point vraiment exceptionnel.

La grande nouveauté dans la vie de Barbe à cette époque sera, peu de temps après les retrouvailles avec son frère, son départ de la ferme et son installation comme servante à l'auberge de Torchay. Hélène Denis, l'aubergiste obèse et joviale, très connue et quelque peu redoutée dans tout le pays, avait remarqué la fillette, un jour de marché, à cause de ses yeux vifs, son air alerte et l'alacrité avec laquelle ses doigts s'emparaient des œufs de poule pour les glisser dans les paniers des villageoises, sans en casser un seul. Et comme l'Hélène était célèbre pour savoir ce qu'elle voulait et pour dire ce qu'elle pensait, elle a proposé à Barbe, sur-le-champ, de venir s'installer chez elle.

— T'auras un vrai lit et ton manger et puis, ça se trouve, ma fille elle a le même âge que toi, c'est quoi ton âge à toi ma gringalette ?

— On dit que j'ai treize ans, madame, j'ai déjà fait ma première communion, je suis propre et je vole pas, dit Barbe en un seul souffle, car l'offre la tente.

— Viens-t'en, alors ! Ma fille Jeanne elle en a quatorze, tu vas nous aider avec le ménage et puis lui tenir compagnie, elle en a assez d'écouter jaboter des inconnus du matin au soir. Son papa, Dieu ait son âme, il est mort étripé par un taureau quand elle avait un an, elle a jamais eu de frère ni de sœur, tu voudras bien être un peu sa sœur, ma grande ? Et c'est comment que tu t'appelles ?

Barbe l'aime tout de suite, l'Hélène. Intimidée par la force même de son amour, elle rougit et baisse les yeux au moment de dire ses nom et prénom.

— Ah ! c'est toi la fille à la Marthe ! La pauvre Marthe ! Vrai, j'ai entendu qu'elle... C'est que je la connaissais, moi, ta maman, il y a longtemps de ça. On s'était perdues de vue mais je l'aimais vraiment bien, c'était une fille douce et drôle, et puis, oh, si t'avais pu entendre sa voix ! Elle avait même pas besoin de chien, ses moutons la suivaient rien que pour l'écouter chanter ! Je me souviens qu'on a préparé notre catéchisme ensemble, la Marthe et moi... Ah ! ah ! Le catéchisme ! Oh oui, ce qu'on a bien appris notre Evangile, toutes les deux ! Ce qu'on se donnait bien la réplique ! Ah ! si je m'en souviens !

Hélène se met à rire à gorge déployée, déclenchant dans son corps massif une sorte de séisme qui arrondit les yeux et la bouche de la jeune Barbe ; mais ce qu'il y a eu de comique dans l'instruction religieuse de sa mère et de cette femme, elle ne l'apprendra jamais.

Jeanne Denis, la fille de l'aubergiste, tout en n'ayant qu'un an de plus que Barbe, est déjà une jeune femme, blonde et plantureuse, d'un naturel espiègle ; au début elle est désarçonnée et un peu rebutée par cette sauvageonne que sa mère a ramenée chez elles, cette fillette maigre et laide avec des jambes brindilles et un visage tout en angles et en pointes. Mais très vite elle apprécie l'intelligence de Barbe et les deux jeunes filles deviennent amies, complices.

L'orpheline ne cesse de remercier Dieu pour tous les bienfaits dont Il l'a comblée en si peu de temps. Elle n'a plus froid, un bon feu brûle dans chaque pièce de l'auberge, ses corvées sont moins lourdes qu'à la ferme et elle les effectue avec plaisir : enduisant les tomettes d'huile de lin et les frottant pour faire ressortir leur belle couleur rouge-brun, vidant les pots de chambre, fumant avec les ordures humaines et de la fiente de pigeon le jardin qui longe tout le côté ouest du bâtiment, lavant et pliant les épais draps en lin, donnant un coup de main à la cuisine, et, quand elle n'a plus rien à faire, aidant Hélène à servir dans la grande salle commune, essuyant les tables et lavant les verres tout en écoutant ses conversations avec les clients.

Hélène sait tout. Trônant dans un fauteuil en chêne massif où son corps déborde de toutes parts, mains et lèvres sans cesse actives, elle s'exprime avec une voix sonore et des rires énormes, irrésistibles. Barbe remarque que les hommes l'écoutent avec respect et elle se met, elle aussi, à tendre l'oreille. Les frontières de son univers reculent chaque jour un peu plus. Hélène commente les petits événements comme les grands, les drames passés et présents. Le grand incendie de Bourges en 1693, qui avait ravagé cent trois maisons (Barbe aime bien la précision du chiffre), en plus du palais et de la sainte chapelle royale. L'effrayante histoire d'une protestante relapse à Issoudun qui, sur son lit de mort, avait refusé les saints sacrements à trois reprises et dont, par conséquent, on avait attaché la dépouille à une charrette pour la traîner face contre terre à travers la ville, avant de la jeter à la voirie. Les impôts qui ne cessent de grimper. Le scandale qu'il y a à infliger la grande gabelle à ce pays-ci, un des plus miséreux du royaume, les laboureurs déjà incapables de s'acquitter du paiement de la taille…

— Ils ont bien vu, les receveurs du roi, dit Hélène, s'échauffant, quand ils sont venus faire une enquête il y a deux ans de ça, des fois qu'on serait en train de faire la bringue d'une Saint-Jean à l'autre – ils ont mangé ici même, dans cette auberge, je les ai vus comme je vous vois et je peux vous dire qu'ils étaient plutôt blêmes, ça leur a presque coupé l'appétit, à Paris ils ont pas l'habitude de voir des gens se nourrir d'écorce d'arbre et de terre… Il y avait même à cette époque, vous vous rappelez, à Saint-Vic, ces pauvres hommes qui s'étaient mangé les mains et les bras, sans parler de la mère là-bas, à Ronzay, qui a fait un ragoût de son propre enfant… Ça, c'est des on-dit, c'est peut-être pas vrai pour de vrai… Mais vous savez pourquoi il a besoin de saigner les paysans à blanc, M. le Roi-Soleil ? C'est pour s'acheter un pot de chambre en or. Mais oui, et *ça* c'est vrai ! Parce que chaque fois qu'il s'assoit sur son trône il met un pot de chambre en dessous, il y a un trou dans le siège et lui il a le gros cul nu sous ses robes, des fois qu'un besoin urgent le prendrait au milieu d'une cérémonie…

Les clients rient, mangent, boivent et paient ; la vie est belle.

Barbe partage non seulement la chambre mais aussi le grand lit à baldaquin de la fille de l'aubergiste : c'est la première fois de sa vie qu'elle dort dans un vrai lit.

Pour la première fois aussi, elle découvre les délices du papotage. Jeanne est bien plus délurée qu'elle.

— Ils t'ont déjà tripotée, tes patrons ? demande-t-elle à Barbe un soir.

— Tripotée ?

— Tu sais, ils t'ont déjà glissé la main sous la robe pour te toucher les seins ou les fesses ?

— Oh ! non. J'ai ni seins ni fesses, ça doit être pour ça.

Elles pouffent de rire.

— La seule chose, poursuit Barbe, c'est que le fils, là, avant, à la ferme, il m'a enfoncé une canne à pêche dans le nez, je sais pas si c'est du tripotage mais toujours est-il que j'ai pissé le sang tout l'après-midi.

— Berk, c'est affreux.

— Et toi ? on t'a déjà touchée ?

— Ha ! Ça m'arrive tout le temps. Les clients, c'est des hommes seuls, tu sais, ils sont là de passage, alors ils risquent rien, hein ? La première fois, je devais avoir sept ans.

— Et ça fait comment ?

— Ben ça fait drôle. Ça fait comme un frisson, tout d'un coup, un peu comme un courant d'air qui passe à l'intérieur. Mais c'est pas désagréable. Tu verras, ça va pas tarder pour toi.

— Et tu les laisses faire ?

— Tiens ! Ils te prennent par surprise. Mais ce qu'il faut pas, c'est les laisser te coincer quelque part et se frotter contre ton corps, surtout s'ils ont trop bu. Ça, c'est le début du grand danger.

Barbe, témoin depuis toute petite aux accouplements et aux accouchements des bêtes de la ferme, hoche la tête d'un air pensif. L'ont troublée : le bouc, l'âne, le cheval en rut. Elle croit comprendre le frisson dont parle son amie.

— Alors, reprend Jeanne, il faut les repousser mais en souriant, gentiment, quoi. Maman dit que c'est pas leur faute, c'est tous de grands bêtas que leur quéquette mène par le bout du nez.

Eclats de rire.

— Tu en connais, toi, des pansements ?

— Non.

— Pardon, je m'excuse.

Les formules magiques ne peuvent être transmises que de mère en fille, ou de grand-mère en petite-fille. Barbe n'ayant pas de famille est exclue de cette chaîne guérisseuse.

— Et toi ?

72

— Oui, maman m'en a appris. J'ai de la chance, parce qu'elle, elle a un vrai don. Les gens viennent de loin pour la consulter…

— Et toi, qu'est-ce qu'elle t'a appris ?

— Pour l'instant je sais qu'une chose, c'est comment guérir les morsures d'aspic. Mais c'est important, parce que les aspics en fait c'est des sorcières déguisées, et si ça te pique t'es foutue.

— Alors je vais rester près de toi dimanche, quand on va cueillir des jacinthes dans la forêt. Au cas où…

— Oh ! non, dit Jeanne en riant. Tant que maman sera en vie j'ai pas le droit de m'en servir. Il faut juste que je le garde dans mon cœur et que je l'oublie pas.

— Tu pourrais pas me l'apprendre à moi ?

— Oh, là, je suis désolée, Barbe. C'est pas que je veux pas, je t'aime de tout mon cœur, mais ça peut pas se passer entre amies, c'est pas permis.

Le froid, la solitude. Barbe sent tout son corps se rétracter comme une limace que l'on taquine avec une brindille.

— Mais tu sais, dit Jeanne pour lui changer les idées, il paraît que Richelieu lui-même il y croyait.

— Le cardinal ?

Barbe n'en a que très vaguement entendu parler, mais elle sait que ces deux mots, cardinal et Richelieu, vont ensemble.

— Ben oui ! Quand il était au plus mal et que les médecins du roi pouvaient plus rien pour lui, pas plus que les reliques, il a fait venir au palais une vieille paysanne d'ici.

— Non !

— Mais si, je te le jure. Et la vieille elle détestait le cardinal, alors elle a décidé de bien parfumer ses derniers instants dans ce bas monde, elle lui a donné à boire une pinte de vin blanc où elle avait fait macérer du crottin de cheval !

— Eeccccchhh, quelle horreur !

Les deux jeunes filles roulent sur leur lit, se pincent le nez, font des grimaces, font mine de vomir.

— Et alors, tu sais, si t'es enceinte, il paraît que l'âme elle entre dans l'enfant pas tout de suite quand l'homme le plante, elle entre qu'au bout de quarante jours si c'est un garçon, ou quatre-vingts si c'est une fille. Alors, si tu te débarrasses de l'enfant avant que l'âme entre dedans, c'est moins grave.

— Mais comment on fait pour s'en débarrasser !?

— Ah ben ça, il y en a des façons ! Maman elle connaît des milliers de recettes, j'en aurais pour toute la nuit à te les raconter !

— Et quand l'enfant il naît, c'est pareil, la mère elle est impure quarante jours si c'est un garçon, et quatre-vingts si c'est une fille. C'est pour ça qu'on fête la Chandeleur le 2 février, c'est la fête de la purification, c'est parce que ça fait quarante jours depuis Noël et que la Vierge elle redevient pure à ce moment-là.

— C'est pas possible. La Vierge peut pas être impure ! Si t'es vierge, et qu'en plus l'enfant que tu mets au monde c'est le Fils de Dieu en personne, comment tu peux être impure ?

— Parce que c'est comme ça, parce que t'es une femme, et que si tu fais un bébé t'es impure même si t'es la Vierge Marie en personne.

— Et tu sais, une fois pas très loin d'ici, il y avait tout un couvent où les bonnes sœurs elles étaient possédées par des diables. Loudun, ça s'appelait. Bonne-maman et bon-papa sont allés là-bas en voyage de noces, et bonne-maman racontait qu'il y avait toute une foule de gens qui venaient regarder les bonnes sœurs se tordre par terre.

— Comment ils font pour te posséder, les diables ?

— Eh ben ils entrent par là, comme l'homme, quoi ! Et puis après c'est par là qu'il faut les sortir aussi ! Parfois il y avait vingt ou trente diables différents qui occupaient le corps d'une seule femme, et le curé il devait les sermonner des heures durant, ça s'appelle l'exercer, et quand ils se mettaient enfin à sortir la femme se roulait par terre en disant des blasphèmes et des gros mots – si, je te le jure ! en pleine église ! – bonne-maman disait qu'elle avait jamais entendu des affreusetés pareilles. Et même une fois pendant qu'on exerçait la mère supérieure à Loudun, elle s'appelait Jeanne comme moi, elle a vomi un pacte.

— C'est quoi un pacte ?

— Ben, c'est un pacte avec le diable, voyons ! Des choses tout empaquetées, c'est un pacte. Là-dedans il y avait un petit bout de cœur de bébé qu'ils avaient sacrifié au sabbat des sorcières, et puis les cendres d'une hostie, et puis du sang, et puis aussi un peu de la graine de son prêtre, M. Grandier, parce que toutes les bonnes sœurs elles disaient qu'elles avaient été obligées de faire la chose avec lui...

— C'est pas possible... dit Barbe.

— Mais si c'est possible, arrête de dire que c'est pas possible chaque fois que je te dis quelque chose. Même qu'on l'a brûlé après, le Grandier, donc c'est bien que c'était vrai. Et puis à un moment donné, la même Jeanne, la prieure, elle a cru être enceinte !

— Enceinte !!

— Oui parce qu'elle avait plus ses lunes depuis des mois, et son ventre arrêtait pas d'enfler... Alors d'abord elle a voulu tuer le bébé avec des remèdes, mais ensuite elle s'est dit que non, ce serait envoyer une âme innocente en enfer, alors elle a décidé de s'ouvrir le ventre, retirer le bébé, le baptiser et puis l'étouffer, après quoi elle aurait plus qu'à mourir elle-même. Alors elle est allée chercher le plus gros couteau de la cuisinière, elle a pris une cuvette d'eau pour le baptême et elle est montée tout en haut, dans une petite pièce avec un crucifix...

— Arrête ! dit Barbe, d'une voix ferme.

— Non, t'en fais pas, ça se termine bien – parce que tu sais quoi ? Avant qu'elle puisse s'ouvrir le ventre, elle s'est mise à cracher de gros caillots de sang, en fait elle était pas enceinte du tout, seulement tout le sang de ses lunes était ramassé dans son ventre puis remonté dans sa gorge…

— Arrête ! répète Barbe, couvrant de ses deux mains la bouche de Jeanne.

Au vrai, ce ne sont pas les détails macabres du récit de son amie qui perturbent Barbe (elle à qui l'on a maintes fois raconté sa propre naissance meurtrière ne peut être choquée par de telles images) : ce qui la perturbe, c'est la jalousie. Oui, en même temps que l'amour pour Jeanne et pour Hélène, elle éprouve un petit pincement de jalousie parce qu'elle n'a pas eu de mère ni de grand-mère pour l'initier à tous ces mystères de la vie des femmes.

— Et tu sais, ça c'est un monsieur qui nous l'a raconté l'autre soir, il l'a vu de ses propres yeux, à Gargilesse il y a une statue couchée qu'on appelle saint Greluchon à cause qu'on voit très bien sa guerliche, eh ben tu vas pas le croire mais les femmes du voisinage, si elles sont stériles tu sais ce qu'elles font ? Elles vont voir le saint, elles lui râpent un petit bout de sa guerliche, et puis elles mettent la poudre de pierre dans du lait et elles le boivent neuf jours d'affilée ! Je sais pas si ça marche, mais il paraît que sa pauvre guerliche, à la statue, il en reste trois fois rien !

— T'en as déjà vu une, de vraie ?

Elles papotent, elles papotent, une bonne partie de la nuit parfois. Leur amitié les excite à tel point qu'elles ne sont jamais fatiguées le jour, elles vaquent à leurs activités domestiques en rêvant à la conversation d'hier, à la conversation de ce soir.

LE CARNET *SCORDATURA*

Perry Street, 17 novembre

Le monde matériel s'acharne à ma défaite. Ah ! Je ne suis pas, beaucoup s'en faut, cette figure de proue fendant les eaux, cette dame lisse, luisante et puissante que j'aimerais tant donner à voir au monde. Chaque matin je sors de chez moi, tête haute, marchant à grands pas, balançant les bras – l'image même de l'élégance et de la grâce… Mais peu à peu les choses se gâtent et en fin de journée je me retrouve à genoux, seule dans l'arène, exposée à la foule des spectateurs malveillants qui me montrent du doigt en ricanant tandis que, me tordant de honte, je mélange mes larmes à la poussière.

Ce matin, par exemple, comme il faisait frais, je revêtis mon long manteau en daim rouille, une femme d'une prestance impeccable sortit de ma porte dans la brillance automnale de Manhattan, s'engouffrant dans le métro à Sheridan Square pour ressortir vingt minutes plus tard à la bibliothèque de la 42e rue. Même quand mon nez se mit à couler et que, tâtonnant à la recherche d'un mouchoir, je découvris un gros trou dans la doublure de ma poche, je cillai à peine. N'importe qui peut avoir une poche déchirée. Ce n'est pas un crime – c'est à peine ma faute –, c'est réparable, pour ainsi dire négligeable…

A l'heure du déjeuner, je quittai la bibliothèque et achetai une part de pizza à manger tout en marchant. Cela n'a rien d'aberrant – des millions de personnes mangent en marchant sans même y réfléchir. A notre époque frénétique et sur notre continent harassé, c'est un geste normal, voire banal. Bon, eh bien, j'allai ensuite à la poste pour envoyer un paquet à Laura en France mais, la queue étant moins longue que prévue, mon tour vint avant que je n'eusse fini de dévorer ma pizza chaude et gluante aux champignons et au fromage fondu. Enveloppant hâtivement la chose dans sa serviette en papier, je la fourrai dans ma poche, où son poids la fit glisser à travers le trou dans la doublure et dégringoler jusqu'en bas du manteau. Voilà qu'elle était coincée entre le manteau et la doublure, là où il m'était matériellement impossible de la récupérer à moins, devant des témoins hilares, d'ôter le manteau et d'enfoncer tout mon bras à travers le trou dans ma poche. Pendant que je payais mes timbres, tout en fredonnant comme si de rien n'était, l'huile piquante dont j'avais abondamment aspergé ma pizza se mit à goutter sur mes chaussures et sur le sol du bureau de poste…

O, *daimôn*, comment pouvez-vous me faire cela ?

Bon. J'essaie de rire.

En bibliothèque ces jours-ci, je lis tout ce que je peux trouver au sujet des objets qui sortaient des divers orifices des moniales. Les diables élisaient systématiquement domicile dans le ventre des femmes : quoi de plus naturel ? Ce chaos infernal, à la fois ténébreux et torride… ils y étaient comme chez eux. La conception qu'avaient les prêtres de l'anatomie féminine était passablement chaotique aussi : à Loudun, ils pratiquaient sur les sœurs des lavements miraculeux, leur irriguant de force le colon avec une seringue géante remplie d'un litre d'eau bénite… et ça marchait à tous les coups, les démons partaient en jetant, si j'ose dire, l'éponge.

La situation des pauvres ursulines d'Auxonne était plus ahurissante encore. "Par le moyen de l'exorcisme elles asseurent, et les prêtres aussy, leur avoir guéry des hernyes, qu'ils leur ont faict rentrer des boyaux qui leur sortaient par la matrice, qu'en un moment ils ont guéry les blessures que les sorciers leur avoient faict à la matrice qu'ils leurs avoient déchirée ; qu'ils leur ont faict tomber des bastons couverts de prépuces de sorciers qui leur avoient esté mis dans la matrice, des bouts de chandelle, des bastons couverts de langues et d'aultres instruments d'infamie, comme des boyaux et aultres choses desquelles les magiciens et les sorciers s'estoient servis pour faire sure elles des actions impures." (Dr Samuel Garnier, *La Barbe*

Buvée et la prétendue possession des ursulines d'Auxonne, p. 14-15.)

Ça, il ne serait pas vraisemblable que ma Barbe l'apprenne de Jeanne Denis. Mais on ne peut s'empêcher de se demander ce qui se passait là-dedans : les bonnes sœurs s'étaient-elles servies de ces bâtons et autres bouts de chandelle pour se masturber et les avaient-elles simplement… égarés à l'intérieur d'elles-mêmes ? Et comment les saints pères s'y prenaient-ils, au juste, pour les extraire de leur ventre ? Au fond, tout cela n'est peut-être qu'une variante sur la vieille fable : une pièce d'or tombe de la bouche de l'héroïne à chaque mot qu'elle prononce, car elle a été bonne et généreuse avec les trois petits hommes de la forêt, alors que les paroles de sa belle-sœur vilaine et égoïste se transforment en crapauds. Du ventre des vertueuses sortent des bébés ; de celui des méchantes jaillissent… des bâtons couverts de langues et de prépuces.

(Du reste, il s'avère que le crapaud a été, des siècles durant, un symbole de l'utérus : pour remercier la Vierge après un accouchement réussi, par exemple, on lui offrait un crapaud votif. Tiens tiens, la sorcière n'est pas loin…)

Qu'est-ce que la possession ? Les bonnes sœurs étaient possédées par Belzébuth, Asmodée, Lucifer, Léviathan, Dagon : c'étaient *eux* qui juraient et blasphémaient à travers leurs lèvres innocentes…

Ceux qui violent et assassinent les enfants ne disent pas autre chose : un "démon" ou un "monstre" les habite, leur donne des ordres, les force à commettre ces crimes tandis qu'ils se tiennent là, témoins horrifiés et impuissants de leurs propres gestes.

De même : "Ce n'est pas moi qui ai écrit tout cela, insistaient les quatre évangélistes. Cela m'a été dicté mot pour mot par l'Esprit-Saint !" Tout prophète, tout poète prétend avoir eu la main guidée par autrui : divinité, ange, muse, messager d'En Haut ou d'En Bas.

L'Autre nous habite. Nous grouillons de voix désincarnées, de présences invisibles.

Et moi ? Ne suis-je pas possédée – volontairement, passionnément – par vous, cher *daimôn* ? Je ne pourrais vivre sans vous.

Et mon père, quand il est ivre ?

Allez, racontez vite ce que vous avez sur le cœur pour qu'on puisse passer aux choses sérieuses.

Dîner avec mon père hier soir. Catastrophique. Combien de temps encore supporterai-je ce genre de scène ?

Quand j'ouvris la porte d'entrée avec ma clef, il ne se leva même pas pour me dire bonjour. Je le vis de dos. Je ne suis toujours pas habituée à le voir comme un vieillard – la tête presque chauve maintenant, çà et là quelques touffes grises mal peignées, le corps lourd et disgracieux –, lui qui, autrefois, avait si fière allure. Il était assis à la table de la cuisine, plus ou moins effondré sur son journal, il y avait devant lui une bouteille de gin mais il n'était pas dans un coma éthylique, non, il sanglotait.

M'entendant poser le bouquet de fleurs sur le comptoir, il se retourna d'un air dramatique et s'écria : "Nadia, c'est la chose la plus atroce que j'ai lue de ma vie entière, j'arrive à peine à y *croire* !"

Il sanglotait si fort qu'il dut s'arrêter pour se ressaisir avant de continuer. J'étais là, debout, me sentant dure, sans chair, sans cœur comme d'habitude, attendant, sachant que je n'avais d'autre choix que d'attendre, et qu'il n'aurait pas envie d'être réconforté après, mais se vautrerait avec enthousiasme, tout au long de la soirée, comme un cochon dans la boue, dans cette douleur nouvellement trouvée.

— Regarde, me dit-il enfin, reniflant pour avaler le plus de morve possible et essuyant le reste sur sa manche. Mais regarde, bon Dieu !

Il s'agissait d'une histoire dont j'avais vaguement entendu parler à la radio, Robert Peary ayant ramené cinq ou six Inuit avec lui du pôle Nord jusqu'à New York, et les médecins ayant effectué sur eux des expériences pour voir si leur corps était plus résistant au froid que le nôtre, ces expériences ayant entraîné la mort des Inuit et maintenant, un siècle plus tard, après des litiges interminables, leurs ossements devant enfin être rapatriés dans le Grand Nord… Ronald pleurait non pas, bien sûr, à cause du rapatriement mais à cause des décès, l'incroyable cynisme des êtres humains qui jugent bon de déraciner et de déporter d'autres êtres humains dans le seul but de l'expérimentation médicale, le sadisme calme et scientifique des hommes blancs dans leurs rapports avec les non-Blancs… Oui, bien sûr, Père, tout cela est vrai…

— Il y a quelque chose à manger au réfrigérateur ?

Il me laissa commencer la préparation d'une omelette mais, avant même que j'en sois au fromage râpé, il revint à l'attaque.

— Je n'arrive pas à y *croire*, Nadia, je n'arrive tout simplement pas à y *croire*.

Il gémit, grogna, et puis, comme ultime signe d'indignation, avala encore un demi-verre de gin tonic.

— Il y avait une petite fille… marocaine ? Neuf ans ? Sur une plage aux Pays-Bas. Je ne savais même pas qu'ils en avaient, des putains de plages, aux Pays-Bas. Je croyais qu'ils n'avaient que des digues. Et des drogues. Et des béguines. Et des gouines. Bref, ne ris pas trop fort, tu pourrais te péter une artère. L'artère pétée de l'artiste péteuse. Pardon. Toujours est-il que cette petite fille elle est là, elle joue dans l'eau et tout d'un coup elle perd pied. Elle ne sait pas nager. Et tu sais ce qui se passe ? Eh bien, deux cents putains de Néerlandais quittent leurs serviettes de plage pour venir la *regarder se noyer*. Et *elle se noie*, Nadia ! Et elle est *morte* ! Cette petite fille est *morte*, putain de Dieu ! Et tu sais ce qu'ils ont dit, les gentils Néerlandais, quand les journalistes ont débarqué un peu plus tard ? "Ça en fait un de moins."

— *Une* de moins aurait été plus correct.

— Tu es folle ou quoi ? On s'en fout de savoir s'ils ont dit *un* ou *une*, de toute façon ils parlaient néerlandais. Ce qui compte, c'est le sens général de leur commentaire, à savoir que, heureusement, il y avait dorénavant un sale Arabe ou une sale Arabe de moins sur leurs jolies petites putains de plages, voilà ce qu'ils ont dit !

— Père.

— Quoi ?

— Est-ce qu'on ne pourrait pas juste passer une soirée tranquille ensemble ? Je ne te vois qu'une fois tous les six mois. D'ailleurs je lis les journaux, moi aussi.

— Ouais, tu les lis, mais ça ne te fait ni chaud ni froid ! Je me demande comment tu as fait pour aller à l'église et à l'école du dimanche tout au long de ton enfance sans rien apprendre de la charité chrétienne. Franchement, les autres êtres humains, tu n'en as rien à foutre. La seule chose qui t'intéresse, c'est tes satanés personnages, des gens qui n'existent même pas.

Je me suis mise à hacher la laitue et les tomates avec application, en attendant qu'il fasse marche arrière. J'aurais pu le prévoir à la seconde près.

— Ecoute, je ne pense pas ça pour de vrai, Nadia. Ce n'est pas ça que je voulais dire. Tout ce que je voulais dire, c'est POURQUOI est-ce que je n'aurais pas le droit de pleurer cette petite fille marocaine, ou les Esquimaux mutilés de Robert Peary ? QUI va les pleurer, si je ne les pleure pas ?

Est-ce qu'il t'est déjà arrivé une fois dans ta putain de vie de pleurer quelqu'un ?

— Père ? Je peux servir l'omelette ?

Je suis tellement patiente avec lui. Jamais un mot plus haut que l'autre. Froide, impassible comme un bloc de glace.

Mais peut-être Ronald a-t-il raison. Ne se peut-il pas – *in vino veritas* – que la sobriété soit le mur de briques qui nous protège, nous autres, de nos sentiments ? Sans elle, on ne pourrait pas (on ne devrait pas pouvoir) lire le journal. Les poivrots, eux, chialent, s'emportent, pérorent, titubent, insistent, gueulent, dégueulent, se rendent ridicules : tout le monde le sait. Tout le monde reconnaît un homme "dans les vignes du Seigneur" – mais peut-être, au fond, est-il à la fois lâche et courageux. Oui, courageux.

En fin de soirée, Père redevint plus amical à mon égard. Mais comme, chez lui, la frontière est poreuse entre amical et sentimental, il se remit à pleurer. Malgré toutes mes tentatives pour le distraire, je ne pus l'empêcher d'aller chercher dans la chambre le carton contenant les lettres d'amour de Mère. Des lettres écrites il y a cinquante ans, certaines à l'époque de leurs fiançailles, les autres pendant la seule et unique tournée européenne qu'Elisa eût réussi à faire après son mariage.

Marito, lui dit-elle, dans une des lettres qu'il me montra en l'aspergeant de ses larmes. *"Carissimo piccolo marito mio.* Je ne cesse de penser à nos amours de la semaine dernière et ça me donne des ailes. Jamais je n'ai aussi bien joué. Qui eût cru que ce petit machin entre tes jambes puisse déclencher, à Vienne et à Stockholm, des ovations ? Tel est pourtant le cas, mon doux Ronald adoré."

Je me sentis souillée. Comme s'il avait brandi sous mon nez ses caleçons sales. Comme si ces mielleuseries n'avaient rien à voir avec moi – alors qu'en réalité si, elles avaient même tout à voir avec moi puisque, au moment même où Elisa collait un timbre sur l'enveloppe adressée à Fordham Road, le résultat de leurs ébats bourgeonnait déjà dans son ventre, et ce résultat

oh je suis mal, mal, ma main pèse une tonne

On était deux là-dedans. Je vécus neuf mois avec mon frère. C'est lui qui fut étranglé dans la confusion innommable de notre naissance, alors que je m'en tirai sans la moindre égratignure.

Comment l'auriez-vous appelé, chers parents ? Toujours ils ont détourné le visage, refusant de répondre à cette question.

Je débarrassai la table, lavai la vaisselle, tentai encore une fois de changer de sujet. Mais Ronald ne put se retenir de raconter, pour la six centième fois au moins – pleurant encore, pleurant toujours, les yeux brillants, les joues baignées de larmes – l'histoire de leur rencontre. Cette fois j'ai envie de l'écrire ici et d'en avoir fini. La tuer, la poignarder sur la page.

Ronald à l'époque était un charmeur, un enjôleur, un homme aux cheveux noirs luisants avec une raie sur le côté, un gars qui avait encaissé des coups durs dans sa jeunesse, un môme de l'Avenue B, mi-écossais mi-italien, qui avait trimé quatorze ans dans des usines avant de réussir enfin à se hisser – "à la sueur de son front", comme il disait, chaque fois que l'occasion s'en présentait (ah ! qu'il nous fatiguait avec ses vantardises et ses clichés ! en fait son ascension sociale n'avait rien à voir avec son front et tout à voir avec ses lèvres : c'était un baratineur, un beau parleur, un palabreur de première) – jusqu'à devenir son propre patron dans une boutique du Bronx. Maroquinerie, pas vraiment de luxe.

L'histoire raconte comment Elisa et Stella et les autres membres de l'Ensemble, fraîchement débarqués de Chicago, se promenaient ce samedi matin-là dans Fordham Road (que diable faisaient-ils dans le Bronx ? chambres d'hôtel bon marché ? match de base-ball à Yankee Stadium ? attendrissants souvenirs d'enfance du viole de gambiste ? ça, l'histoire ne le dit pas), trimballant leurs

instruments et leurs valises, bing bong bang, Elisa
la plus jeune d'entre eux de loin, "de dix ans plus
jeune et dix fois plus douée que tous les autres", dit
mon père maintenant avec fierté, et je serre les
mâchoires… Et comme la valise d'Elisa – une
méchante petite valise bon marché, de la camelote
en somme, que ses parents hongrois appauvris
avaient dû lui acheter au bazar le plus proche –
avait soudain craqué, déversant son contenu, chemises de nuit et lingerie en dentelle, sur le fangeux
trottoir new-yorkais… Et comme une grappe de
jeunes garçons avaient gentiment bousculé le
groupe de musiciens bizarres, se précipitant pour
ramasser ces délicates choses féminines, rigolant et
poussant des exclamations de sorte que lui, mon
père, Ronald, entendant le tapage, avait jeté un
coup d'œil par la vitrine de sa boutique pour voir
ce qui se passait…

— Et Nadia, tu peux me croire ou non, mais…
c'était *ça*.

— Oui, Père.

— J'ai vu cette espèce d'*ange*. Il devait y avoir
à peu près cinquante personnes dans la rue à ce
moment-là, mais je n'ai vu que cette espèce d'ange
qui se tenait là, sa valise en deux morceaux dans les
mains, à rire d'un air désemparé parce que les gens
ne savaient que faire des habits qu'ils ramassaient
sur le trottoir. Et alors, comprends-tu, je n'ai même
pas *réfléchi* ! J'étais comme foudroyé, hypnotisé,
appelle-le comme tu veux, mais c'était comme si
tout mon corps était illuminé de l'intérieur, j'avais

les pieds et les mains qui fourmillaient… Eh bien, j'ai couru jusqu'au fond de ma boutique, j'ai pris la plus belle valise en cuir que j'avais en stock, je suis sorti avec et j'ai dit : "Madame, me feriez-vous l'honneur d'accepter ce petit cadeau en témoignage de mon admiration ?" Comme ça ! tout de go ! J'avais l'impression qu'un autre parlait par ma bouche, tellement j'étais heureux et sûr de moi. Elisa m'a regardé et au début elle avait l'air surprise, comme si elle allait dire vous n'êtes pas sérieux, mais il ne lui a pas fallu longtemps pour voir à quel point j'étais sérieux alors elle aussi est devenue sérieuse et on est restés là tous les deux, au milieu du trottoir, à se dévisager le plus sérieusement du monde. Pendant ce temps, les autres étaient en train de fourrer ses affaires dans la nouvelle valise. Dès qu'ils ont eu fini elle s'est retournée vers ses amis musiciens et, rougissant comme une pivoine, elle leur a dit : "Rendez-vous une demi-heure avant le rideau." Je m'en souviendrai toute ma vie. C'était la première fois que j'entendais sa voix, "Rendez-vous une demi-heure avant le rideau" – faut être culotté, hein ? – puis elle a glissé son bras sous le mien et on est partis ensemble. Je ne me rappelle même plus dans quel café je l'ai amenée, j'étais au septième ciel.

Il vida d'un trait son verre de gin tonic.

— Au septième ciel, répéta-t-il, avec un bruit qui cumulait les fonctions d'un soupir et d'un rot.

— Papa. Il faut que je parte maintenant.

Cela le réveilla.

91

— Et *pourquoi* faut-il que tu partes, puis-je le savoir ? Aurais-tu l'obligeance de m'expliquer ce qu'il y a dans ta vie de si extraordinairement urgent que tu n'as pas le temps d'écouter ton propre père se souvenir de ta propre mère ? Que je sache, tu n'es pas obligée de pointer dans une putain d'usine demain matin, comme je l'ai fait pendant quatorze ans ; tu n'as pas cinq enfants à tirer du lit, à habiller et à conduire à l'école comme ta mère l'a fait, tu n'as même pas été foutue de garder ton mari – alors où est le feu ? Pourquoi es-tu toujours si pressée, Nadia ? Tu peux me le dire, bordel ?

A l'extérieur j'étais raide mais au-dedans je tremblais : de froid, de rage glacée.

— Crois-tu que cela m'apporte une joie irrésistible de m'entendre crier après ? parvins-je à dire, presque en chuchotant.

— Oh, fous le camp ! dit-il, posant bruyamment son verre et se détournant de moi, l'air écœuré. Allez, vas-y, fous le camp ! Mais va-t'en, qu'est-ce que tu attends ? Tu ne penses qu'à repartir, de toute façon, depuis que tu as mis les pieds ici !

J'enfilai mon manteau, ramassai mon sac et m'éclipsai. Par miracle, je gardai assez de sang-froid pour ne pas claquer la porte. Mais, alors que je descendais le perron, il me rattrapa en titubant :

— Attends… Nadia… s'il te plaît. Ne sois pas fâchée. Ne t'en va pas furieuse. Ne t'en va pas comme ça en me détestant. Je suis navré, vraiment. Je sais bien que je m'emporte… Attends-moi une minute. S'il te plaît, attends-moi *juste une* minute.

Est-ce que tu es capable de simplement m'*attendre une minute* pendant que je vais chercher mon manteau ? J'ai envie de t'accompagner au métro.

Et je l'attends, et je lui pardonne, et quand il ressort de la maison en luttant avec son pardessus, je suis effrayée de voir comme il a l'air vieux et pathétique, et je reviens à Perry Street défaite, anéantie, morte.

SONATE DE LA RÉSURRECTION

IV – L'ORAGE

L'auberge de Torchay étant située juste en face de l'église, une des plus touchantes parmi les petites églises romanes de la région, Barbe prend l'habitude d'y aller chaque matin tôt, avant que les clients ne se mettent à réclamer du pain pour eux-mêmes et de l'avoine pour leurs chevaux.

C'est le printemps, le ciel commence à peine à s'éclaircir lorsqu'elle se faufile hors du lit, attentive à ne pas réveiller la jolie Jeanne, attrape un châle, ramasse ses sabots et, une fois dehors, y glisse ses pieds nus.

Des oiseaux : le cri éraillé et insistant des coqs, bientôt remplacé par les bavardages amoureux des moineaux et des tourterelles, l'air matinal si délicieux et personne là pour le goûter sauf moi, moi Barbe, avec de tout petits seins maintenant, et le ciel qui rosit à l'horizon...

Elle pénètre dans l'église où il fait encore sombre et très frais, va près de l'autel et s'agenouille sur le dallage en pierre à son endroit préféré, face à la belle fresque orange foncé au-dessus de l'autel, un Christ en pleine Ascension. Elle attend de bien pouvoir distinguer les contours de Son corps dans la pénombre, puis ferme les yeux et attend de sentir Sa présence. Voilà, Il est venu près d'elle, elle sent Sa main sur son épaule, et même, parfois, sur sa tête, c'est un jeune homme chaud et doux, Il écoute tout ce qu'elle Lui dit, avec plus d'attention et de tendresse encore que le père Thomas, Il est pure Lumière, pur Amour, pur Pardon. Lorsqu'Il touche de Ses doigts les yeux des aveugles, ceux-ci, avec un cri d'étonnement, se remettent à voir ; Il est venu toucher sa pauvre existence à elle, si ardue, si désertique, et, depuis lors, coulent partout des ruisseaux de félicité.

Un dimanche, alors que les deux jeunes filles rentrent main dans la main de la messe (à laquelle la grosse aubergiste n'assiste jamais, sous prétexte qu'il lui faudrait coudre ensemble toutes les nappes de la maison pour se confectionner une robe présentable), Hélène leur tend deux paniers.

— Allez me chercher des fraises des bois, mes mignonnes, j'ai entendu dire qu'il y en a tout plein dans le fourré juste en bas de la colline, sur la droite. Je vais les servir à midi avec de la crème et du miel, vous allez voir, les clients s'en lécheront les babines ! Allez ouste ! Mais oui, vous en aurez aussi… s'il en reste !

Barbe et Jeanne courent, courent comme des chevrettes, arrivent en haut de la pente et la dévalent, Barbe la première car c'est la plus légère, ses seins ne sautillent pas à chacun de ses pas comme ceux de la Jeanne – elle arrive en bas, voit le fourré dont parlait Hélène, prend son élan et saute par-dessus le fossé…

La douleur est si forte qu'elle manque perdre connaissance.

Jeanne, la rattrapant, comprend au premier coup d'œil de quoi il retourne, Barbe est tombée sur une pierre qui a glissé, elle s'est foulé la cheville, mais que faire ? Elle, Jeanne, ne connaît pas ce pansement-là et il n'est pas question pour Barbe de remonter la colline avec sa cheville qui enfle méchamment ; quant à Hélène, son poids ne lui permet pas de se déplacer, depuis cinq ans elle n'est pas allée plus loin que la place du marché, qui se trouve tout juste devant l'auberge.

Pendant ce temps Barbe se tord par terre en gémissant…

Jeanne retourne au village, plus rapide dans la montée que dans la descente. Dès qu'elle a été mise au courant, Hélène prend une décision et, comme d'habitude, dès que l'Hélène prend une décision celle-ci devient réalité.

Quatre clients vigoureux portent devant l'auberge le fauteuil en chêne de l'aubergiste, d'un poids acca-blant à lui seul, et Hélène s'installe dedans. Aussitôt, une petite foule se forme autour d'eux : des ména-gères goguenardes, des gosses curieux. Avec diffi-culté, avec orgueil, avec des grognements d'effort et de fierté, les hommes soulèvent le fauteuil et descen-dent la colline, cahin-caha, portant la grosse Hélène.

Ménagères et enfants suivent, la foule grossit, c'est toute une procession maintenant, riant et babillant, se disant que cela fera une histoire à raconter pendant des mois, peut-être des années.

Les mains d'Hélène ne touchent même pas la cheville de Barbe. Elles s'agitent au-dessus, dessinent dans l'air des formes précises mais Barbe souffre trop pour tenter de les enregistrer et, quant aux paroles que prononce l'aubergiste, le brouhaha de la foule les efface comme un soupir.

Le tout dure une dizaine de secondes, après quoi, Barbe se remet debout et ramasse son panier. Elle sait qu'il ne faut pas remercier.

— Les fraises arrivent, madame Hélène, dit-elle. On n'en a pas pour longtemps. Tu viens, ma Jeanne ?

Et, tandis que les deux jeunes filles s'éloignent dans le fourré, les hommes vont s'asperger le visage au ruisseau avant d'entreprendre le redoutable voyage de retour.

Au mois de juin, Hélène propose que Barbe invite son frère à venir fêter la Saint-Jean avec elles. Le jeune garçon, bien que dévot, n'a pas encore prononcé ses vœux : il ne le fera que l'année prochaine, à l'âge de quatorze ans ; pour le moment il peut encore circuler plus ou moins librement et manger de tout.

La Saint-Jean ne se fête pas par ici, les gens la considèrent comme une fête païenne pour ne pas dire satanique (c'est ce soir-là, disent les curés, que le diable convoque ses fidèles pour la plus grande orgie de l'année), alors on se garde bien d'y participer. A la place, on a la fête des brandons : le premier dimanche de carême, pour donner de la fécondité à la terre, les jeunes gens courent à travers champs la nuit, munis de grandes perches flambantes. Mais l'Hélène, elle, est fille de potier et les potiers font exception à la règle, ils fêtent la Saint-Jean, ce sont du reste des gens bizarres avec des accointances douteuses, ils vivent à part, en bordure du village, ils manient le feu, les éléments… ce sont presque des alchimistes, presque des sorciers. L'Hélène a toujours été considérée avec méfiance dans le pays. Il n'était pas normal, d'abord, qu'elle épouse le fils de la veuve du notaire, ce n'était pas un mariage comme il faut, Sylvain Denis était quelqu'un de trop bien pour elle, et puis, huit jours à peine après avoir acheté l'auberge de Torchay, au nez et à la barbe du seigneur de L…, il s'était fait étriper par un taureau dans le champ d'à côté, c'était louche quand même, d'autant plus que c'est à partir de ce jour-là que l'Hélène s'était mise à grossir, à avoir des opinions sur tout, et à recevoir des malades des autres villages… On ne sait jamais avec les guérisseuses, on ne sait pas si leurs pouvoirs viennent du bon Dieu ou bien de l'Autre…

Toujours est-il qu'Hélène a gardé son enthousiasme pour la Saint-Jean, rappel de son enfance, et que, bravant les croassements des commères, elle la célèbre bon an mal an. Depuis des semaines déjà, le bois mort a été ramassé et entassé derrière l'auberge, et ce soir il y aura une belle, une très belle flambée…

Elles rient, pétrissent la pâte à pain, plument les pintades, rient, enfournent les poirats, découpent choux et oignons, l'Hélène est en grande forme, elle parle d'un cornemuseux qu'elle a connu étant petite, il vivait à l'orée du bois et était meneur de loups : les loups, dit-elle, attirés par le son de sa cornemuse, affluaient par dizaines et se mettaient à danser autour de lui, il savait les charmer, les soumettre, les contraindre à l'obéissance et, si un fêtard du voisinage avait pris l'habitude de rentrer ivre au milieu de la nuit, il lui envoyait deux loups pour le raccompagner, les bêtes suivaient l'ivrogne toujours à la même distance, marchant quand il marchait, s'arrêtant quand il s'arrêtait, courant quand il courait, de sorte que le pauvre homme croyait devenir fou de terreur, mais, arrivé chez lui, il lui fallait encore donner du pain aux loups en guise de remerciement…

Barbe écoute, les yeux ronds, un doigt couvert de farine dans la bouche : faut-il croire tout ce qu'elle raconte, l'Hélène ?

— Et puis, ajoute celle-ci, quand un loup mourait, le cornemuseux lui ôtait le foie, le faisait sécher et l'écrasait pour en faire une poudre, qu'il mettait ensuite dans sa pipe pour la fumer.

— Arrête, maman ! dit Jeanne. Tu vas nous couper l'appétit.

Les clients ont déjà eu leur repas, il est tard mais la boule rouge du soleil s'attarde encore au-dessus de l'horizon, il fait bon en cette saison du solstice, l'air du soir est parfumé, Barbe et Barnabé installent une table et des chaises dehors, derrière l'auberge, sur la terrasse fleurie avec sa vue en surplomb sur la plaine – cette alternance émouvante et irrégulière, à perte de vue, de jardins et de haies vives, de bois et d'étangs, de clochers d'église et de peupliers pointus.

Le repas est servi.

Tous ceux que j'aime au monde se trouvent autour de cette table, se dit Barbe en baissant la tête au moment du bénédicité. Quand elle rouvre les yeux, son regard rencontre celui de son frère : éclosent alors, en miroir, leurs sourires identiques.

— Alors comme ça, tu vas devenir un petit frère d'Orsan ? dit Hélène à Barnabé, tout en plongeant sa fourchette dans la montagne de choux sur son assiette.

— Oui, madame.

— Et toute ta vie tu vas te soumettre aux ordres des bonnes femmes ?

— Puisque le fondateur en a décidé ainsi, il y a près de six cents ans de cela.

— Tu sais quand même que des prêtres de l'ordre ont rouspété, hein, il y a pas si longtemps ? Ma maman s'en souvenait bien, c'est elle qui me l'a raconté. Ils en avaient assez de rien pouvoir décider seuls, ils trouvaient ça humiliant d'être flagellés ou flanqués en prison par des bonnes femmes pour la moindre vétille. Alors ils ont râlé, ils se sont mis d'accord pour râler dans plusieurs prieurés de l'ordre, et ça a commencé à mal tourner ! Mais sœur Jeanne-Baptiste – tu sais, la bâtarde d'Henri IV qui était abbesse de Fontevraud à l'époque – ben, elle a prévenu Louis XIII, qui était donc son demi-frère, que si on changeait quoi que ce soit au règlement de l'ordre, les Bourbonnes lui retireraient leur soutien ! Alors Louis a tout de suite entendu raison et il a décrété que les sœurs seraient maintenues dans leurs privilèges.

— Si le roi était d'accord avec le fondateur, alors… dit Barnabé avec une petite moue d'ironie.

— Ah ! ta sœur a raison, tu es adorable. Et à propos du bon Robert, t'a-t-on bien raconté, là-bas, à Orsan, la véritable histoire de M. Saint-Cœur ?

— Ce que je sais, dit Barnabé, c'est qu'il est dans la chapelle, et qu'en son honneur des pèlerins affluent par milliers chaque année à la Pentecôte…

— Eh ben ! il en a connu des vertes et des pas mûres, ce pauvre bout de fondateur ! Tu peux me croire, je le tiens du père Thomas en personne, qui connaît l'histoire d'Orsan comme il connaît son *Ave Maria*, dit Hélène, en riant et en entamant sa deuxième platée de pintade aux choux.

Elle adore parler en mangeant, et elle arrive à le faire sans la moindre indélicatesse.

— Le problème, vois-tu, c'est que Robert d'Arbrissel a eu, en cet hiver de 1116, la mauvaise idée de venir mourir ici, dans un petit prieuré de rien du tout, alors qu'il tenait très fort à être enterré à

Fontevraud l'abbaye mère. Avant même de rendre l'âme, il a senti Agnès la prieure en train de le regarder avec convoitise comme une relique en puissance, objet de pèlerinages et donc source de richesses considérables pour le prieuré, et il a compris qu'il allait y avoir une belle bagarre autour de sa dépouille. Eh bien, ça n'a pas manqué ! Pendant son agonie déjà, des sœurs de Fontevraud ont accouru à Orsan, l'abbesse en tête (elle s'appelait, tiens-toi bien… Pétronille de Chemillé) et, dès que le fondateur a eu poussé son dernier soupir, elles se sont barricadées avec son corps dans le cloître. Alors l'archevêque de Bourges, qui était un ami personnel d'Agnès, il a fait venir toute une meute de seigneurs et de chefs de guerre locaux, qui ont défoncé les portes du cloître et enlevé le pauvre Robert pour le séquestrer dans la chapelle. Là, les sœurs fontevristes, elles ont tout bonnement ôté leurs manteaux et leurs chaussures – on était en plein mois de février ! – et se sont mises à marcher autour de la chapelle, nu-pieds, refusant de manger et de boire jusqu'à ce qu'on leur rende leur fondateur. Des foules ont commencé à affluer de partout… Pour finir, l'abbesse a menacé d'en appeler à Rome et les seigneurs berrichons ont eu la frousse, ils ont compris qu'on plaisante pas avec quelqu'un qui s'appelle Pétronille de Chemillé, alors l'archevêque a dû abandonner la partie lui aussi. Agnès a bien été obligée de se séparer du bon Robert, mais pour ne pas être tout à fait en reste, elle a pris soin de lui arracher le cœur au préalable !

Puis elle a renvoyé sa dépouille comme ça, poitrine ouverte, sans même avoir pris la peine de l'embaumer. Franchement, d'Arbrissel devait être un peu faisandé en arrivant, heureusement que c'était l'hiver.

— Arrête, maman, dit Jeanne avec une grimace de dégoût. On mange !

— Bon, poursuit Hélène, irrépressible. Donc, voilà Agnès avec sa précieuse relique, elle l'enferme dans une espèce de pyramide et pendant des siècles ça marche tout seul, M. Saint-Cœur se contente de faire quelques petits miracles de temps à autre, pour pas qu'on l'oublie. Mais ensuite, en l'année terrible 1569, quand les huguenots débarquent ici et mettent le couvent à sac, une des grosses brutes allemandes commence à taper sur la pyramide pour voir ce qu'il y a dedans. Brusquement tout devient noir autour de lui, il perd la vue et son bras coupable reste paralysé.

— Non ! murmure Barbe, impressionnée.

— Mais après, dit Jeanne, interrompant sa mère pour que l'histoire avance plus vite, il a eu des remords. Il a fait une neuvaine dans l'église et alors le bon fondateur a décidé de lui rendre ses yeux.

— Tu appelles ça des remords ? s'esclaffe Hélène. Quand on est aveugle et que ça vous embête ? Ah ! les jolis remords, en effet ! Toujours est-il, poursuit-elle, repoussant sa chaise pour laisser respirer son ventre à l'aise, qu'un peu plus tard un gars de Fontevraud vient nettoyer la pyramide et paf ! pas de chance, il laisse échapper le coffret qui

103

se brise, et la relique tombe en poussière. On ramasse les cendres tant bien que mal et cette fois-ci on les met dans un tabernacle. Ensuite arrive un autre gars de l'abbaye, qui soi-disant veut travailler sur les archives du prieuré, mais soudain il se sent mal – *ooohhh* il se sent tellement *maaaaal*, alors pour être sûr de guérir il décide d'emporter le cœur avec lui en partant. Bien sûr la prieure se rebiffe, il y a une belle bagarre à nouveau, autour des cendres cette fois-ci, et pour finir ils les partagent : trois quarts à Fontevraud et un quart à Orsan. Autrement dit, il n'y a plus chez vous qu'une demi-cuillerée de M. Saint-Cœur ! Pas étonnant qu'il y ait eu moins de miracles ces temps derniers, pas vrai ?

Barnabé ne peut s'empêcher de rire. Tout à fait détendu maintenant, il se laisse aller, prié par Barbe, à quelques imitations : les criailleries de la tourière d'Orsan, les platitudes mielleuses du bon père Thomas, deux jeunes moines chantant un duo aux harmonies étranges... et puis, de plus en plus désopilants, les grincements du fauteuil d'Hélène quand elle s'assoit dedans, les piaillements de Jeanne en alternance avec le bourdonnement d'une guêpe, les ébrouements d'un cheval en train de faire un mauvais rêve.

Plus tard, quand ils ont ri tout leur soûl, que leurs ventres sont contentés et que les étoiles sont apparues dans le ciel, ils allument le feu de joie et tous quatre, se tenant par la main, chantent et dansent autour des flammes. La grosse Hélène ne peut guère faire que du sur-place, mais les trois jeunes bondissent et tournoient, prennent leur élan encore et encore pour sauter par-dessus le foyer, rient et recommencent jusqu'à l'essoufflement.

Ils se séparent à l'aube et Barbe, dans son léger sommeil de deux heures, fait un rêve troublant. Elle voit un sorcier en train de bourrer soigneusement sa pipe, non de tabac, ni du foie séché d'un loup, mais de la poudre rosâtre du cœur de Robert d'Arbrissel.

Arrive le plein été. Barbe a l'impression de n'avoir jamais vu l'été, d'avoir vécu ses treize premières années les yeux par terre, dans la fange, dans la grisaille intérieure, alors que cette fois-ci Hélène et Jeanne lui apprennent tout, le nom des fleurs, capucines, coquelicots, et quand il faut cueillir les prunes-sirop, et aussi le nom de certaines racines et de certaines plantes qui peuvent aider à produire cet effet-ci ou bien cet effet-là... Oui, Barbe se rend compte que petit à petit, comme si de rien n'était, on l'initie à des mystères : voilà ce qui se passe lorsqu'on donne à manger aux hommes des châtaignes, des poireaux ou des carottes, tu comprends bien, oui, et pour la femme qui veut un garçon c'est le jus de chardon qu'il faut, et regarde-moi bien cette plante-là, à quoi te fait-elle penser ? Tout juste ! c'est pour ça qu'on l'appelle le satyrion, c'est parce que avec ses deux racines en forme de bourses elle transforme les messieurs en satyres !

Certains remèdes, toutefois, pour certains maux, sont tenus secrets et Barbe a beau poser des questions, supplier Hélène, la prier de lui expliquer à quoi servent la bile de bœuf, la violette blanche, la pulpe de coloquinte, l'aubergiste se contente de lui répondre en clignant de l'œil : "Plus tard, ma douce, plus tard. Chaque chose en son temps." De même, dans le jardin qui longe le mur ouest de l'auberge, il y a, en plus des plantations familières, de nombreuses herbes que Barbe ne reconnaît pas et auxquelles elle n'a pas le droit de toucher : celles-là, c'est Jeanne qui s'en occupe, et elle les fume non avec de l'ordure humaine mais avec de la fiente de chauves-souris qu'elle ramasse dans l'église une fois par semaine.

Un jour du mois d'août, un dimanche chaud et lourd, très lourd, l'aubergiste a besoin de concombre sauvage. Elle sait où l'on peut en trouver sans faute. C'est un peu loin, de l'autre côté de l'étang de la Prade, mais il faut y aller, oui maintenant, avant le soir. Non, elle ne dira pas aux filles pourquoi, elle leur dira juste qu'il y a une dame qui souffre, c'est une question de vie ou de mort.

— C'est une dame du village ? demande Jeanne (qui, elle, sait à quoi sert le concombre sauvage).

— Comme si ça te regardait, petite curiosité ! Va faire ce que ta mère te demande, ou je te transformerai en hanneton en moins de temps qu'il n'en faut pour le dire.

Les deux filles s'en vont, mais avec moins d'alacrité que le jour des fraises des bois. L'air est pesant, le ciel plombé et d'une couleur anormale, gris-jaune, elles ont l'impression de respirer de l'eau chaude, elles voudraient marcher vite pour en avoir fini mais, dès qu'elles hâtent le pas, la sueur ruisselle sur leur front et dans leur dos et les habits leur collent à la peau. Elles ne se parlent pas, l'air épais impose le silence à tout le paysage, les moutons sont immobiles, prostrés, même les mouches et les abeilles ont renoncé à bourdonner.

Il ne faudrait pas être dehors en ce moment, c'est une évidence, il faudrait être à l'abri, derrière les bonnes pierres fraîches de l'auberge ou de l'église. Barbe essaie de penser à Jésus mais elle a mal à la tête, elles avancent, elles avancent, pour obéir à Hélène et pour sauver la vie d'une femme qu'elles ne connaissent pas, mais c'est dur, c'est injuste, personne ne devrait avoir à marcher à travers ce plomb fondu...

Eclair-*Crac* ! Il n'y a pour ainsi dire pas d'écart entre la lumière et le bruit.

Elles se regardent. Elles longent maintenant le bord de l'étang mais il faut le contourner tout à fait, Hélène a donné comme repère une petite bicoque de pêcheur en ruine, c'est encore à une demi-lieue au moins.

L'éclair fend le ciel au-dessus de l'étang, laissant sur leurs paupières éblouies la gravure géante et brillante de ses fourches. Et, aussitôt : *Crac !* Le tonnerre leur perce les tympans. Ce n'est pas comme

107

à l'habitude un lointain grondement, un roulement de tambour, mais une détonation sèche, assourdissante...

D'un seul coup le ciel s'assombrit, s'ouvre et déverse sur elles son contenu, des trombes et des trombes d'eau, en moins de trois secondes elles sont détrempées, c'est un soulagement fabuleux, une joie, elles se mettent à courir, enfin elles peuvent courir à nouveau, c'est drôle et délicieux de courir sous cette pluie invraisemblable, elles rient tout en courant, elles entendent sonner les cloches de l'église de Torchay et se regardent en levant les sourcils, le père Thomas ne sera pas content, c'est interdit de faire sonner les cloches à cause d'un orage...

Eclair-*Crac* ! Barbe sent. Ce qu'elle sent est une non-sensation, ou alors ce n'est plus Barbe qui le sent. Quelque chose n'est pas là : soit Barbe, soit le monde. En moins, en beaucoup moins de temps qu'il n'en faut pour le dire. En pas de temps. En dehors du temps. C'est comme une anéantissante jouissance, si Barbe savait ce qu'est la jouissance et si elle pouvait se dire quelque chose. Ou alors c'est comme une jument déchaînée, galopant à reculons à travers le cosmos. Et c'est froid, cela vous a glacé le corps et l'âme avant même d'avoir commencé à le faire. Barbe sent tout cela, si tant est qu'on puisse dire ces mots-là où il n'y a pas de mots, et, presque avant d'avoir commencé à le sentir, elle l'a déjà senti, elle est là de nouveau, le monde est revenu, il ne s'est rien passé. Tout est comme avant, sinon que, dans l'air, traîne la forte puanteur du tonnerre…

Elle s'aperçoit qu'elle a couru trop vite encore une fois, plus vite que Jeanne. Il faudra l'attendre et lui dire…

Barbe s'arrête, fait demi-tour, s'arrête – oh, elle est tombée, Jeanne…

Son amie est étendue sur le dos, sous un chêne. Mais qu'est-elle allée faire sous ce chêne ? elle était juste derrière moi sur le chemin… Barbe reste là, à attendre son amie sous la pluie qui déjà diminue, devient une pluie raisonnable, une pluie d'été gentille et innocente – et regarde, le ciel s'est calmé, une lumière diffuse, irréelle filtre maintenant par les nuages allégés, toute la scène en est transfigurée. Une brume irisée monte de l'eau, brillant telle une poudre d'or dans les rayons obliques du soleil, et à travers elle on distingue, comme dans un rêve, les joncs et les nénuphars. Le silence menaçant de tout à l'heure s'est mué en paix divine – et regarde, Jeanne, comme l'eau scintille là-bas, on dirait qu'un million de pièces d'or dansent à sa surface… Viens, ma Jeanne…

Barbe marche lentement vers son amie. Ce qui est curieux, ce qui est vraiment très curieux, c'est que Jeanne est nue. Sa robe et son tablier sont en pièces, éparpillés sur l'herbe autour d'elle, il ne lui reste qu'une sandale à un pied et un pan de tissu bleu sur la cuisse gauche. Mais comment as-tu pu faire ça si vite, Jeanne ? Comment as-tu fait pour te déshabiller et déchirer tes habits et te coucher par terre pendant que j'avais le dos tourné ? Quel est ce jeu, mon amie, un rituel de jour d'orage que je ne connais pas ? Ah ! mais ce que tu es belle, toi, avec tes jambes galbées, ton ventre si rond et blanc – et tes seins, oh, je suis jalouse, t'as jamais voulu me montrer ta poitrine et voilà maintenant que tu la montres à tout le monde !

Mais relève-toi, Jeanne, quelqu'un pourrait passer et te trouver là, c'est pas bien, allez, lève-toi et viens voir comme l'eau scintille, j'ai jamais vu ça, c'est le paradis…

Et, tandis que Barbe se retourne vers l'étang pour contempler à nouveau ce tableau irréel et tremblotant, ses yeux sont attirés par un étrange tas blanchâtre, là, à dix pas, de l'autre côté du chemin, près des premiers joncs.

Elle fait les dix pas, se penche et puis se fige, se fige à tout jamais, oh, Dieu fasse que, Dieu fasse que, Dieu, Dieu, Dieu…

C'est la cervelle de Jeanne.

LE CARNET *SCORDATURA*

Chacun de nous transporte en soi le centre de l'univers.

Cela me paraît capital. De même que dans le cosmos il n'y a ni haut ni bas, de même, ce à quoi nous réfléchissons se trouve, à tout moment donné, au centre de l'univers. Il faut faire attention, donc, de ne pas réfléchir à n'importe quoi.

Jonas est venu me voir hier soir. Il a téléphoné et il est venu. Ce qui arrive toujours est arrivé encore. On est tellement bêtes. On n'arrive jamais à croire que cela va arriver encore. Je suis incapable de me fâcher contre cet homme, alors que cela vaudrait sans doute mieux, pour lui comme pour moi. Depuis vingt ans il est marié avec Moïra, amoureux de Moïra qui est frigide et folle, c'est une sculptrice, une artiste douée et cyclothymique : plusieurs séjours en hôpital psychiatrique, de nombreuses séances d'électrochoc, deux tentatives de suicide (l'une en s'ouvrant les veines, l'autre par Valium et vodka), deux enfants aussi (ça, je ne sais pas comment elle s'y est prise, mais si la Vierge Marie peut le faire je suppose qu'il n'y a pas de raison que Moïra ne le puisse pas)…

Jonas l'adore, il la désire, il ne désire qu'elle, si fort qu'il veut mourir s'il ne peut pas lui faire l'amour, seulement elle n'en a jamais envie, son corps dès qu'il le touche est passif et froid comme de la pierre, alors il vient me voir moi, parce que je ne suis pas une prostituée, parce que je suis une vieille amie, une amie douce et compréhensive, il vient chez moi tout tendu de désir pour sa femme et je le sais et je l'accepte parce que Jonas est poète et que j'admire ses poèmes, et aussi parce que c'est bouleversant de le sentir durcir, à travers ses vêtements et les miens, quand il me prend dans ses bras au début, et puis, et puis, cela ne manque jamais, plus on est dévêtus moins il est dur, et quand on se retrouve peau contre peau dans le lit défait, il ne reste plus rien à faire ensemble, plus le moindre espoir de le faire rebander en le cajolant, et c'est la défaite à nouveau, la honte à nouveau, ses soupirs, mes haussements d'épaules, nos baisers maladroits qui voudraient dire que cela n'a aucune importance alors que cela en a beaucoup, et après on s'installe devant la cheminée pour un peu de whisky et de conversation.

Hier soir il m'a parlé comme d'habitude de Moïra, c'est le seul sujet qui l'intéresse, ses sculptures récentes lui font peur, me dit-il, des femmes avec des trous béants au ventre, des femmes se couvrant la tête de leurs bras, des femmes s'arrachant pieds et mains, il craint qu'elle ne soit sur le point de disjoncter à nouveau, la dernière fois c'était au cours d'une cérémonie en son honneur, elle était censée marcher jusqu'à l'estrade pour recevoir une médaille, au lieu de quoi elle s'est mise à courir dans l'allée à quatre pattes en aboyant et en bavant comme un chien enragé. Je ne supporte plus d'entendre Jonas raconter cette histoire. La première fois qu'il me l'a racontée j'étais émue aux larmes qu'il me fasse à ce point confiance, qu'il partage avec moi des choses aussi terribles, aussi intimes, mais plus tard je l'ai entendu la raconter à d'autres, comme ça, en buvant une bière, et ça m'a fait frémir car j'ai compris qu'en réalité il se vantait, qu'il était fier de Moïra, fier de sa folie et de sa frigidité, fier aussi de lui-même pour sa patience avec elle… Et puis, parcourant un recueil de ses poèmes récents, je suis tombée sur les mêmes images encore, l'épouse en chienne enragée, l'épouse en statue de pierre, et maintenant je ne veux plus en entendre parler. Je sais bien, je sais bien, sur quoi peut-on écrire sinon sur les choses qui vous hantent, mais quand même, non, cela me gêne.

D'autre part, je n'ai pas envie de rivaliser avec Moïra en matière de folie. Comment ma stupide petite névrose ferait-elle le poids face à ses délires prodigieux, grandioses ?

Rêve après le départ de Jonas, d'une rare netteté : j'étais enceinte, et l'enfant que je portais avait déjà une tête, des rudiments de bras et de jambes… *mais il n'avait pas de cœur.*

De toute évidence lié à ce que je venais d'écrire sur Robert d'Arbrissel dont on a arraché le cœur à la poitrine. Mais je connais le vrai sens.

Moi-même : l'enfant sans cœur.

Mon père vient de téléphoner pour me souhaiter la bonne année et pour s'excuser de ce qui s'est passé en novembre – je n'avais pas eu de ses nouvelles depuis. Chaque fois qu'il m'appelle je m'efforce, en écoutant sa voix, de déterminer le degré de son ébriété. Il le sait, il me sent à l'affût des mots inarticulés, et il est capable d'imiter de façon assez convaincante un homme à jeun. Il n'y a que deux critères infaillibles : les répétitions et les superlatifs. Quand il est fin soûl il répète chaque phrase au moins six fois, avec des variations mineures d'une fois à l'autre, et les mots "le plus" reviennent de façon obsédante. (La chose la plus belle, la plus horrible, la plus étonnante qu'il ait jamais vue ou entendue ou faite de sa vie entière…) Tout à l'heure il devait en être à son deuxième ou troisième verre de la soirée, ce qui n'est pas trop mal pour dix-huit heures trente. Il m'a dit qu'il n'avait jamais eu aussi honte de lui-même que ce soir-là, en revenant du métro. J'ai raccroché dès qu'il a été possible de le faire sans le blesser.

Maintenant que je ne déteste plus mon père, ce qu'il remue en moi est presque intolérable. De la pitié, bien sûr – mais, si je regarde de plus près, une nostalgie lancinante aussi. Le désir qu'il ressemble à nouveau à l'homme que j'ai connu jadis. Mon papa si beau – je le trouvais plus beau que tous les autres papas réunis ; quand il me conduisait à l'école je voulais que les autres filles le voient en train de m'embrasser. C'était un jeune homme fort, aux dents blanches et aux muscles saillants, qui m'attrapait dans ses bras et me lançait en l'air… Un homme tendre (mais bourru, car la tendresse lui faisait honte) qui, un jour, caressa mes grands cheveux auburn en me disant d'en être fière : leur couleur était juste celle des châtaignes… Un homme drôle aussi – qui, chaque dimanche avant de partir pour l'église, se débattait avec le nœud de sa cravate en faisant des grimaces de strangulation…

Pourquoi ne téléphone-t-il pas aux autres enfants ? Je ne suis pas la seule à vivre dans la zone d'appels gratuits : il reste encore Jimbo à Brooklyn et Joanna dans le Bronx… Mais eux, bien sûr, ont des "responsabilités familiales" : il hésite à les déranger, tandis que moi je suis libre et disponible, je ne fais qu'écrire.

Vous vouliez raconter, je crois, le double concert. Tartini. La Trille *du diable…*

Ah oui. Le double concert. Oui.

Donc elle avait écrit ces lettres à *Mio marito* pendant sa tournée européenne, et ensuite, d'après ce qu'elle m'a raconté plus d'une fois – c'était une de ses rares plaisanteries à ce sujet : "Quand je suis rentrée cette fois-là, ton père m'a prise dans ses bras, il m'a fait tournoyer dans l'air et il m'a dit : «Tu ne m'échapperas plus.» Je n'ai pas cru un instant qu'il parlait sérieusement."

C'était ça, sa plaisanterie.

Voici ce qui se passa la première fois qu'Elisa donna un concert à Manhattan après sa tournée européenne.

A ce moment-là elle était enceinte de quatre mois. (Mon frère et moi. Le petit Néant, jumeau mort de Nada vivante. L'auriez-vous appelé Nathan ? Norman ? Nidularium ? *Pourquoi m'avoir dit que c'était un garçon ?*)

Il s'agissait d'un concert gratuit, un dimanche après-midi à la Riverside Church. Au programme : des sonates pour violon de Giuseppe Tartini, avec Elisa comme soliste. L'église était pleine – bien plus pleine sans doute que lors de l'office religieux du matin. (D'après Stella, on peut tirer un certain réconfort du fait que, même à notre époque de perfection préfabriquée, les gens continuent d'avoir besoin de musique vivante.)

J'ai toujours eu l'impression d'avoir assisté moi-même à cette scène mais évidemment c'est faux : mes yeux étaient encore scellés par le liquide amniotique. Les mouvements rythmés du corps d'Elisa durent me bercer pendant qu'elle jouait et la musique elle-même me parvenait peut-être de loin, à quatre mois les oreilles d'un fœtus sont déjà formées… Quoi qu'il en soit, non, c'est Stella qui m'a raconté l'histoire. Elle-même ne jouait pas ce jour-là, c'était au tour de l'autre violoncelliste donc elle se trouvait dans l'assistance. Et, peu avant l'entracte, au beau milieu de l'*Adagio* final de la *Sonate en sol mineur* de Giuseppe Tartini, elle entendit quelqu'un descendre le vaisseau central et se diriger vers le transept. Des pas bruyants, irréguliers. La personne en question ne marchait pas précautionneusement sur la pointe des pieds. Elle titubait, avec un je-m'en-foutisme ostentatoire.

Se retournant pour voir, elle reconnut – horreur ! – Ronald. Ivre mort et fou furieux. L'idée lui passa par la tête de lui faire un croc-en-jambe, de l'étaler par terre, n'importe quoi pour l'empêcher d'atteindre l'espace devant l'autel où son épouse faisait de la musique divine. Mais, reconnaît-elle maintenant d'un air penaud, elle avait peur qu'il ne lui morde le mollet.

Quand Elisa se rendit compte de ce qui se passait, ses joues s'empourprèrent. (Elle n'avait encore jamais vu Ronald dans cet état : gris, oui, noir, non ; prolixe et émotif, oui, rétamé et hors de lui, non.) Elle continua de jouer, dit Stella, enfonçant son menton dans le coussinet en cuir et donnant de grands coups d'archet sans manquer une seule note : une vraie professionnelle.

Ronald avança en vacillant jusqu'au transept, mais là, contrairement à ce qu'avait redouté Stella, il ne se jeta pas sur Elisa pour lui arracher son instrument des mains. Non. Tranquillement, il traversa l'estrade jusqu'au piano à queue, qu'on avait poussé là pour faire de la place au clavecin, et, s'asseyant au clavier, se lança – avec force gestes parodiques des bras et de la tête – dans une interprétation sauvage et débraillée de *Ramblin' Rose*. Non content de le jouer, il le chantait aussi. Mal. Et fort. Tandis que son épouse poursuivait son interprétation de l'*Adagio* de Tartini.

Why you ramble, no one knows...

Plusieurs personnes des premiers rangs s'élancèrent pour lui ôter les mains du clavier mais, les repoussant avec un grognement de rage, il se remit à plaquer ses accords monstrueux tout en s'égosillant...

My Ramblin' Rose...

Le concert se termina dans le chaos.
La carrière de ma mère venait de prendre fin.

Il avait besoin de se sentir capable d'entretenir sa famille.

Sans blague. Comme c'est touchant, la solidarité entre hommes...

Peu de temps après leur mariage, Sigmund Freud écrivit une lettre à son épouse Martha pour lui expliquer ses ponctuelles explosions de mauvaise humeur : celles-ci, d'après lui, étaient le résultat de sa nature violente et passionnée. En effet, il était "comblé de toutes sortes de démons qui ne [pouvaient] sortir" et qui grondaient en lui ou "se [trouvaient] lâchés contre toi, ma chérie" (lettre du 10 novembre 1883, citée *in* Ernest Jones, *La Vie et l'œuvre de Sigmund Freud*, t. I, p. 215). Je me suis toujours demandé comment Martha Freud avait réagi à cette lettre : a-t-elle compris ce que son mari voulait dire ? Voici l'alternative : ou bien ils grondent en moi, ou bien ils se trouvent lâchés contre toi. Ma chérie.

Ma mère, elle, ne comprit jamais les démons de mon père, de cela je suis certaine. Elle était amoureuse de lui, ne désirait rien de plus que de le respecter et de fonder avec lui une famille sous le regard bienveillant de Dieu, je suis persuadée que dans son esprit la famille était conçue à l'avance comme le simple prolongement de l'Ensemble baroque. Il y aurait différentes combinaisons d'instruments mais Ronald jouerait toujours le *basso continuo* et elle le premier violon, aidant les autres à s'accorder puis les dirigeant avec son archet (dans la période baroque les chefs d'orchestre n'existaient pas ; les autres musiciens se contentaient de suivre, en jouant, l'archet du premier violon)…

Mais non. Il avait épousé l'oiseau pour étouffer son chant.

Encore des clichés.

Foutez-moi la paix, vous voulez bien ? J'ai besoin de comprendre.

Je ne sais comment Elisa réagit au concert interrompu, à quel moment précis elle accepta de quitter l'Ensemble, ce sont des questions que je ne lui ai pas posées, on ne pose jamais les questions essentielles.

Elle fourra son violon dans un placard quelque part. Dans un premier temps, elle vit probablement cet arrêt de la musique comme une chose provisoire : les dernières semaines de la grossesse, et ensuite pendant qu'elle m'allaitait, car il eût été inconfortable et incommode d'exécuter des mouvements d'archet compliqués au-dessus de seins gonflés de lait. Mais, plus tard, le moment magique ne revint pas : ce moment où on se retrouve la tête libre, et où on peut déplier sans hâte le pupitre, y poser la partition et s'élancer en direction du ciel…

La première surprise, la première fausse note dans le concert du mariage, fut l'importance soudaine et incommensurable de la nourriture. Elisa avait été une créature aérienne, gracile et filiforme, presque sans poids, amoureuse du son et du mouvement, habituée à manger au comptoir des cafés ou des pâtisseries, sans presque regarder ce qu'il y avait dans son assiette. Mais une fois mariée, et bientôt enceinte, alourdie par un enfant, puis des enfants – dans les bras, dans le ventre, au sein, sur le dos, trois puis quatre puis cinq marmots lui tirant sur les jupes, sur la main, sur le cerveau avec leurs demandes –, elle devait faire des listes de courses sans arrêt, prévoir des repas à l'avance, ramener du supermarché des sacs pesants… Je me rappelle ses bras maigres se tendant avec l'effort, les veines gonflées – et aussi, sur son visage, cet air de surprise, la surprise de voir à quel point ces tâches étaient dures et à quel point elle se trouvait seule pour les faire.

Elle pria Dieu de lui donner force et patience, mais Il ne lui donna qu'encore et toujours des enfants : certains vivants, d'autres morts, tous épuisants.

Stella venait la voir chaque fois qu'elle était de passage à New York, elles prenaient le café ensemble tout en mangeant du gâteau et en échangeant des potins sur le monde de la musique. Nous autres enfants nous efforcions de grappiller quelques miettes du gâteau avant que Stella ne pût le dévorer seule – mais on l'adorait : pour son appétit incroyable et aussi pour sa pétulance ; chaque fois qu'elle venait, on pouvait être sûrs d'entendre notre mère rire aux éclats ; parfois on entrait dans la cuisine et les deux femmes étaient là, tête rejetée en arrière et larmes aux yeux, riant à s'en décrocher la mâchoire… Une fois j'entendis Elisa demander à Stella pourquoi elle semblait toujours de bonne humeur et Stella explosa de rire, faisant voler des miettes de gâteau tandis que son corps tressautait follement : "Mais, répondit-elle, c'est parce que je suis vivante ! *Ils ne m'ont pas eue !*"

(A l'époque je ne comprenais pas. Maintenant si.)

Stella trimballait son violoncelle partout avec elle dans le coffre de son break, mais quand elle proposait à Elisa de jouer ensemble un peu de Telemann, Elisa secouait la tête non. Il y avait à chaque fois un prétexte : elle ne se sentait pas bien ou elle était enceinte à nouveau ou il manquait une corde à son violon.

Il est clair qu'à cette époque, elle avait plus besoin de Stella pour la parole et le rire que pour la musique.

De plus en plus de fausses notes.

A table pendant le repas, elle se mit à tomber dans une sorte de transe d'inattention, elle nous servait à manger puis restait là assise, le regard plongé dans le vide, les yeux vitreux. Parfois Père tendait le bras par-dessus la table et claquait des doigts à quelques millimètres de son nez ; d'un sursaut elle revenait à elle et il lui reprochait avec sarcasme ses "rêveries".

Une seule fois, d'après mes souvenirs, Elisa s'est plainte. Souvenir au formol : un déjeuner du dimanche. Oui, elle avait dû se plaindre d'avoir à faire le ménage toute seule. C'est la seule façon dont j'arrive à m'expliquer cette scène, cette image, insoutenable : Ronald se levant de table, si violemment que sa chaise se renverse, allant à grands pas jusqu'à l'évier et ouvrant le placard au-dessous, s'emparant d'un torchon puis se mettant à sauter çà et là dans la cuisine comme une sauterelle géante, atterrissant dans une position accroupie et faisant mine de frotter le sol, puis sautant encore, sautant et frottant, encore et encore, tout en gueulant contre Elisa – s'attendait-elle à ce qu'il fasse ceci en plus de cela – et ce qui m'a le plus frappée c'est qu'il était échevelé, lui dont les cheveux étaient toujours si lisses et bien peignés, une mèche avait été repoussée sur son front et je vis – c'était la première fois que je le voyais et cela me fit presque aussi peur que sa rage contre ma mère – je vis qu'il avait un début de calvitie.

Pourquoi écrivez-vous tout ceci ?

J'ai besoin d'écrire ceci pour pouvoir écrire cela. Et inversement.

Mais c'est tellement futile, ma chère. Une perte de temps. Suivez-moi...

Suivez-moi et je vous ferai pêcheur d'hommes, c'est ça ?

Ne soyez pas bête. Je n'ai rien à voir avec Jésus. Je suis Satan aux deux visages, Satan le Père du mensonge.

Je commence à me demander, vous savez. Je commence à me demander si je n'aime pas Satan de la même manière exactement que Barbe aime Jésus, ou Barnabé sa mère... Oui, l'humanité a besoin de vous tous, vous autres inexistants. Et elle a besoin de tous vos petits apprentis aussi : les sorcières, les prêtres vaudou, les poètes, les peintres et les fous qui, patiemment, inlassablement, amènent à l'existence des choses impalpables, accomplissent des miracles, réparent les jambes cassées et les cœurs brisés, soulagent la douleur, rendent suaves les larmes les plus amères, transforment l'eau en vin et la salive en nectar, muent la dure chair solitaire – par la magie d'une baguette, d'une flèche, d'une aiguille ou d'un poème – en or fondu !

Je vous en prie, Nada. Trêve de discours. Vous savez bien que vos défenses intellectuelles mettent en danger la vie de vos personnages. Allez, calmez-vous. Faites le vide. Et écoutez.

SONATE DE LA RÉSURRECTION

V – LA ROUTE

— Mais où iras-tu, ma petite sœur ?

— Je ne sais pas, Barnabé. Il faut que je m'en aille loin d'ici…

Les jumeaux parlent à voix basse, en jetant autour d'eux des regards inquiets : Barbe a convaincu le père Thomas d'organiser ce rendez-vous mais il ne faut pas qu'on les découvre ici ensemble, dans la chapelle du prieuré d'Orsan.

— Tu peux pas t'imaginer, Barnabé… Dès qu'on a appris ce qui s'était passé, on m'est tombé dessus. La tempête c'était de ma faute, j'étais une sorcière, j'avais fait exprès ce jour-là d'exciter les éléments. Pendant des années à venir, toutes les stérilités, toutes les maladies qui frapperont les gens de Torchay, ça sera de ma faute, tu peux en être sûr… J'ai tué la Jeanne parce que j'étais jalouse d'elle, moi la mauvaise orpheline aux airs louches, sale fille, connasse, putasse, oh ! j'en ai entendu des affreusetés, mon frère…

— Mais pas l'Hélène, quand même ? Dis-moi, Barbe, elle ne t'a pas parlé de la sorte, l'Hélène, au moins ? Elle qui t'aimait si tendrement…

125

— Non, elle m'a pas blâmée. Même au milieu de ses larmes elle a essayé de me rassurer, elle savait que je lui aurais jamais fait de mal, à la Jeanne… Elle est forte, l'Hélène, c'est incroyable, t'aurais dû la voir s'occuper des détails de l'enterrement, faire venir le menuisier pour commander un cercueil en chêne, faire venir le maître d'orgues pour choisir la musique de la messe… Je l'ai vue partir à l'église, soutenue par deux messieurs, la tête haute – et moi j'avais même pas le droit d'y aller, tu te rends compte Barnabé, je pouvais pas assister aux funérailles de ma Jeannette, sous peine de déclencher de nouvelles émeutes – oh mon Dieu !… Après… c'est Hélène qui m'a conseillé de partir. Elle m'a dit que les gens du village me pardonneraient jamais, que c'étaient des gens bêtes et bornés et qu'ils me craindraient, me persécuteraient toujours… Elle m'a donné quelques habits de Jeanne… et cette amulette pour me protéger des bêtes sauvages… et puis des victuailles pour plusieurs jours de marche, en me disant de m'en aller le plus loin possible, là où on aurait pas entendu parler de la foudroyée…

Barnabé caresse la nuque de sa sœur. Elle presse son front contre le sien et serre les mâchoires à en trembler, mais ses yeux sont secs.

— Ma pauvre, pauvre Barbe, murmure-t-il. Pourtant, Maman m'a assuré que tu mènerais une vie de chance, puisque tu étais née coiffée. Les voies du Seigneur sont bel et bien impénétrables.

Barbe s'écarte un peu de son frère et le dévisage.

— Toi, Barnabé, tu m'abandonneras jamais ?

— Au grand jamais, jure Barnabé avec solennité. Mais tu sais, je vais bientôt prononcer mes vœux, et à partir de ce jour-là je ne pourrai plus circuler comme je veux, il me faudra l'autorisation de la prieure pour chacune de mes sorties. Mais nous prierons pour toi, maman et moi, tous les jours que Dieu fait. Et tu trouveras bien le moyen de me donner de tes nouvelles ? Il le faut, promets-le-moi, sinon je ne te laisserai pas partir, je te cacherai ici, je te transformerai en poirier pour avoir le droit de venir chaque jour chanter à l'ombre de tes branches.

Il pousse quelques roucoulements de tourterelle triste.

Barbe sourit, reconnaissante de cette maladroite tentative pour la faire rire.

— Je te le promets, dit-elle.

Les jumeaux se serrent fort quelques instants, et se séparent sans plus un mot. Ils sentent que cette conversation a marqué la fin de leur enfance.

Cette nuit-là, allongé sur sa paillasse, Barnabé attend, se concentre, fixant la belle charpente en forme de bateau renversé dont il connaît maintenant chaque poutrelle et chaque solive. Enfin il commence à percevoir l'aura bleue.

— Vous êtes là, Mère ?

— Oui, Barnabé.

Son visage lui apparaît, aussi jeune et souriant que toujours : Barnabé se rend compte que sa mère est désormais à peine plus âgée que lui-même. Cette constatation le met légèrement mal à l'aise.

— Je voulais vous demander… dit-il. La voyez-vous, Barbe ? Pouvez-vous veiller sur elle ?

— Je peux la voir, mais son destin n'est pas entre mes mains, non plus n'ai-je le droit de te dire ce qui lui arrivera.

— Mais… vous êtes sûre, Mère, qu'elle s'en sortira ? qu'elle trouvera le bonheur ?

— Rassure-toi, Barnabé. Ta sœur n'a rien à craindre. C'est ton destin à toi qui m'apparaît comme… sous une ombre.

— Mais enfin ! Que peut-il m'arriver à l'inté-rieur d'un monastère ? Je suis entièrement heureux ici, heureux de travailler la terre et de louer Dieu par ma voix, heureux en votre compagnie… Ah ! si seulement je pouvais faire entrer Barbe dans le couvent…

— Cela est hors de question, dit Marthe, l'inter-rompant avec une vigueur qui l'étonne. Il faut que Barbe suive son chemin, et tu ne dois rien faire pour l'en empêcher.

— Oui, Mère, dit Barnabé en hochant tristement la tête. Maintenant… me chanteriez-vous encore une fois cette pastorale que j'aime tant ?

Et la mère morte de Barnabé, la jeune bergère dont il a hérité la voix si pure, si mélodieuse, se met à chanter dans le dortoir des moines pour les seules oreilles de son fils :

Tes moutons, ma bergère, ils sont bien écartés,
Ils sont dedans la plaine, on les voit plus aller.
Tes moutons, ma bergère, ils sont bien écartés.
Ils sont dedans la plaine, on les voit plus aller.
– Mes moutons, ils marchent au courant de l'eau,
Mon berger les rassemble, au chant des oiseaux.

Le chemin de Barbe est poussiéreux et aride, épuisant sous le soleil de la fin août. Alors qu'elle avait pour ainsi dire oublié la sensation de la peur pendant ses mois d'allégresse à Torchay, voilà qu'elle est à nouveau aux aguets, tendue, à fleur de peau comme une bête blessée. Malgré son désir d'être courageuse, et malgré l'amulette qu'elle porte autour du cou, elle a du mal à ne pas penser aux loups, et surtout à ces loups qui raccompagnent les voyageurs la nuit en les suivant à distance toujours égale ; la seule idée de cette poursuite intime, de ces pas résonnant derrière les siens en écho sarcastique, lui glace les sangs : elle fait attention de se coucher tôt, de ne jamais être sur la route après la tombée de la nuit. Un matin, elle ouvre les yeux pour se trouver nez à nez avec une énorme bête noire à la langue pendante, elle manque s'évanouir d'effroi mais ce n'est pas un loup, ni la terrifiante levrette de la légende, ce n'est qu'un chien, le chien de la ferme près de laquelle elle s'est endormie, s'affairant avec anxiété autour de ce corps chaud mais immobile qu'il a trouvé dans le fossé. La sentant bouger, il lui lèche la joue ; elle rit et les deux se roulent ensemble dans l'herbe, en proie à un grand soulagement réciproque.

Dans la journée, dès qu'elle voit ou entend approcher des gens sur la route – colporteurs, mendiants, ouvriers ambulants, peu importe, tous l'effraient –, elle se glisse dans un fossé, ou derrière une bouchure, ou parmi les hautes herbes près d'un étang. Elle sait se faire roseau, arbrisseau ou pierre, elle sait abolir son regard de manière à ne pas attirer le regard des autres : on passe près d'elle, on la frôle presque, et on ne la voit pas.

Elle prie. Elle remercie Dieu d'avoir fait en sorte que ce voyage ait lieu en été et non pas en hiver… puis elle se souvient que Dieu envoie des orages en été aussi – et que, sans cela, elle n'eût pas été contrainte de fuir.

— Dis-moi ce qu'il faut faire, mon Seigneur. Je T'écoute de toute mon âme.

Mais la présence de Jésus, si forte dans la fraîcheur et le calme de la petite église de Torchay, est comme dispersée ici en rase campagne par la vitalité débordante de la nature : balancements et chutes, menus trajets et poursuites, à tout instant des choses qui croassent ou vrombissent, mugissent ou bêlent… Plus elle vit dehors, plus Barbe a peur. Elle redoute non seulement les serpents, les orties et les insectes, mais même le vent, même les nids d'oiseaux, elle ne sait plus où s'arrête toute cette nature et où elle commence, elle, elle se sent comme transparente, perméable, traversée à l'envi par les choses et les bruits, elle n'a plus confiance en sa propre existence, en sa séparation d'avec le reste du monde. A l'aube et au crépuscule, dès que baisse la lumière, cela va mieux ; mais les journées sont encore longues et souvent, l'après-midi, elle a des accès de nausée et de vertige.

Les dents serrées, elle répète mille fois, dix mille fois, le nom de son frère.

Au bout de cinq jours de marche, elle commence à quémander une place comme servante dans chaque village sur son chemin. Elle a le regard brûlant, brillant et elle le sait, il faut qu'elle baisse les yeux ou les gens se méfieront dès le premier instant, ils se méfient quand même, elle est trop maigre et poussiéreuse, trop hâlée par le soleil, ce n'est pas bon signe, c'est peut-être bien une vagabonde ou une gitane et on ne veut pas de ça ici...

Le mois de septembre est là : les rosées matinales, dans les fossés où elle dort, se font froides et pénétrantes. Barbe ne réfléchit plus, elle ne prie même plus, elle mange des mûres et des touffes d'herbe, elle marche sans savoir ce qu'elle espère, parce que Hélène lui a dit de marcher : si elle tombait d'inanition, si elle périssait de froid ou de fatigue, cela lui serait égal.

Mais ce n'est pas là son destin. Non, son destin n'est pas une ligne droite comme celui de son frère

Barnabé, c'est un chemin tout en arabesques, en nœuds et en torsades.

Un jour enfin, elle arrive à Sainte-Solange. Elle s'assoit pour se réchauffer sur un banc en pierre dans un pâle carré de soleil automnal, devant l'église. Elle ne sait où elle se trouve, ni depuis combien de temps elle marche, elle sait à peine son propre nom. Et, alors qu'elle se tient là, les jambes écartées, les mains abandonnées entre ses cuisses, le regard aussi vide que son sac de provisions, une jeune femme l'aborde.

— Vous êtes malade ? Mademoiselle ? Ça va pas ?

Barbe n'a même pas la force de lever les yeux.

La jeune femme regarde autour d'elle. Quelqu'un connaît-il cette pauvre fille ? Mais non, personne ne l'a jamais vue.

— Ecoutez, il faut lui venir en aide, elle est bien faible, regardez-moi ça...

— Oh ! disent les voisines. Comme si on avait pas assez de mal à venir en aide à nous-mêmes, par les temps qui courent ! S'il fallait secourir tous les mendiants...

— C'est pas une mendiante, j'en suis sûre. Allez, aidez-moi seulement à la porter jusque chez moi, je m'en occuperai ensuite.

— Il risque de pas être ben content, votre Donat.

— Je m'occuperai de lui aussi ! rétorque gaiement la jeune femme. Venez, un petit coup de main et c'est terminé.

Au milieu de l'après-midi, Barbe se réveille dans un grand lit à rideaux, son premier lit depuis des semaines. Près de la fenêtre, assise dans un fauteuil, la jeune femme est en train de filer du chanvre. Elle lui fait un grand sourire en guise de bonjour, et Barbe voit qu'il lui manque deux dents. Elle ne demande pas où elle est, elle n'a pas encore retrouvé les mots, c'est encore une bête des bois… elle se rendort jusqu'au soir.

Elle est réveillée par des éclats de voix venant de la cuisine, à l'autre bout de la maison. Une voix d'homme, une voix de femme. Barbe ne saisit pas les paroles mais elle comprend que c'est elle, l'objet de l'altercation. Brusquement, elle se met debout… et s'effondre sur le sol, évanouie.

C'est Marguerite Guersant qui l'emportera ce soir-là, une fois n'est pas coutume, sur son mari Simon, que tout le monde sauf elle appelle Donat parce que c'était un enfant donné, abandonné dès sa naissance sur les marches de l'église de La Chaume.
— Gardons-la quelques jours pour voir, insiste Marguerite. On la guérit et puis on verra si elle est

solide ou pas, elle m'a l'air solide cette fille, et justement on en a besoin, je n'ai plus d'aide à la maison depuis que la Madeleine est partie se marier, je suis obligée de tout faire toute seule, même les corvées les plus sales, tu trouves ça normal pour la femme d'un bon laboureur comme toi ? Les autres vont croire qu'on ne peut même plus payer les gages d'une seule servante, comment veux-tu que je regarde les gens en face ?

— Et moi, ça va me faire respecter, tu crois, que ma femme ramasse de pauvres loques dans la rue ?

— Viens donc la voir au moins, Simon !

Ils la trouvent par terre, un tas d'os bizarre, comme des branchages jetés en vrac. Au moment où ils la soulèvent et la reposent sur le lit, Barbe lève un instant les paupières.

— Mais c'est qu'elle est moche comme une fouine, grommelle Donat, mécontent.

— Chut ! Elle nous entend… Elle a juste besoin d'un bon repas et d'un bon bain, après elle sera présentable, tu verras, fais-moi confiance.

Au fond d'elle-même, Marguerite sait qu'elle a choisi cette fille-là justement parce qu'elle n'est pas belle.

Dès le lendemain, on donne à Barbe une paillasse pour dormir – le lit à rideaux, bien sûr, est celui du couple lui-même – mais tout vaut mieux qu'un fossé. La cloison entre sa chambre et la leur n'étant qu'une couverture suspendue au plafond, Barbe est vite mise au courant des difficultés du couple Guersant. En effet, depuis les sept ans qu'ils sont mariés, Simon a engrossé pas moins de quatre de leurs servantes qui, l'une après l'autre, ont été renvoyées dès que la Marguerite a eu connaissance de leur état. Lui, reproche amèrement à son épouse de ne pas lui avoir donné d'enfant ; le soir, surtout s'il s'est arrêté à la taverne en revenant des champs, il rouspète et râle contre elle. "On va croire que quelqu'un a noué l'aiguillette lors de nos noces et que je suis pas capable de faire mon devoir !" C'est pour prouver le contraire, d'après lui, qu'il est obligé d'aller voir si cela ne se passe pas mieux ailleurs. "Et regarde, dit-il, c'est presque comique, c'est toi la seule que j'arrive pas à engrosser, tu vois ben que c'est ta faute si j'ai pas encore de fils après sept ans de mariage ! Et puis, j'en ai assez et plus qu'assez de t'écouter raisonner… Fais quelque chose, bon Dieu ! j'en peux plus, moi !"

Il pleure, le Donat. Cela étonne Barbe au début, mais à Sainte-Solange on en a l'habitude. Chaque fois qu'il boit un verre de trop, son sourire se défait et il se met à verser des larmes sur son sort ; s'il continue de boire, sa tristesse cède la place à la colère et là, c'est parfois grave, il peut devenir méconnaissable, un énergumène, un taureau fou. Si cela se passe à la taverne c'est la bagarre à coup sûr ; si c'est chez lui il tape sur sa Marguerite – un seul coup de poing a fait sauter ses dents de devant –, la jette sur le lit, ou alors par terre à même les tomettes, lui crache à la figure, lui dit des horreurs, lui déchire les vêtements et, le visage rouge, suant, horrible, se met à lui cogner la tête contre le sol tout en lui labourant le ventre. C'est le diable lui-même en ces moments-là, et Marguerite est bien obligée de serrer les paupières et de supplier Dieu de ne pas la laisser concevoir encore cette fois-ci, car le rejeton de tels ébats ne pourrait être qu'un monstre.

Malgré ses excès, les gens de Sainte-Solange l'aiment bien et le respectent, le Donat. Son nez crochu lui donne un profil singulier, imposant. De plus, il a des connaissances : ayant passé une partie de sa jeunesse à travailler la vigne d'un seigneur local, il a glané quelques bribes de savoir, appris à lire et même à écrire un peu, et quand il n'est pas trop éméché, il a la langue très bien pendue. On raffole des histoires qu'il raconte, peu importe qu'elles soient inventées ou véridiques, sur les faux-sauniers du Blanc, les bandits de grand chemin, la forteresse de Montrond assiégée par le roi bambin et sa maman... Les après-midi de dimanche en hiver, ses récits ajoutent une touche de couleur à l'ambiance grise et morne de la taverne ; ils aident les hommes à oublier la grosse fatigue qui leur pèse à tous, les muscles usés, la jeunesse en allée, les enfants malades.

Ainsi Barbe, dès son rétablissement, dès qu'elle a repris un peu de poids et de force,

commence-t-elle, recommence-t-elle, dans l'ano-
nymat réconfortant de Sainte-Solange – sans avoir
d'idée claire sur l'endroit où elle se trouve, à quelle
distance de son cher frère Barnabé ni dans quel
sens –, une nouvelle vie.

LE CARNET *SCORDATURA*

Oh, *daimôn*… Donnez-moi seulement le courage, la vision, la cruauté nécessaires pour conduire cette chose au bout, lui permettre de se déployer sans la brusquer ni l'abîmer.

En fait, la *Sonate en sol mineur* que jouait ma mère ce jour-là à la Riverside Church n'avait rien de divin : elle est mieux connue sous le nom de *Trille du diable*. Les gens croient en général qu'elle est ainsi nommée à cause de sa difficulté technique diabolique. Mais ce n'est pas cela (pour moi, soit dit entre parenthèses, trille du diable est le meilleur équivalent verbal possible de ce qui se passe quand un homme prend entre ses doigts ou entre ses lèvres la menue pointue partie de moi, déclenchant dans mon âme un tremblement, cordes tendues au maximum, cage thoracique arquée formant une chambre à échos où échouent – vives, vibrantes – les vagues rapprochées de sensation suraiguë) ;

non, la vraie raison c'est que Giuseppe Tartini, l'exact contemporain de mes héros Barbe et Barnabé, a fait un rêve.

Dans ce rêve il avait fait un pacte faustien avec le diable, vendant son âme à celui-ci en échange de la réalisation de tous ses vœux. Il prêta son violon au diable pour voir ce qu'il en ferait, et quelle ne fut sa stupéfaction d'entendre Méphistophélès jouer, avec un art consommé, une sonate d'une beauté extraordinaire. Tartini se réveilla transporté, courut à son bureau et tenta fiévreusement de transcrire ce qu'il venait d'entendre. Pendant le reste de sa vie il dirait, avec regret, que même si la *Trille du diable* était de loin la meilleure sonate qu'il ait jamais écrite, elle était de loin inférieure à celle qu'il avait entendue en rêve.

C'est cela. Savoir la chose réelle inexistante, alors que ce qui existe est tellement irréel. Ce divorce, oh mon Dieu, cette frustration à se cogner la tête contre les murs, *ad vitam æternam, amen*. Pourquoi nous accorde-t-on, alors, comme à Tartini dans son rêve, ces aperçus du paradis : de ce que ce serait de *vraiment* vivre, *vraiment* baiser, *vraiment* écrire ?

La lame froide sous la peau.

"Ne sois pas ridicule."

Je suis une chose, et la vie en est une autre.

Comment vivre sans Témoin ?

Non seulement Per mon ex-mari mais Sol, Jonas, Juan, tous les hommes avec qui j'ai vécu ou dont j'ai été amoureuse, pour ne rien dire de mes "meilleures amies" au lycée, à l'université et au long de ma jeunesse, mes amis hommes et femmes sur près d'un demi-siècle d'existence : chacun de ces êtres tour à tour a été mon Témoin, comme j'ai été le leur... Ah ! les épanchements, les conversations cœur à cœur, les secrets partagés, recommençant encore une fois, se fiant, se confiant avec la même innocence, la même sottise à chaque fois – écoute-moi, voici ce qui s'est passé, mon père a fait ci, ma mère a fait ça, prends ma vie entre tes mains, contemple-la, embrasse-la, sois l'être qui me connaîtra et m'acceptera telle que je suis, et je ferai de même pour toi...

Mais il y avait toujours, chez l'autre, une petite chose. Un défaut minime, une faiblesse, une tache aveugle, qui le disqualifiait pour le statut de Témoin absolu. Oui, j'éprouvais toujours une légère réserve ou réticence. Par ailleurs, même s'ils m'approuvaient pleinement, mes amis ne s'entendaient jamais entre eux et cela me perturbait au plus haut point, me semblait la preuve irréfutable de mon incohérence. Jonas disait du mal des poèmes de Sabina, Sabina ne comprenait pas ce que je voyais en Per, David cherchait à me convaincre que Laura était un monstre et inversement... Tout aussi perturbantes, tout aussi inadmissibles étaient les divergences en matière de jugement littéraire : comment faire pour aimer quelqu'un qui aime Claudel ? Comment m'abandonner aux caresses d'un homme qui se moque de

Tsvetaieva ? Comment prendre au sérieux quelqu'un qui prend Jean-Paul Sartre au sérieux ? Si
Janet adore Sylvia Plath et Laura la déteste et
moi je me sens proche de Janet et de Laura... qui
suis-je ?

Ah ! la complexité insondable de ces interactions
humaines, chacun de nous se baladant avec ses
petits critères selon lesquels on juge les autres, tout
en s'efforçant de répondre à leurs critères à eux
– mais *discrètement*, sans en avoir l'air, en faisant
semblant de n'être que soi-même et de n'avoir
besoin de l'approbation de personne... Il n'y a
aucun étalon-or, rien que ces perpétuels glisse-
ments, rajustements et compromis, chacun agitant
absurdement le pied dans l'air à la recherche d'un
bout de terre ferme où le poser...

Ce qu'on voudrait, au fond, c'est un deuxième
soi.

Seul un autre "je", se tenant à une distance res-
pectueuse et observatrice du premier, aurait la bienveillance et l'empathie nécessaires pour jouer le
rôle du Témoin... C'est justement le rôle que joue
Barnabé pour Barbe, le rôle dont j'ai rêvé toute ma
vie pour Nathan, ou *Nothin'*, mon jumeau mort
– "garçon moi", comme dit Barbe – avec qui j'ai
désiré vivre incestueusement comme avec un
amant invisible, découvrant le monde par ses yeux,
ou, mieux, *transformant* le monde par ses yeux,
l'enduisant d'or, minute par minute et année après

année… Avec *Nothin'*, comme avec aucun de mes amis et amants bêtement humains, je serais enfin capable de VIVRE, me délecter du jazz ou me lover au cœur du baroque, mâchonner le *bluegrass* sans indigestion et me soûler au whisky sans gueule de bois, fumer un million de cigarettes sans attraper le moindre mal de gorge sans parler d'un cancer du poumon… Avec lui, je n'aurais jamais besoin de regarder ma montre, car il serait aussi gratifiant de faire le petit déjeuner que de faire l'amour, aussi passionnant de prendre le métro ensemble à cinq heures du soir que de danser ensemble à trois heures du matin ; nos conversations les plus anodines se métamorphoseraient en œuvres d'art, au lieu de quoi…

Presque tous ceux que j'ai considérés à un moment donné comme des Témoins ont disparu. Certains ont déménagé ; d'autres tout en restant à New York se sont éloignés, avec ou sans acrimonie ; d'autres encore sont morts : du sida, d'accidents, par leur propre main ou par la main de Dieu si tel est bien le nom de ce farceur sadique qui sème constamment la zizanie dans nos amours et dans nos espoirs, déchirant nos plans pour l'avenir et piétinant nos souvenirs du passé comme autant d'étincelles dans l'herbe après un feu de joie.

Certes, des êtres sympathiques continuent de peupler mes journées et mes nuits : mais je ne peux plus recommencer. C'est terminé. Je suis trop lasse pour croire aux histoires des autres. Trop lasse pour leur raconter la mienne, une fois de plus. Elle est devenue trop longue. Ces mille tessons d'amour, ce puzzle fou de sentiments. Je préfère mentir, m'inventer une nouvelle identité pour chaque nouvel amant, comme je le fais pour chaque nouveau livre. Ou alors ne rien dire. Copuler en silence avec des inconnus. Je pourrais être pute.

Hier soir j'ai retrouvé Sol au *Village Vanguard*. (Sol est noir, un peintre de Brooklyn et – comment dire cela, je n'aime pas nourrir les clichés, même si, selon Jonas, *"un cliché est un morceau de langage qui meurt d'envie de se hisser dans un bon poème"* alors pourquoi ne pas les nourrir de temps à autre – Sol est noir, un peintre de Brooklyn et c'est aussi de très loin le meilleur amant que j'aie jamais eu, nos corps se font des choses sublimes mais je n'aime pas beaucoup sa peinture et il ne raffole pas non plus de mes romans, il les trouve trop morbides, trop violents, "philopsychotiques" est le mot qu'il emploie – ce qu'il aime le plus chez moi c'est mon rire et il dit que mon rire n'a pas encore trouvé le chemin de mon ordinateur – ce n'est pas grave, je n'ai jamais exigé de mes amants qu'ils aiment mes livres…)

— Ça me rend triste, dis-je à Sol, de penser que je connais ce lieu merveilleux depuis trente-trois ans maintenant.

Il me regarda de travers, haussa ses superbes épaules, et commanda une bouteille de champagne pour fêter ma tristesse.

Toujours, maintenant, quand je suis "quelque part", en train de faire "quelque chose" – par exemple au *Village Vanguard*, en train de boire du champagne, *et* de fumer une cigarette, *et* de regarder un bel homme sensuel avec qui je sais que je vais pouvoir faire l'amour dans quelques heures, *et* d'écouter une musique fabuleuse qui habite, secoue, ballotte le corps des musiciens – il y a encore, plus fort que jamais, le désir *d'être là*.

Où est *là* ?

Où est *cela* ?

Enfant, il n'y avait pas le moindre doute dans mon esprit : "cela" (que j'appelais aussi *the real thing*) viendrait plus tard, quand je serais grande, quand j'aurais échappé à ma famille chaotique et commencé à réaliser mes rêves. Salopard de diable. Aujourd'hui, à quarante-neuf ans, je vois que "cela" restera toujours hors de mon atteinte, et que je mourrai sans jamais avoir réussi à vivre.

— Pourquoi le mot *seconde*, comme mesure de temps ? demandai-je à Sol.

— Hein ?

— On est dans les secondes, les secondes qui passent, tic-tac, tic-tac. Mais les *premières* ? Où sont-elles passées, tu peux me le dire ? On n'arrête pas de courir après les premières, toujours en retard, juste une *seconde* trop tard.

— Qu'est-ce que tu racontes, Nada ?

— Où est *la chose même* ? Je veux dire, *the real thing* existe-t-elle, oui ou non ? En dehors du Coca-Cola ?

Il rit, plantant sur mes lèvres un baiser plein, charnel, mouillé.

— Tu es une drôle de petite fille, tu sais ?

Vers minuit je vis, du côté des vestiaires, deux très jeunes femmes, dix-neuf, vingt ans, en train de discuter ensemble avec animation, debout près l'une de l'autre, elles étaient minces et belles et chaleureuses, toutes deux avaient une superbe crinière ondulée – l'une ébène, l'autre cuivre – et elles agitaient la tête tout en parlant, de sorte que même leurs cheveux étaient pleins d'expressivité, leurs yeux riaient et elles se touchaient sans cesse la joue, l'épaule… O, *elles étaient là* ! Elles étaient là et moi non, je ne l'avais jamais été, même à l'âge de dix-neuf ans.

Ensuite Sol revint avec moi à Perry Street et on a fait l'amour et c'était aussi plein, aussi profond et beau que peut l'être l'amour sans amour… mais cet engourdissement de l'âme ne s'atténue pas, ne varie pas, est devenu mon état pérenne.

O mes hommes : de moi je ne vous donne que les cris et les gémissements, les soupirs et les larmes. Le reste – les mensonges, les silences, c'est-à-dire l'essentiel – demeure par vous intouché.

Tout est traduction désormais. Mes livres sont des traductions, par exemple : des tentatives maladroites, bâclées, pour transcrire ce que m'a révélé mon *daimôn*. L'original n'existe pas. L'original est comme le paradis : perdu par définition.

En conséquence, mes lecteurs, comme moi, se soucieront bien plus du destin de la pauvre Barbe, errant hagarde sur les routes du centre de la France il y a trois siècles, que de celui de la clocharde qui crève en ce moment sur le pas de leur porte. Barbe est là, vivante et respirante, fragile, farouche : ce qui lui arrive nous importe au plus haut point. Les êtres qui souffrent hors fiction : à peine des ombres, flottant au bord de notre champ de vision.

Découragement : mon père a raison.

Vous tournez autour du pot, ma chère, une fois de plus.

Oui c'est vrai – mais je ne me sens pas prête à écrire les scènes de viol. Je n'ai pas encore la force de me mettre à l'intérieur de la personne qui fait cela.

Pourtant, vous savez...

Oui. Je sais, bien sûr. J'ai hérité de mon père ce que j'exècre le plus chez lui, à savoir les cris, la fureur, le fracas. Le viol n'est pas autre chose. Il suffit de voyager jusqu'aux limites extrêmes d'une rage qui se transforme peu à peu en plaisir physique, exaltant, époustouflant, nous coupant le souffle et nous faisant battre le cœur – oh oui *daimôn*, *diaballein*, c'est alors que vous nous "jetez à travers", alors que vous nous transportez ! Nous plongeant, oui, dans de véritables transports, dont on sait qu'ils feront des dégâts irréparables chez ceux qu'on aime...

(Heureusement que j'ai tué tous ces morpions. S'ils avaient vécu, ils se seraient retrouvés sur le divan à l'âge de trois ans.)

Per n'en revenait pas, de mes accès de rage. Il ne s'en remettait pas.

Je l'aimais. Mon Danois quotidien. Je n'aurais jamais cru que je puisse me réveiller un jour et ne pas savoir où se trouve cet homme, ce qu'il fait, ce qu'il mange, comment il est vêtu...

Le matin, revenant dans la chambre après ma douche, je me couchais de tout mon long sur son dos, corps nu collé contre corps nu, je ressens encore la forme de ses fesses dans le creux de mon ventre, je lui faisais des baisers dans la nuque, des gouttes d'eau tombaient de mes cheveux et lui glissaient dans le cou mais il ne s'en plaignait jamais, il poussait au contraire de petits grognements de bonheur, il adorait que je m'allonge ainsi sur son dos, il m'aimait

... quelque chose comme ça.

Nada.

Nada l'espace blanc, l'être sans être, a fini par le pousser au désespoir. Cela se passait... je voudrais essayer de mettre cela en mots. Cela se passait comment ? Par exemple, cette soirée d'été à Copenhague. On avait des invités à la maison, les fenêtres grandes ouvertes, du bon jazz sur le pickup, du vin blanc en quantité, et soudain, quelqu'un mentionna en passant une critique qu'il avait lue d'un de mes romans, il se trouve qu'il s'agissait d'une critique abjecte, l'œuvre d'une espèce de garce pudibonde, et Per lâcha, comme ça, entre deux gorgées de vin : "Eh bien, des articles négatifs valent mieux que pas d'article du tout, et du reste, l'hostilité de cette critique était à ce point extrême, sa hargne à ce point exagérée, que les gens devraient se précipiter sur le livre rien que pour voir ce qui a pu déclencher un tel déversement de bile, de sorte qu'en fin de compte l'article pourrait devenir une forme perverse de publicité et influencer les ventes à la hausse." Je sentis un mauvais frisson me parcourir de haut en bas. Pour le moment je me contentai de susurrer : "Per, la prochaine fois que tu es sur le point de dire une connerie, pourrais-tu me prévenir pour que je puisse aller me poudrer le nez ?" Per me regarda, surpris, blessé, et la conversation passa à autre chose. Pour lui l'incident était clos. Pour moi il ne faisait que s'ouvrir. Je savais que, d'ici le départ de nos amis, j'avais une bonne heure devant moi : une heure pendant laquelle j'allais pouvoir attiser les flammes glaciales, chercher les phrases – insultes, injures, insinuations horribles – qui piqueraient Per au vif, et, alors que je rédigeais ainsi mon discours, le répétant à part moi, encore et encore, de plus en plus vite, tout en continuant de sourire et de boire et de bavarder avec nos amis, le vin blanc frais courait dans mes veines et mon sang devenait de la glace en mouvement, une avalanche rugissante, la colère montait, montait, jusqu'à ce que dans ma tête il n'y ait plus que tournoiement et fracas – oh ! si semblable à la lente montée du désir érotique ! oui, oui, continue, plus haut, plus haut, ne redescend surtout pas, l'explosion sera grandiose – et, dès que Per eut doucement refermé la porte derrière le dernier invité, je lui sautai dessus : une sorcière, une possédée, écumante et fébrile, roulant des yeux, maniant une langue cinglante, comment osait-il parler, que savait-il de la littérature, de ses sources et de ses raisons d'être, lui l'analphabète artistique qui habitait le monde desséché des chiffres et des équations, il n'avait aucune idée de ce que c'était que de tirer des choses de ses propres entrailles, des ténèbres fourmillantes de l'inconscient… Je ne sais plus ce que j'ai dit, des insanités, peu importe, j'étais toute livrée à la jouissance de ma rage, la jouissance de lui faire mal, de le voir reculer et saigner tandis que je le taillaidais de mes mots, encore et encore… Je vis qu'il se demandait aussi, inquiet : Est-ce qu'elle est folle, Nada ? Que va-t-elle faire ensuite ?… Ah ! les verres. Les verres à vin. Si délicats, exquis, leur fine forme florale, des verres soufflés au teint de cerise qu'on avait achetés ensemble à Murano pendant notre voyage de noces – oui, voilà la solution parfaite, et, tendant en avant mes doigts osseux de sorcière, je les ramassai et les jetai à terre, l'un après l'autre, lentement, voluptueusement, tous les six, comme l'orgasme multiple, alors que Per se tenait là, tétanisé, la main sur le front

… et il me pardonna. Il me pardonna, cette fois-là aussi.

Oh *daimôn* ! Est-ce le même qui me possède quand je fracasse des verres et quand j'écris des livres ?

Les deux m'amusent, en effet. Ne soyez pas naïve. Vous savez bien que vos livres détruisent aussi… des illusions, par exemple ; et que vos accès de rage sont créateurs… de scènes, de phrases, de personnages nouveaux.
Vous êtes prête maintenant. Venez…

SONATE DE LA RÉSURRECTION

VI – LA FOUINE

Marguerite Guersant a fait un excellent calcul : la "petite fouine" n'intéresse pas son mari, elle n'intéresse d'ailleurs aucun homme, à quatorze ans elle est à peine formée et son corps, outre sa maigreur, a quelque chose de masculin, de dur et de rebutant. Mais elle travaille bien, son intelligence est vive et au bout de quelques mois, en dépit de leur différence d'âge, elle devient même pour Marguerite une espèce de confidente, et apprend des choses très étonnantes sur la vie des gens mariés.

— Ça voulait dire quoi, quand M. Guersant a parlé de nouer l'aiguillette ? demande Barbe un jour à sa maîtresse, alors qu'elles sont agenouillées côte à côte près du lavoir, à frotter les habits sales.

— Oh ! dit Marguerite en riant. Il n'en pense pas un mot, le gros bêta ! Tu sais, quand les gens se marient, s'il y a quelqu'un dans l'église qui fait des nœuds à une bandelette ou à un ruban qu'il a dans la poche, eh ben le mari il sera empêché de faire son devoir conjugal. On fait trois nœuds en prononçant à voix basse le nom du marié, ou alors on dit

Tibald, Nobal et Vanarbi en faisant un signe de croix entre chaque nœud – là, il paraît que ça marche très fort.

— Ah...

— Même qu'en ce moment, il y a de plus en plus de gens qui se cachent pour se marier, pour pas se trouver noués après ! Ils demandent au curé de venir les unir la nuit au milieu des bois. Mais nous on s'est mariés à l'église, mon Simon c'est pas un homme à avoir peur de ça !

— Et ça dure longtemps, si on est noué ?

— Oh, ça peut être un jour comme ça peut être un an ou plus, jusqu'à ce que le sort soit levé. Moi j'avais une bonne amie dont le mari était noué, elle me disait qu'au lieu de se faire des mamours au lit ils se mordaient et s'égratignaient comme des bêtes sauvages ! Et même qu'une fois, ils ont vu le diable en personne qui s'était glissé entre leurs deux corps et leur faisait la grimace !

— Mais après, ils ont guéri ?

— Ben oui, parce que son mari il est allé pisser à travers le trou de serrure de l'église où ils s'étaient mariés. Ça a marché aussitôt, et quelques jours après elle était grosse... mais elle est morte en couches, la pauvre.

— Ma maman aussi, dit Barbe, presque en chuchotant. Elle est morte en nous donnant le jour, à mon frère et moi.

Mais les confidences sont à sens unique ; Marguerite Guersant ne s'intéresse guère à la vie de sa servante.

— Il paraît même, poursuit-elle, que si ça dure très longtemps, il y a comme des espèces de verrues qui apparaissent sur le fil de l'aiguillette, une pour chaque enfant qui serait né si le couple avait pas été noué.

— Ça, alors, je n'y crois pas ! s'exclame Barbe. Vous y croyez, vous ?

— Oh ! moi, tu sais… C'est pas mon problème…

Un silence s'installe, elles frottent avec énergie les habits sur les planches de bois crénelé.

— Parce que M. Simon, lui, reprend Marguerite, il a pas de difficulté pour le devoir conjugal. Tu l'as sans doute entendu ?

Barbe rougit et hoche la tête.

— C'est moi qui peux pas avoir d'enfant, avoue sa maîtresse en poussant un grand soupir. Voilà des années que ça dure, et j'ai tout fait, tout tout tout, des pèlerinages, des ex-voto et des prières à la Vierge – elle en a reçu de mes larmes, Celle-là ! – et puis, quand tout ça est resté sans effet, j'ai été consulter les gens du pays qui connaissent des remèdes. Jusqu'à Ronzay je suis allée, et j'ai fait tout ce qu'on m'a dit de faire, tout tout tout, t'aurais dû me voir ! Ce que j'ai pu me fourrer dans la bouche, dans le nez, là où on peut se fourrer des choses ! Suppositoires de laudanum, fumigations de zizanie et je ne sais quoi encore… Mais ça sert à rien, on dirait que le bon Dieu Il a décidé une fois pour toutes de pas me donner de fils pour mon Simon…

Elle soupire à nouveau, hausse les épaules et se met à siffloter à travers le trou dans sa dentition.

Un autre jour, elle met en garde sa jeune servante contre le père Jean, curé de Sainte-Solange.

— C'est un vrai coquin, fais attention. Il paraît qu'il profite des confessions des jeunes filles pour les tripoter… puis qu'il menace, après, de révéler leurs secrets à tout le monde si elles le dénoncent.

— Vous-même, il vous a touchée, madame ?

— Je pense bien ! Et sans la moindre douceur, une fois que je m'en allais de confesse, il m'a mis la main aux fesses – comme ça ! et bien serré et malaxé, on aurait dit qu'il pétrissait de la pâte !

— Et puis… ?

— Ah ! ben je lui ai dit, vous êtes mal tombé, monsieur le curé, car moi j'en ai pas gros sur la conscience, et si vous recommencez c'est toute la paroisse qui va vous tomber dessus.

Ainsi, lorsqu'elle va se confesser, Barbe prend soin de dire le strict minimum. Elle parle à voix basse et sans lever les yeux, et le père Jean s'ennuie à tel point qu'il tape parfois du pied pour qu'elle se dépêche.

Les mois passent. La nouvelle existence de Barbe s'installe, d'une monotonie absolue, si absolue qu'elle en est rassurante, presque agréable. C'est une bonne servante, silencieuse et obéissante, quasi invisible. Elle mange à part, après ses maîtres ; elle dort et ne rêve pas ; ses nuits sont scandées par les ahanements et les cris de Simon Guersant, de l'autre côté de la couverture qui sépare les chambres.

Son travail concerne essentiellement les bêtes et le potager : c'est la maîtresse de maison qui s'occupe de cuisiner les plats, tandis que Barbe, avec son alacrité habituelle mais dans une sorte d'absence, tord des cous, coupe des têtes, pèle des fourrures et des légumes, recueille du sang pour les sauces, lave des intestins, ôte des cervelles, sépare les cœurs et les foies de la graisse qui les entoure, arrache soigneusement des plumes, des yeux, des mauvaises herbes, et apprend à manier les ciseaux pour la tonte des moutons.

Elle ne passe par la place du village qu'une fois la semaine, pour apporter la pâte à pain au four banal. Il lui a suffi de peu de temps pour repérer les commères locales, et elle s'efforce – par la propreté de sa tenue, la modestie de son regard, l'effacement de sa voix – d'entrer dans leurs bonnes grâces. Il s'agit de ne pas faire parler d'elle, de ne plus jamais revivre l'abominable scène de Torchay, où les gens qu'elle avait cru ses bons voisins s'étaient mués en démons féroces prêts à l'étriper. Il s'agit de ne plus se retrouver en errance, en transparence, à la merci des éléments et des créatures.

Elle ne demande plus rien à la vie, pas même de se prolonger : elle est comme anéantie à l'intérieur depuis ce jour d'août où elle a vu la cervelle de sa meilleure amie par terre au bord de l'étang, tas blanchâtre et immobile renfermant les rires, les souvenirs et les pensées de la foudroyée.

Jeanne était-elle allée au paradis avec ou sans cerveau ? Avait-on enterré le cerveau en même temps que le reste de la jeune fille ? ou bien quelqu'un l'avait-il ramassé et jeté à la voirie ? Barbe ne le sait même pas. Et, si son cerveau manquait, avait-elle aussi perdu son âme ? Où se trouvait en ce moment l'âme de Jeanne ? Errait-elle dans les limbes, à la recherche de son corps ?

Troublée, obsédée par ces questions, elle laisse couler la vie sur elle, indifférente à l'enchaînement des saisons.

Elle pense encore, souvent, à son frère Barnabé, qui est moine désormais – mais comment faire pour tenir sa promesse et lui donner de ses nouvelles ?

La seule initiative qu'elle prend, du fond de son état quasi somnambulique, consiste, au fil des mois, à retrouver dans les bois alentour et à transplanter dans un coin du potager les simples dont Hélène lui avait appris l'usage. Elle prodigue à ces plantes des soins particuliers, et les glisse subrepticement dans la soupe du matin quand ses maîtres se plaignent de maux de tête ou de diarrhée.

Expériences tâtonnantes et secrètes : parfois réussies, parfois non.

Elle se réveille chaque jour, l'espace d'un instant, lors du passage devant la maison, matin et soir, de Robert Raffinat, que tout le monde appelle le P'tit Robert. Il n'est ni très jeune ni particulièrement chétif mais c'est un *bordiniau*, un simple d'esprit. (On dit que Mme Raffinat a dû regarder un singe pendant sa grossesse, lors du passage d'une troupe de saltimbanques, et que la semence de son mari a été pervertie dans son ventre par la face grimaçante de la bête.) Le sourire hilare, les yeux écarquillés en permanence, le corps de guingois et l'allure sautillante, le P'tit Robert conduit chaque matin au loin les deux cochons de sa mère, à la recherche de pâturage, et les ramène le soir : c'est le seul travail qu'il soit capable de faire. Quand il entraperçoit Barbe par la fenêtre de la chambre, le P'tit Robert lui fait toujours un grand signe de la main – comme s'ils étaient des amis de cœur, se retrouvant après une longue séparation. Barbe lui répond d'un sourire et d'un hochement de la tête : elle sait que Jésus l'aime autant qu'elle, ce grand dadais sans cervelle – et même, peut-être, autant que Barnabé.

A vrai dire, depuis qu'elle est à Sainte-Solange, Jésus ne lui répond plus quand elle Lui parle. Parfois, de peur de Le déranger, elle n'ose même plus faire appel à son Seigneur, et ses prières perdent peu à peu de leur ferveur. Manger Sa Chair et boire Son Sang, à la messe chaque dimanche, deviennent des gestes mécaniques, privés de sens. L'hostie lui colle au palais, dure et sèche, elle ne lui apporte plus la vie. Le mystère n'a pas lieu, mais elle ne peut le dire à personne, et surtout pas au curé.

157

Les mois passent, s'étirent en années, et Marguerite Guersant n'est toujours pas enceinte ; même les remèdes que Barbe lui administre en catimini – de l'aristoloche et de la mandragore – demeurent sans effet ; elle n'aura pas d'enfant, c'est désormais certain. De toute façon, comme elle finit par l'avouer à Barbe en pleurant, son Simon ne l'approche plus, ne la regarde même plus, il a trouvé mieux ailleurs. Barbe le sait déjà, car la paroisse entière est au courant : Donat s'est entiché de la jolie meunière Marie Bourdeaux.

Marguerite est convaincue que la Marie, pour capter son Simon, un jour qu'il apportait au moulin son grain à moudre, a dû lui offrir un verre en y glissant quelque chose ; elle-même, Marguerite, pour le faire revenir, recourt aux petits et puis aux grands moyens. Barbe assiste, incrédule, à la dernière tentative désespérée de sa maîtresse pour empêcher son mari de doubler : s'emparant du chat de la maison, un gros matou pelé, elle le cache sous le cuvier pendant deux jours sans boire ni manger ; ensuite, avec l'aide de Barbe, elle lui lie les quatre pattes ensemble, les enduit de beurre et lui donne du pain trempé dans son urine ; affamé, le chat est bien obligé de goûter ce mélange infect – "En principe, annonce Marguerite, radieuse, c'est terminé maintenant."

Mais non. L'amourette se poursuit.

Marie Bourdeaux est mariée elle aussi mais elle n'hésite pas le moins du monde à décorer le front de son mari André de deux belles cornes. Les commères jabotent, Marguerite verse des larmes, le curé admoneste et postillonne, mais cela continue de plus belle. Les amants se retrouvent tôt le matin ou tard le soir, ils blasphèment entre eux en riant, ils disent que l'autre Marie, la Vierge, a bel et bien cocufié son Joseph elle aussi, en se laissant embobeliner par le bon Dieu, même si la chose a dû être assez ennuyeuse, vu que le bon Dieu n'a pas de corps ! Ils rient aux éclats et, quand la meunière se retrouve enceinte, ils disent que la Vierge a bien été mise en cloque, elle aussi, par un autre que son Joseph. Trois années de suite, la Marie présente à son époux des enfants dotés du nez crochu du Donat ; la quatrième année cela recommence de même mais, l'été venu, une crise d'asthme les emporte, la mère et l'enfant, dans le troisième mois de la grossesse.

Donat apprend la nouvelle à la vigne, tôt le matin : des amis viennent le lui dire, que la jolie meunière a succombé pendant la nuit. Toute la journée sous le soleil lancinant, il taille la vigne en pensant à la peau si blanche de sa petite Marie potelée, et à ses gloussements, et à la façon qu'elle avait de lui tapoter sur le dos quand il la serrait dans ses bras, il l'avait vraiment bien aimée ce petit bout de bonne femme-là, il a mal à l'âme, mal partout, il ne veut pas montrer sa peine aux autres laboureurs mais cela lui coûte un effort énorme de tenir jusqu'au soir. Et alors, parce qu'il ne sait comment faire face à la Marguerite avec cette vraie douleur dans les veines, il ressent le besoin de boire.

Lorsqu'il franchit la porte de la taverne, les habitués se taisent subitement en signe de respect : le Donat est en deuil, ils sont au courant et il n'y a pas de quoi rire. Non, il n'y aura pas de bonnes histoires ni de bonnes blagues aujourd'hui, le langage l'a quitté il y a plusieurs heures déjà ; lui qui cause d'habitude si bien, n'a pas desserré les dents depuis la mauvaise nouvelle.

Il fait signe qu'on lui serve un verre et le cabaretier sait un verre de quoi, du petit gris local. Sans saluer, sans même regarder les autres, Donat s'installe sur son banc habituel. Il le fait avec lenteur et précaution car il se sent étrangement friable, jamais il n'a connu de telles sensations, c'est comme si des morceaux de son corps allaient se détacher et se briser sur le sol…

Entre à ce moment, fait irruption au milieu des habitués, un inconnu.

Corps étranger. D'instinct, les autres se hérissent. Qu'est-ce ? Ancien soldat ? Brigand ? Difficile à dire. Mais grand, baraqué, déjà visiblement éméché. Ils n'aiment pas cela, surtout en ce moment, dans cette atmosphère inhabituelle de compassion gênée pour le malheur du Donat. L'inconnu avance en titubant, l'air mauvais. Il ne faut pas de ça, pas de ça aujourd'hui, non… Il s'installe à la même table que Donat et tape sur le bois.

D'un hochement de tête, le cabaretier demande à l'étranger ce qu'il souhaite boire. L'autre grommelle une réponse, reçoit en échange un grand verre de vin rouge.

Toujours en silence, on le regarde. L'air est épais.

— J'croyais entrer dans une taverne, bougonne-t-il en levant le coude, pas dans une église. Z'avez pas encore appris à parler, vous autres, dans ce coin perdu ?

Ce disant, il avale son vin cul sec, casse le verre entre ses dents et recrache les tessons sur la table d'un air dégoûté. Un des tessons glisse sur le bois poli jusqu'au bras nu de Donat. Le bras se lève tout seul et atteint l'inconnu, impréparé, en travers de la figure.

D'un seul coup c'est la pagaille totale, la rage noire déchaînée, rage d'hommes fatigués et énervés, les amis de Donat prenant sa défense, l'inconnu bandant tous ses muscles et se mettant à balancer des chaises, des tabourets, touchant plusieurs hommes à l'épaule ou leur écrasant le pied ; la rage monte, monte en s'aiguisant dans la tête de chacun, comme une guêpe en furie, comme un violon allant chercher et frotter dans les aigus, les suraigus, Donat se tient à l'autre bout de la salle, à l'écart du fracas, les yeux plongés dans le vide. Il est trop las, trop préoccupé pour s'intéresser à cette bagarre qui, au fond, ne le concerne pas ; c'est d'une oreille qu'il écoute les coups de poing et de pied qui portent à la tête, au ventre, cela fait des bruits sourds : cris étouffés, grognements, soufflements, jurons, ahanements rauques…

Et puis, de façon aussi soudaine que cela avait commencé, cela s'arrête.

Donat lève les yeux. Quelqu'un vient de fracasser le crâne de l'inconnu avec le ringard de la cheminée. L'homme s'écroule lentement, le dos contre un mur. Il pousse un long sifflement de surprise qui se noie dans un gargouillis de sang.

Ensuite revient le silence. Un long moment s'écoule : le temps que les hommes retrouvent leur souffle, leurs esprits, l'usage des mots.

— Rentre chez toi, disent-ils à Donat, dès qu'ils peuvent parler. Rentre vite, on s'occupera de ça, on racontera ce qui s'est passé au curé puis au docteur. T'y es pour rien, toi, t'étais même pas là ce soir, c'est pas la peine, Donat, t'entends ? Fous le camp !

Donat rentre donc chez lui, sonné. Le crépuscule d'été s'éternise, l'air est calme et parfumé de blé, au bord du chemin les petits étangs sont des flaques d'or, les coassements de grenouilles lui grattent agréablement les oreilles et il a l'impression de flotter au lieu de marcher. N'ayant pris qu'un verre il n'est pas ivre et pourtant son corps ne lui fait plus mal, il ne le sent même plus du tout. Je rêve, se dit-il, comment peut-il faire encore jour, le même jour que ce matin ? Il n'en revient pas. Et, lorsqu'il arrive chez lui, le rêve se poursuit : le monde semble recouvert d'un glacis d'or, la fouine est là mais Marguerite non, elle est encore à la traite, paraît-il, elles ont pris du retard à cause de la grande lessive… La fouine pousse un cri perçant de surprise et de douleur quand Donat s'empare de son bras, maigre et dur comme une branche de noyer, et la jette sur le lit, leur lit conjugal, le lit stérile, le grand lit à rideaux dans lequel aucun enfant n'a jamais pu être conçu, tant de gens sont morts aujourd'hui, sa Marie, et l'enfant étouffé vivant dans son ventre, et maintenant cet inconnu aussi, le fils de quelqu'un, le crâne fendu, son œil lui pendouillant hors de l'orbite comme sous l'effet d'un étonnement extrême, sa tête réduite en une bouillie, mâchoire brisée, pommette éclatée, nuque inondée de sang, et, toujours dans le même silence, un silence de pierre et d'épouvante, Donat entre dans ce sang, s'immerge dans les viscères de la fouine, et comme elle continue de pousser ses petits cris perçants, énervants, le distrayant de son ivresse rêvée dorée, il attrape un fichu de la Marguerite qui traîne sur la commode et le lui fourre dans la bouche, la bâillonne avec, et continue, continue, ne sentant presque pas le petit corps maigre et dur se tordre et se tortiller sous lui, tant est énorme la confusion de cette journée, tant sont profondes les ténèbres dans lesquelles il continue de s'enfoncer, plus loin, plus loin, les yeux fermés et les mâchoires serrées. Puis, sentant venir de très loin en lui les prémices de l'implosion, il se laisse glisser, tomber, se perdre en elle et c'est comme si son être même se désintégrait, s'éparpillant en étoiles à travers le firmament, après quoi, posant sur la plate poitrine de la fouine sa tête encore légère, tournoyant encore en un bonheur atroce d'os brisés et de cris étouffés, il pleure.

Il y a du sang : à vingt ans passés, Barbe était vierge, personne n'avait voulu d'elle, on ne l'avait jamais invitée aux bals, aux veillées et aux louées, ces occasions où filles et garçons font connaissance, elle vivait en marge, et les dangers palpitants que la Jeanne lui avait dépeints jadis, dans leur chambre à l'auberge de Torchay, étaient restés lettre morte… Maintenant, le visage et le cou rougis par la barbe de Donat, elle cherche un torchon mouillé et se met à frotter les taches de sang sur le couvre-lit, priant Dieu pour que Mme Guersant ne sente pas l'humidité quand elle se mettra au lit, plus tard dans la soirée.

Elle regagne sa propre chambre, derrière la couverture suspendue. Peu de temps après, elle entend Marguerite revenir, réchauffer le repas de son Simon et le servir tout en bavardant comme une pie. Toujours si gaie. Toujours si gentille avec son mari.

Encore plus gentille que d'habitude, parce que la pleureuse est passée cet après-midi lui annoncer la mort de la petite Marie, et qu'elle est rudement soulagée.

LE CARNET *SCORDATURA*

1er mars

Un extrait du rapport d'autopsie :
"Nous luy avons trouvé une contusion très meurtrière à côté de l'œil gauche ; après avoir fait l'ouverture de la tête dudit Deluteau, nous avons trouvé
la délarcade de la pommette fracturée, après laditte
dilatassion faite, à qui nous avons donné occasion
de plus grande recherche, nous avons trouvés que
la contusion et fracture avoient été faite par un terrible instrument contondans, que le coup avoit
occasionné un contrecoup au côté opposé de la tête
et qui a occasionné des ruptures à toute la partie
opposée de la tête."

Ça, c'est la première phrase. Voici la deuxième :
"Après toute direction faite, nous avons trouvé la
temporale tout fracturé de la rondeur d'environ
deux pouces de diamètre, et une fente au parietalle
du même côté opposé audit coup, ce qui a occasionné une rupture aux vesseaux sangains de la
tête, dont le sang s'étoit extravasé d'une partie à
l'autre desdittes deux parties fracturées de manière

165

que le serveau s'est trouvé tellement à saigné de la bondance du sang par la violence du coup et commotion a occasionné un épanchement à tout le viscère, comme il a peu de ressort, il n'a pas pu revenir de cet état et par conséquent la distribution des esprits dans tout le reste du corps nécessaire pour tous les mouvements avoient cessés dans l'instant qui a occasionné la mort." (Les Drs Michel Texier et Léonard de Bize, cités *in* André Alabergère, *Au temps des laboureurs en Berry*, p. 179.)

Voilà qui a le mérite d'être clair.

Si on stimule par électricité le cortex occipital du cerveau humain au niveau secondaire, le sujet "verra" des images complexes, voire des objets : personnes, arbres, animaux… Notre mémoire est littéralement *stockée* dans une partie spécifique de ce chou-fleur gris, et elle est susceptible d'être ranimée à tout instant. On dit toujours que les condamnés à mort, en marchant vers l'échafaud, ont l'impression de voir leur vie "défiler devant leurs yeux" : sans doute que le niveau secondaire de leur cortex occipital se trouve drôlement stimulé.

Quand le cerveau de Deluteau a été ensanglanté par l'instrument contondant, a-t-il entraperçu le visage de sa mère, ou son chêne préféré ? Quand le cerveau de Jeanne lui a sauté hors de la tête, ou quand celui de mon amie Sabina a été enfoncé par le volant de sa voiture, des scènes d'enfance se sont-elles mises à crépiter devant leurs yeux éblouis ?

Et quand les médecins de l'âme en manteau blanc déchargent des centaines de volts dans le cerveau de Moïra, est-ce pour lancer en l'air, tel un jeu de cartes, les images de sa vie – dans l'espoir qu'elles retomberont enfin dans un ordre jouable ?

Tout est électricité.

Coup de tonnerre dans un ciel bleu.

Ronald, décrivant ses sensations quand il a posé pour la première fois les yeux sur Elisa : "foudroyé", "illuminé de l'intérieur", "fourmillant"… Que d'énigmes foisonnent, là-dedans ! La vie. L'amour. Mystères profonds, impénétrables.

Ce n'est pas un hasard si Benjamin Franklin, l'inventeur du paratonnerre, a été par ailleurs un fervent adepte des Lumières. Ni si Sigmund Freud, le siècle d'après, a écrit son traité révolutionnaire sur l'inconscient précisément au moment où l'élite intellectuelle de l'Europe équipait ses maisons d'ampoules électriques. Si on veut promouvoir la Raison et la Rationalité dans les masses, il faut à tout prix supprimer l'obscurité, inonder de brillance électrique les masures des paysans superstitieux, leur prouver que *rien* ne se cache sous le lit ni dans le grenier, que *rien* ne rôde au-dehors, parmi les ombres effrayantes du jardin, de la forêt et du marais… Allons, enfants de la patrie ! Venez, citoyens éclairés de l'âge moderne ! A bas l'obscurantisme ! Le socialisme, c'est le pouvoir aux Soviets plus l'électricité ! Chassons les ténèbres, et les monstres qui y rampent et y copulent. Vive la transparence !

Mais nos cerveaux *tiennent* à nous sidérer ; ils connaissent, eux, les délices de la peur. Ils fabriquent à cœur joie de l'irrationnel, du rêve, du sortilège. Ils chérissent les ombres : car ce sont elles qui leur permettent de voyager dans le temps et dans l'espace. Comment ne pas croire à la transmigration de l'âme ? Il nous suffit de fermer les yeux, de prendre notre souffle – et hop ! nous voilà en train d'être aspirés telle une sorcière par la cheminée... ou de dégringoler telle Alice dans un terrier de lapin... ou de voler à travers les airs comme Peter Pan, ou le père Noël, ou Sindbâd le Marin ! Nos cerveaux sont nos balais, nos traîneaux, nos ailes, nos buissons ardents, nos tapis volants, nos onguents, nos lampes d'Aladin... Il suffit de les frotter et – abracadabra ! – la réalité s'évanouit, pour céder la place à des images d'un réalisme stupéfiant.

Vous divaguez à nouveau.

Non, non, j'y viens.

Elisa dut sentir que Dieu l'avait abandonnée ; elle dut se demander pourquoi Il l'avait privée de la musique, sa forme d'adoration la plus intense, pourquoi Il l'avait accablée de ces tâches répétitives et salissantes, et de ce conjoint irascible. Tout en se soumettant à la volonté divine, elle s'efforça de rester courageuse.

Au début, elle était convaincue qu'elle réussirait à tenir tête à Ronald. A ne pas perdre la face. A sauvegarder son amour-propre. Elle fut soufflée, suffoquée, le jour où il lui lança à la figure une de ses chemises, sous prétexte qu'elle était mal repassée. Elle qui connaissait par cœur les dissonances insensées des *Sonates sur les mystères du Rosaire* de Heinrich Ignaz Franz von Biber n'arrivait simplement pas à croire que sa réalité était désormais celle-là, et que l'homme qu'elle aimait, tout en continuant à se montrer charmant et spirituel avec des inconnus, était capable de se retourner contre elle, furibard, et de lui lancer une chemise à la figure.

Sa figure. La figure de ma mère à vingt-deux ans. Les contours délicatement dessinés de son visage, les yeux timides mais brillants, le nez et le menton pointus. Elisa, elle s'appelait, avant de s'appeler Mère.

Oui, je sais : son milieu à lui, la pauvreté, le père absent, la violence là aussi, la chaîne de violence, cette même violence omniprésente qui le fait chialer maintenant quand il la voit décrite dans les journaux, les soldats russes allongés nus dans leurs lits superposés à la morgue, de jeunes hommes morts, couchés sur le dos avec les organes génitaux visibles et les pieds tournés en dehors, oui leurs chers pieds grands et sales et nus ouverts en V, rangée après rangée de V, et penser que chacun de ces jeunes hommes a une mère qui l'a élevé, qui lui a acheté paire après paire de chaussures à mesure que ses pieds grandissaient, qui lui a lavé les oreilles et les organes génitaux et qui, plus tard, s'est respectueusement retenue de les laver parce qu'il était grand désormais, assez grand pour se laver lui-même les oreilles et les organes génitaux, et ensuite assez grand pour faire son service militaire, un moment rébarbatif à passer mais après tout ira bien de nouveau, il pourra reprendre sa vie – petite amie, plans de carrière, promenades dans les bois – là où il l'a laissée, oh oh, on dirait qu'il y a une petite rébellion là-bas en Tchétchénie dont il va falloir s'occuper… et voilà qu'ils sont morts.

— Bon d'accord, Nadia, je sais bien qu'il y a eu dix fois plus de victimes parmi les Tchétchènes, mais il se trouve que je suis tombé sur cette photo de la morgue russe, *tu peux t'imaginer ce que c'est, d'être la mère d'un de ces garçons* ?

— Non, Père. Je ne peux pas me l'imaginer.

(En fait je le peux : à cause de la mort d'Andrew, le fils de Stella. Mais j'essaie de ne pas le faire. Je dois limiter ma vulnérabilité.)

Chaque vie mérite nos larmes. Pas étonnant qu'on ait inventé un Dieu capable d'aimer chacun de nous individuellement : tâche redoutable !

Ronald lui-même est à plaindre, bien sûr. Cela va sans dire. Sa propre mère écossaise, plaquée à dix-neuf ans par son père italien, lui racontant que malgré ses efforts répétés elle n'avait pas réussi à lui percer la fontanelle avec l'aiguille à tricoter, le lui disant et le lui redisant jusqu'au jour de sa mort… Avec une telle image dans la tête, comment faire autrement que de boire pour essayer de la noyer, la tuer, se tuer… Oui, et je comprends aussi à quel point il avait peur d'être père, d'assumer cette responsabilité terrible, tant de gens dépendant de lui, et comme il dut redouter (et en même temps être tenté par) la répétition du spectaculaire geste d'abandon de son propre père : tout lâcher, jeter l'éponge dès le premier pépin…

Oh j'en ai marre, tellement marre de comprendre.

Je *dois* être indifférente, il n'y a pas moyen de faire autrement, il faut que je dise que rien ne compte – car si je permets à une seule petite chose de compter, elle traînera avec elle l'infinie litanie des souffrances humaines, corps torturés, déchiquetés, violés, mitraillés, électrocutés, rongés jusqu'à l'os par la maladie, esprits se dévorant vivants, nouveau-nés infectés par le virus du sida qu'on pose nus, sur le dos, dans le vide glacial du monde extérieur, oiseaux abattus en plein vol, moutons jouant le rôle d'êtres humains lors des explosions nucléaires expérimentales effectuées au Kazakhstan en 1964, et les camps, et les camps, et les Huns qui déferlent, les tanks et les canons et les avions qui déferlent, et l'incrédulité sur le visage de ma mère devant mon père écumant de rage...

J'essaie de retrouver son autre visage, celui du début. Pourquoi si peu de souvenirs ? Les images glissent et se fondent ensemble, je ne vois plus que les tissus soyeux et froufroutants de ses robes d'été où j'aimais tant à enfouir ma tête... Mais elle se relevait toujours pour repartir, elle n'était jamais tranquille, jamais au repos, un autre enfant avait besoin de son attention, je ne pouvais rester plus de cinq minutes d'affilée dans ses bras, à la sentir me caresser les cheveux et à l'écouter chanter.

Elle chantait dans la maison, pourtant, quand j'étais toute petite. De cela je me souviens... Elisa chantant avec un lied à la radio, tout en hachant des pommes de terre, des oignons ou des noix... chantant des berceuses en hongrois au moment de nous mettre au lit le soir... fredonnant des cantiques en préparant un panier pour notre pique-nique au zoo du Bronx...

C'était une jeune femme qui s'évertuait à rester gracieuse et gaie, et à rendre son foyer attrayant, pour que son mari ait envie d'y revenir après le travail : tous les clichés des années cinquante étincelaient dans ses yeux tandis que, entendant son pas sur le perron, elle ôtait son tablier et s'élançait pour lui ouvrir la porte... Tous les clichés sans exception étaient florissants dans notre maison à cette époque, y compris la découverte par Elisa que Ronald la trompait. Du rouge à lèvres sur le col de sa chemise, au moment où elle la fourrait dans la machine à laver ? Peut-être cela aussi. Je ne sais pas.

(Parfois je me demande si l'épouse de Juan a fini par être au courant de nos amours. Quand on aime les femmes autant que je les aime, il est pénible de se percevoir comme "l'autre femme".)

Qui plus est, je suis capable d'imaginer cette histoire du point de vue de la rivale de ma mère et, même si cela m'agace, je suis sûre que c'était une femme très sympathique.

En public Ronald savait être captivant, à la fois attentif et drôle. Il savait regarder les femmes et leur parler, débitant une histoire après l'autre, singeant les hommes politiques, les joueurs de base-ball ou les dames de la haute qu'il avait vus à la télévision, tout en fumant des cigarettes, croisant et décroisant les jambes, rejetant ses cheveux en arrière, laissant échapper parfois une blague douteuse… Il savait combien les femmes adorent écouter et rire, et rien ne lui plaisait autant que de faire rire une femme, ses gloussements étaient comme un baume sur la plaie suppurante de son âme, comme une guérison, une résurrection, et ses regards timides, ses premiers frôlements hésitants étaient des injections d'ego pur : la preuve qu'il était charmant encore, aimable encore, un être humain remarquable qui, malgré l'abandon de son père et le rejet de sa mère, méritait de vivre, avait le droit de fouler la terre de ses pieds…

Mais quand Elisa apprit l'existence de l'autre femme, ce ne fut pas une fausse note de plus, dans le concert que jouait son ensemble baroque de famille. Non, ce fut un cataclysme.

Elle hurla. Hurla, intransitivement. Pendant ce qui paraissait des heures. Assise à la cuisine, les bras raides, enfoncés entre ses genoux, les mains nouées, elle se balançait de droite à gauche en hurlant. Elisa, la si belle. Notre mère, méconnaissable. On n'avait évidemment aucune idée de ce qui n'allait pas, de ce qui pouvait à ce point ne pas aller. Moi l'aînée, je traînai Jimbo et Joanna dans la chambre et les occupai avec des jeux, cherchai à détourner leur attention des bruits ahurissants venant de la cuisine. Chaque fois que Ronald l'approchait, Elisa s'emparait de l'objet le plus proche et le lui lançait à la tête. Poêles, casseroles, boîte de sucre, bouteille de lait : la cuisine était sens dessus dessous.

— *Comment peux-tu ?* Tu vas à la messe chaque semaine, comment peux-tu entrer dans l'église et accepter le corps et le sang de Jésus-Christ alors que tu te vautres dans le péché, comment peux-tu aller à confesse, tu dois mentir au prêtre, un péché de plus ?

Des mots semblables durent être prononcés, même si je ne les ai pas entendus. Drame adulte : confus, effrayant, écœurant. Cela finit par s'arranger. Nous autres enfants ne savions ni ce qui avait causé la déchirure dans l'âme de notre mère, ni ce qui ramena enfin le sourire sur ses lèvres carmin.

Oui. Pardon. Je me laisse emporter.

A cette époque-là, la lame froide, l'écart entre moi et le monde, avait pour nom Dieu. Je priais désespérément pour que mes parents restent ensemble, qu'ils s'aiment, qu'ils retrouvent le bonheur. Leur discorde semblait être un message adressé à moi, le résultat d'une faute que je devais racheter coûte que coûte.

Dieu me surveillait. Chaque instant de chaque journée, Ses yeux étaient collés sur moi. Il savait tout à mon sujet, y compris les détails les plus infimes et les plus intimes de mes problèmes vestimentaires. Les bandes élastiques qui devaient maintenir mes chaussettes au niveau du genou mais qui étaient ou trop distendues, tombant sans cesse autour de mes chevilles, ou trop serrées, me coupant la circulation. Mes collants de laine : tous troués, au gros orteil, au genou ou à l'entrejambe. La fermeture Eclair de mes pantalons, qui me pinçait douloureusement la peau du ventre si je la remontais jusqu'au bout, mais qui, sinon, laissait visible un triangle de culotte blanche. Les cols en dentelle qui me grattaient, me mettant le cou en feu. Les agrafes de ma robe écossaise (cadeau d'anniversaire de ma grand-mère paternelle) qui se décrochaient, de sorte que les autres élèves me tourmentaient en glissant leurs crayons dans l'ouverture. Chaussures usées. Boucles de ceinture cassées. Boutons perdus. Rafistolages de fortune avec des épingles de nourrice. Les habits m'étaient une torture constante (ça n'a pas tellement changé : *cf.* la récente Tragédie de la poche trouée). Mais, comme c'était sans doute une épreuve envoyée par Dieu, je devais me montrer capable d'y faire face avec sérénité.

Je faisais l'impossible pour plaire à Dieu, pour gagner Son amour, Son approbation, Son pardon. Chaque matin je prenais la résolution de traverser la journée – ne serait-ce qu'une fois, une seule – sans pécher ni en pensée ni en parole ni en acte. Une journée de perfection. Lisse. Je savais que la perfection devait être lisse, légère, flottante… Oui, la journée serait immaculée si seulement je parvenais à la traverser dans une sorte de danse onirique : sans le moindre geste, bruit ou mot inconvenant, sans gifler Jimbo ni Joanna, sans lever la voix sous l'effet de la colère ou de l'impatience… Rien que de la douceur, de la gentillesse, du miel fondu, à l'instar de Notre-Seigneur Jésus-Christ… C'était Lui le modèle vers lequel je dirigeais en permanence mon regard intérieur. Je Lui parlais à voix basse du matin au soir, pour ne pas oublier. Faites que je sois bonne, Le suppliais-je. Mais ça ne marchait jamais.

Eh ben dites donc ! On s'amuse mieux avec moi, hein ?

Certes, certes. En même temps, je ne peux m'empêcher de penser que vous êtes en cheville, tous les deux. Etant donné que malgré tous mes efforts je n'ai jamais réussi à être bonne, je suis obligée de conclure que Dieu aime le mal. Il tient beaucoup à vous, mon cher *daimôn*.

Je ne Lui en demande pas tant.

Non, mais vous Lui demandez pas mal d'autres choses… Tous les grands théologiens sont d'accord pour dire que le diable a besoin de la permission divine pour intervenir dans les affaires humaines : sans quoi, force nous serait de reconnaître que certaines choses échappent au contrôle du Tout-Puissant. Et, à considérer la quantité de mal dans le monde, il semblerait bien que Dieu ait exaucé toutes vos demandes sans exception, depuis le pauvre vieux Job jusqu'à l'instant présent.

Il y a toujours une bonne raison pour faire souffrir les gens, n'est-ce pas ? Surtout dans le domaine du sexe, qui est le domaine du péché originel. "Hé, Dieu. Tu crois que je pourrais inciter Ronald à commettre l'adultère avec la pulpeuse serveuse brune qui bosse au coin de Jerome Avenue ? – Ben oui, c'est pas une mauvaise idée. Ça me permettra de mettre à l'épreuve la foi d'Elisa. Vas-y, vieux diable !" Est-ce ainsi que le dialogue s'est déroulé entre vous ?

Mon existence entière a été une lutte contre l'idée que la gentillesse entraîne le bien, et la méchanceté, le mal. Enfant déjà, je compris que si je venais à table pleine de bonne volonté et d'optimisme sirupeux, mes parents avaient toutes les chances de me rabattre le caquet, alors que si je débarquais

177

grincheuse et revêche, ils redoublaient au contraire de tendresse et d'attention.

De même, quand les gens disent qu'ils pleurent en lisant mes livres, j'éprouve un bonheur intense.

Ah, oui. Le crime paie, n'est-ce pas ?

Absolument.

Poursuivons, alors… On y va ?

SONATE DE LA RÉSURRECTION

VII – LES BLESSURES

Barnabé est un jeune homme maintenant, mince sans être malingre, rayonnant de bonté et de bonne humeur. Comme les autres moines de l'ordre, il porte une robe noire et une ceinture de cuir, ainsi qu'un singulier chapeau avec deux pièces de drap appelés "roberts" en souvenir du fondateur. Depuis qu'il a prononcé ses vœux, le père Thomas a entrepris de lui apprendre la lecture et l'écriture, et un nouvel univers s'est révélé à lui ; dorénavant il n'est jamais aussi heureux que lorsqu'il peut passer tout un après-midi dans le scriptorium, à déchiffrer et à recopier des textes sacrés. Mais il sort aussi du monastère, quand la prieure lui en donne l'autorisation, pour apporter l'amour du Christ dans les masures les plus démunies du pays, là où les gens souffrent le plus de maladie et de malchance. Il apporte en plus, chaque fois qu'il le peut, le rire.

En ce moment, alors que le soleil d'été se couche, il fait sa dernière visite de la journée. Un homme solitaire, vieillard à trente ans, ratatiné de malheur : ces derniers mois, non seulement la dysenterie a emporté son épouse et ses deux fils, mais, de plus, ses chèvres ont tari, et c'est la catastrophe. Il secoue sa tête grisonnante, se tord les mains, et marmonne dans sa barbe :

— Pour sûr que c'est le Simonnat, là-bas aux Forges de Ronzay, ça fait pas de doute. Il m'a toujours voulu du mal, celui-là, et maintenant ça y est, j'ai dû le regarder de travers une fois au printemps et il se retient plus, il en aura pas fini avant que je sois mort et enterré, ah ! c'est pas possible, c'est pas possible !

Prenant sa tête dans ses mains, l'homme se met à sangloter.

— N'accuse pas ton voisin, mon ami, dit Barnabé d'une voix douce. Il n'y est pour rien dans la maladie de tes chèvres, je te le promets. Ce sont des choses qui arrivent.

Barnabé pousse quelques bêlements de chèvre malade et le paysan, sursautant, le regarde d'un air inquiet.

— Moi qui circule un peu dans le pays, poursuit le jeune moine avec un sourire miséricordieux, j'ai vu cette année pas moins d'une dizaine d'hommes qui avaient le même problème que toi, ce n'est quand même pas le Simonnat qui aurait le bras aussi long ? et une même rancune contre toutes les chèvres du pays ?

Il parodie l'amphigouri d'un sorcier au-dessus de son grimoire, puis balaie cette image de son bras.

— Non, dit-il, posant ses deux mains sur les épaules de l'homme, ne deviens pas amer. Il faut prier Dieu pour la guérison de tes bêtes. Et puis, tu sais bien que s'Il a rappelé auprès de Lui tes fils et ton épouse, Il a dû avoir ses raisons. On n'a pas le droit de Lui faire des reproches, mon bonhomme. Je sais bien que c'est dur – mais viens, prions ensemble et tu verras, Dieu t'apportera du réconfort…

Il tombe à genoux, ferme les yeux et prie en silence, puis se met à chanter, de sa belle voix de soprano, le *Magnificat* des vêpres… *Deposuit potentes de sede, et exaltavit humiles ; Esurientes implevit bonis : et divites dimisit inanes…* Le chevrier est maintenant raidi de stupeur.

Sur le pas de la porte, Barnabé prend les mains calleuses du pauvre homme entre les siennes.

— Tu as bien entendu, n'est-ce pas ? dit-il. Ça veut dire que les humbles finiront par l'emporter ! Sois humble, mon ami, poursuit-il. Et aime-toi un peu. Sans cela, tu seras incapable d'aimer ton voisin. Surtout, ne désespère pas, ne désespère jamais : si tu as l'âme en paix, Dieu permettra peut-être à ton épouse et à tes fils, certaines nuits, de venir te rendre visite.

Il donne du pain et quelques noix au paysan éberlué, lui baise les mains et se retire.

Il a plusieurs lieues à parcourir jusqu'à Orsan, et la perspective de cette longue marche à la tombée de la nuit lui réjouit le cœur : il n'aime rien plus que de méditer en marchant sur les mystères que

181

renferment les Ecritures. En ce moment son esprit est absorbé par ce passage si étrange du dixième chapitre de l'Apocalypse, où une Voix du ciel ordonne à saint Jean de "sceller" ce que lui ont dit les sept tonnerres et de ne pas l'écrire. Qu'ont bien pu raconter les sept tonnerres ? L'humanité ne le saura jamais puisque Jean, obéissant, ne l'a pas écrit. Mais alors pourquoi a-t-il écrit qu'il ne l'avait pas écrit, si ce n'est pour nous tourmenter, nous titiller, nous pousser à chercher ce qu'avait bien pu contenir le message des sept tonnerres ? Le message le plus sublime de tous n'est-il pas celui auquel on peut rêver sans fin, parce qu'il a été tu ?

A chaque pas, alors que la lumière du jour bleuit et vire à l'indigo, le cœur de Barnabé s'élance plus haut, il marche d'un pas ferme et vigoureux mais non pressé, son corps est libre et à l'aise sous sa robe noire, il loue Dieu pour la beauté du crépuscule et pour les hirondelles qui écrivent joyeusement, là-haut, leurs arabesques sur les nuages…

Ce seront là les dernières images de sa vie.

Lorsqu'il revient à lui, tout est noir. Même les premiers instants, il ne peut prendre ce noir pour celui du ciel, non seulement parce que la nuit d'été, tantôt, s'annonçait étoilée, mais parce que ce noir est en même temps douleur énorme, indicible.

Il est couché sur le côté, dans le fossé. Il reste là toute la nuit, à perdre et à reprendre connaissance ; et, chaque fois qu'il revient à lui, les ondes de douleur qui le traversent sont si violentes qu'il ne sait rien : ni où, ni qui il est, et il s'évanouit à nouveau.

C'est Suzette la petite vachère de la ferme voisine qui, portant ses deux bonbonnes de lait au village comme elle le fait chaque matin à l'aube, découvre le jeune homme dans le fossé. D'abord elle le prend pour un vagabond qui dort, ensuite elle remarque l'habit religieux et s'étonne. Elle approche, voit du sang sur son cou, frémit, pose ses bonbonnes, approche encore – s'il est mort elle ne voudrait surtout pas le toucher, si on touche un mort dont l'âme est allée aux enfers le Malin peut en profiter pour se faufiler en vous et ne plus jamais vous laisser en paix – mais non, il respire, le petit moine. La Suzette lui secoue doucement, très doucement l'épaule mais il ne réagit pas, elle tire sur son épaule pour le retourner, la tête de Barnabé tombe sur le côté et son visage se révèle à elle : les joues baignées de sang, deux trous béants à la place des yeux. Elle pousse un cri d'épouvante et saute en l'air, renversant l'une des bonbonnes de lait dans sa panique, puis rentre à la ferme en claquant des dents et en tremblant de tout son corps. Sa mère s'affole, la gifle, réveille le père, ce doit être une crise de possession, "Viens vite, notre Suzette elle parle à tort et à travers, on comprend rien à ce qu'elle raconte, un homme sans yeux, ça se trouve qu'elle a vu le diable en personne et qu'il lui est monté dans la tête, bientôt elle va se mettre à écumer, viens vite, vite, il faut faire quelque chose !"

Les parents de la Suzette vont à l'étable, s'emparent du grand seau en bois, le remplissent d'eau à la
pompe et, s'y prenant à deux, le renversent sur la
tête de leur fille. Le poids de l'eau l'écrase, elle
s'aplatit dans la boue, crachant et hoquetant, mais
cela marche : au bout d'un moment elle a retrouvé
ses esprits.

— Il y a un moine sans yeux, là-bas dans le
fossé, dit-elle à ses parents. Il vit encore.

On n'apprendra jamais qui a fait cela à Barnabé.
Une bande de criminels en vadrouille, voleurs de
grand chemin, anciens soldats, anciens forçats, il y a
tant de monde sur les routes, comment savoir, comment faire des recherches, on n'essaie même pas.
Sans doute lui auront-ils sauté dessus par-derrière
avec l'intention de le détrousser ; puis, voyant qu'il
s'agissait d'un homme de robe, donc d'un homme
de rien, lui auront-ils arraché les yeux par pur plaisir, pour ne pas rester bredouilles.

Aussi pour que, n'ayant pu les voir, il ne pût les
dénoncer.

Barnabé ne se souvient de rien. Son dernier souvenir d'avant la cécité, ce sont les arabesques des
hirondelles, leurs boucles rapides, les pleins et les
déliés qu'il avait comparés dans son esprit à de
l'écriture. Il a beau faire des efforts pour retrouver
dans sa mémoire la sensation de mains rudes s'emparant de lui, ou le bruit d'une bousculade, de sa
propre chute, peut-être de son propre cri... il retombe

à chaque fois sur les hirondelles. Tout est aboli, aspiré par le noir de l'oubli. A-t-il lutté ? Il aimerait bien le savoir, pour mieux connaître sa propre nature. Son corps s'est-il cabré et débattu, cédant à l'instinct de survie, ou bien son esprit a-t-il su s'en remettre à Dieu ? Force lui est de se résigner : il ne le saura jamais. Il finit par remercier Dieu de cela aussi, de cette preuve de mansuétude divine qu'est l'effacement, sur l'ardoise de sa mémoire, de toute trace du traumatisme.

Hormis les yeux, il est indemne. Pas de membre brisé, pas de contusion sur la tête ni de plaie sur le corps. Simplement, il n'a plus d'yeux. Il se demande ce qu'ils sont devenus. Les malfaiteurs les ont-ils gardés en guise de trophée ou les ont-ils jetés dans un étang un peu plus loin ? Barnabé ne sait laquelle de ces deux possibilités le dérange le plus.

C'est le père Thomas qui, navré pour le jeune homme qu'il a toujours porté dans son cœur, apporte la mauvaise nouvelle à la paroisse de Torchay. Dès qu'elle l'apprend, Hélène Denis serre les mâchoires et va à la cuisine préparer une petite mallette ; ensuite elle insiste pour être conduite au prieuré en charrette, sur-le-champ. On ne discute pas avec l'Hélène. Un de ses clients accepte, bougonnant, de perdre sa journée.

Ainsi, c'est la grosse aubergiste qui soigne le moine blessé.

— Vous avez des nouvelles de votre sœur ?

— Non. Cela fait plus de six ans maintenant. Et vous ?

— De même. Pas le moindre signe.

— Mais je sais qu'elle est en vie.

— Vous le savez ?

— Oui, avec certitude.

— Alors c'est bien. Dites, Barnabé… j'arrête pas de penser à l'histoire de l'Allemand aveugle que je vous ai racontée, vous vous rappelez ? quand vous êtes venu fêter la Saint-Jean chez nous.

— Je me rappelle, Hélène.

— C'est curieux, tout de même.

Ils évoquent ensuite la mort, survenue quelques jours plus tôt, de la jeune et brillante abbesse de Fontevraud, Gabrielle de Rochechouart surnommée "la Perle des abbesses".

— Elle est décédée le jour même de l'Assomption, dit Barnabé. Comme si elle avait voulu monter au paradis dans les bras de la Reine du ciel.

— On dit que sa sœur Mme de Montespan ira à Fontevraud pour les cérémonies de l'inhumation ? demande Hélène, plus terre-à-terre.

— Il semblerait que oui. La prieure elle aussi ira, naturellement, mais nous autres frères et sœurs n'en avons pas le droit. On devra se contenter de dire quelques messes supplémentaires à la chapelle.

— Ah ! Ce que j'aurais aimé la rencontrer, la Montespan ! Je lui aurais appris à fabriquer des remèdes autrement efficaces que ceux de La Voisin ! Si ça ne tenait qu'à moi, elle le raterait pas une seconde fois, son chaud lapin de Roi-Soleil !

— Vous plaisantez, bien sûr, dit Barnabé, avec un sourire dont il ne parvient pas tout à fait à effacer la nervosité. Un léger frisson court le long de son épine dorsale, tandis que les mains de la guérisseuse s'activent sur son visage.

Hélène ne passe qu'une heure ou deux à Orsan, appliquant aux orbites du blessé des feuilles et des compresses trempées dans différents liquides. Elle seule connaît les ingrédients actifs mais leur action est subite et sûre : le jeune frère ne souffrira plus de la douleur après son passage, et ses plaies ne s'infecteront pas.

Quelques jours plus tard, pour la première fois depuis son accident, Barnabé sent la présence de sa mère dans le dortoir sous les combles.

— C'est vous, Mère ? murmure-t-il.

— Oui, mon ange, oui mon enfant.

— Je ne peux plus vous voir.

— Mais si tu le peux, mon Barnabé. Essaie autrement. Essaie de l'intérieur.

— Ah, cela commence… Oui, je devine maintenant la forme de votre corps, de votre visage… Mère, dites-moi : est-ce cela, la chose dont vous m'avez une fois parlé, l'ombre qui devait recouvrir une partie de mon destin ?

— Non, Barnabé. Ce n'est pas cela, ton ombre.

— Mais, ma chère Mère… ! Je ne puis plus lire ni écrire ni dessiner, sans parler de rendre visite aux pauvres… Je ne veux pas me plaindre, comprenez-moi, mais, si cette noirceur dans laquelle je suis réduit à vivre jusqu'à la fin n'est pas mon ombre, *quelle sera-t-elle* ?

— Cela n'est pas de la noirceur, Barnabé. Ce n'est qu'une nouvelle sorte de lumière, comprends-tu ? Sans doute est-ce la raison pour laquelle Dieu t'a donné une ouïe si fine : Il savait qu'un jour tu serais privé de tes yeux. Il ne faut pas en être triste, mon fils. Tu réapprendras à tout voir de l'intérieur, comme tu me vois ce soir. Crois-moi, il te reste encore tant de choses à découvrir !

A Sainte-Solange, pendant le même temps, la vie de Barbe a repris son cours monotone. Elle a décidé de ne rien dire à Marguerite de ce qui s'est passé avec Donat : elle voit sa maîtresse si guillerette, si amoureuse de son mari…

Du reste, Barbe a compris que ce qui s'était passé ce jour-là n'avait rien à voir avec elle, mais plutôt avec la petite meunière morte d'étouffement, et l'horrible bagarre qui avait éclaté ensuite au cabaret ; oui, cela elle l'a compris, et donc elle oublie presque.

Encore moins pourrait-elle en parler au curé, étant donné les turpitudes auxquelles, selon des rumeurs de plus en plus précises, celui-ci se laisse aller avec certaines paroissiennes. Du reste, il a horripilé tout le village en s'absentant juste après la mort de Marie Bourdeaux ; André son pauvre veuf a dû garder la dépouille chez lui pendant près d'une semaine, en pleine canicule de la fin juin, enveloppée d'un simple linceul. Quand le père Jean s'est enfin décidé à revenir, André Bourdeaux a refusé d'assister à l'inhumation de son épouse.

Mais, de façon impalpable, quelque chose s'est transformé en Barbe. *Elle se sent* : elle-même, sa peau, sa personne. Et, davantage consciente de sa propre vie, elle l'est, aussi, de celle des autres ; lorsque Donat pénètre dans la pièce où elle se tient, elle sursaute – et ce n'est pas un mouvement de peur, plutôt la réaction épidermique d'une bête à la présence d'une autre bête. Les jours ensoleillés, elle cherche à se mirer dans l'eau du puits ou de l'étang, à scruter ses traits pointus, les premières rides, la peau hâlée : à quoi ressemble-t-elle ? de quoi a-t-elle l'air ? quelle est cette femme que l'autre a prise, comme un mâle prend sa femelle ?

De l'autre côté de la couverture, les bruits familiers reprennent et, pour la première fois, la dérangent.

Elle a du mal à dormir.

Elle a l'impression d'émerger d'une longue torpeur, d'un sommeil de plusieurs années. Elle réfléchit à son existence. La nuit, elle passe en revue les images de son enfance, chaos de corps et de coups, et ensuite la parenthèse de félicité à l'auberge de Torchay. Les souvenirs de l'Hélène et de Barnabé se raniment dans son esprit : ces êtres constituent sa seule famille ; où se trouvent-ils donc ?

Il lui vient enfin à l'idée de demander à Marguerite où se situe au juste le village de Sainte-Solange par rapport à Torchay. A son grand étonnement, Marguerite lui répond qu'elle connaît très bien Torchay : petite, elle y allait souvent avec son père tisserand, parce que c'est là que poussait le meilleur chanvre de la région. "C'est juste de l'autre côté de la colline, là-bas en face, ça ne doit même pas faire deux lieues !"

Barbe a la tête qui tourne. La maîtresse, comme d'habitude, ne perçoit rien des états d'âme de sa servante, ne s'enquiert même pas de la raison de sa demande. Egarée dans les souvenirs heureux de sa propre enfance, elle sifflote à travers l'espace entre ses dents.

Peu de temps après cette conversation, Barbe est dans l'étable en train de traire les chèvres, et cela se reproduit. La chose. Avec Donat. Elle ne l'entend pas venir, ses pas sont si furtifs qu'ils ne font même pas chuinter la paille sous ses pieds, mais soudain il est là, à côté d'elle et, en raison de son silence, il n'y a aucun doute possible sur ses intentions. Barbe ne relève pas la tête mais ses doigts s'immobilisent sur le pis de la chèvre. L'homme met une main sur son épaule et elle se retrouve par terre, dans la paille à côté de la chèvre, a-t-elle glissé seule de son tabouret, l'a-t-il poussée, elle ne le sait pas bien, mais ce qui se passe maintenant elle le désire à moitié, elle le désire en partie, car c'est grâce à cela qu'elle a commencé à se réveiller, à sentir qu'elle est Barbe au lieu de rien du tout, et que Barbe est quelque chose, *a* quelque chose qu'un autre veut, et ce vouloir est là à nouveau, pressé contre elle, enflé à bloc et dur comme le bois, ce morceau de chair qu'elle n'a jamais vu ainsi dressé sur un homme, seulement sur des boucs, des taureaux, des verrats, mais il la veut, oui, il sait où il doit aller et c'est vers elle, en elle. Tout en soufflant fort et en se dressant au-dessus d'elle, Donat prend soin de couvrir la bouche de la fouine d'une main ferme pour qu'elle ne piaille pas comme la dernière fois, mais le fait est que cette fois-ci Barbe n'aurait pas crié, et qu'elle ne se débat pour ainsi dire pas, car elle se sent merveilleusement faible, oui, pour elle qui a toujours été raide et crispée c'est une faiblesse merveilleuse qui lui court à travers le corps comme une sève, portant le soulagement et la détente jusqu'aux extrémités de ses membres, elle détourne la tête mais sans fermer les yeux, de sorte qu'elle voit la chèvre plutôt que l'homme, la chèvre mâchouillant sa paille d'un air indifférent, Barbe sent en elle ce mouvement insensé et son propre cœur qui bat à faire éclater sa poitrine et ses reins qui s'inondent d'une sensation inouïe, mais que se passe-t-il, que cela ne s'arrête jamais, Jésus, Jésus, Jésus, je suis en vie.

LE CARNET *SCORDATURA*

Lake House, 14 avril, 4 heures du matin

Rêve abominable. Je me promenais avec ma mère au zoo du Bronx, et soudain on a vu un panier de pique-nique sur la pelouse. D'une voix neutre, Elisa me dit de l'ouvrir. A l'intérieur il y a un chat : je vois qu'il n'est pas mort mais affreusement blessé, la tête défoncée... Je suis horrifiée, mais Elisa me dit de sortir le chat du panier et de le retourner : "Ah ! regarde, dit-elle ensuite. Il faudrait mettre fin à ses souffrances." Je regarde et m'aperçois qu'à la place de la cervelle, il y a un petit sac translucide et rempli de liquide, comme un utérus. Il contient deux œufs, deux fœtus : je comprends que la cervelle du chat est enceinte et qu'Elisa m'ordonne d'écraser tout cela pour que rien ne puisse en naître. Elle, calme et autoritaire – "Allez, vas-y" – et moi, frissonnant de révulsion, les yeux rivés sur ce chat entre vie et mort : "Mais... tu es *sûre* ?"

Des images atroces, insoutenables. Pourquoi Elisa voudrait-elle que j'assassine mes jumeaux ?

Ce livre encore embryonnaire, si absolument vulnérable, flottant entre l'existence et l'inexistence…
Tête lourde, mains tremblantes, je m'accroche à ce *Carnet Scordatura* comme si c'était un rocher, et moi, un noyé perdu dans la tempête.

A l'aide ! à l'aide…

Plus tard (10 heures)

Je lui avais rendu visite hier.

Je voulais en savoir plus sur le haute-contre. J'avais envie qu'elle m'en parle franchement, de femme à femme, car il ne devrait plus y avoir de secrets entre nous, il est trop tard pour les secrets, nos rôles ont glissé et changé de place, nous ne sommes plus mère et fille… Quel égoïsme.

Il ne faut pas que je lui demande de me venir en aide. Elle n'a plus rien à donner.

— Mère, répétais-je, encore et encore. Essaie de t'en souvenir. Je t'en prie, fais un effort, concentre-toi, écoute-moi, j'ai besoin de comprendre. Il y avait un haute-contre dans l'Ensemble baroque, Edmund quelque chose, tu t'en souviens ?

Me souriant avec bienveillance tout en hochant la tête, elle jeta un regard par la fenêtre et marmonna quelque chose au sujet de la neige tombée pendant la nuit. Ensuite, elle entreprit de me raconter l'histoire du jour où ses amis à l'école primaire l'avaient ensevelie sous la neige et étaient repartis, la laissant seule. Enfin, perdant le fil de ses pensées, elle sourit et se mit à pianoter sur le rebord de la fenêtre…

— Et toi, Nadia ? Que deviens-tu, ces temps-ci ?

Au moins savait-elle qui j'étais ; parfois elle m'appelle Joanna ou même Charlotte (sa cousine préférée à Chicago, décédée depuis longtemps).

Au moins me parlait-elle en anglais ; parfois elle ne peut s'exprimer que dans le hongrois de sa prime enfance.

— Edmund, insistai-je avec méchanceté. Un haute-contre. Est-ce que tu m'entends, Mère ? Ces mots ne veulent-ils plus rien dire pour toi ?

— Oh ! ma chérie, dit-elle avec un grand soupir. J'ai connu tant et tant de gens dans ma vie…

Et puis, après une pause, d'une voix enjouée :

— Mais ce n'est pas grave. Il faut de tout pour faire un monde, n'est-ce pas ?

Ainsi ne le saurai-je jamais. Comment ratisser la Terre à la recherche d'un haute-contre des années cinquante nommé Edmund ? Selon toute vraisemblance, il se trouve dans le même état d'amnésie bienfaisante qu'elle, s'il ne mange pas les pissenlits par la racine.

Ce que je sais avec certitude, c'est qu'il n'était pas un simple ami fidèle comme Eric. Il a gardé le contact avec elle bien après son départ du groupe, bien après que le mariage et la maternité eurent réduit au silence son violon. Il était amoureux d'elle. Je le sentais dans la musique, dans la palpitation de ses lèvres et l'ardeur de ses yeux lorsqu'il chantait. Combien de fois les ai-je découverts au salon, en train de chanter ensemble ? Peut-être seulement une fois ou deux (on ne sait jamais, avec la mémoire), mais j'avais l'impression d'une chose permanente, vitale, nourrissante pour l'âme d'Elisa. Debout côte à côte devant le pupitre à musique, ils déchiffraient des duos ; Elisa la partie soprano de sa voix vacillante mais pure – cette voix que je reconnaissais grâce aux berceuses, aux cantiques et aux lieder – et Edmund l'alto, avec brio et précision... Peut-être même chantèrent-ils cette pastorale badine, peut-être est-ce alors que je l'entendis pour la première fois...

Tes moutons, ma bergère, ils sont bien écartés,
Ils sont dedans la plaine, on les voit plus aller.
Tes moutons, ma bergère, ils sont bien écartés.
Ils sont dedans la plaine, on les voit plus aller.
– Mes moutons, ils marchent au courant de l'eau,
Mon berger les rassemble, au chant des oiseaux.

Leurs cuisses se frôlèrent-elles parfois, à peine à peine, alors qu'ils chantaient ainsi côte à côte ? J'en doute : je doute qu'il y eût entre eux même ce minimum d'érotisme avéré... A la fin de chaque chanson, Elisa éclatait de rire, se moquant d'elle-même d'avoir même osé essayer ; Edmund, souriant, protestait dans un murmure qu'elle était formidable et, tournant les pages, s'empourprant, proposait un autre titre.

Ce bonheur de son épouse rendait Ronald fou de rage. Il ne s'agissait ni de carrière, ni de prestige, ni de sexe, ni d'argent : il s'agissait simplement de bonheur, et il comprit qu'il ne pourrait jamais rivaliser avec cela. Blessure cruelle.

Ainsi, alors que c'était lui qui avait transgressé son serment marital, il se comportait comme si la coupable était Elisa. Certain samedi matin, je me souviens, il se lança dans une parodie grinçante d'Edmund, parlant d'une voix de fausset, caracolant autour de la pièce en remuant les fesses et tenant la main à angle droit, pendant que Mère, les yeux vitreux, s'efforçant de ne rien voir ni entendre, faisait machinalement la lessive, changeait les draps, pliait les couches, repassait les mouchoirs.

Bien sûr, Edmund cessa de venir.

Et Elisa cessa de chanter, même dans la maison.

Je devais avoir neuf ou dix ans lorsqu'elle décida que le moment était venu de m'initier aux mystères sacrés du Ménage.

Le repassage. Je trouvais bizarre d'asperger d'eau des habits qui venaient de sortir du sèchelinge, mais c'était ainsi : un mystère ; on ne remettait pas en cause ce genre de vérités révélées. Les ayant donc aspergés, on roulait les habits en longues saucisses et on les entassait soigneusement près de la planche à repasser ; puis, après avoir vérifié d'un doigt mouillé la chaleur du fer – *tsss !* – on pouvait commencer. Elisa me fit démarrer avec des mouchoirs en coton, pour grimper ensuite, progressivement, dans les échelons plus ésotériques : torchons, taies d'oreiller, T-shirts, chemisiers, jupons... Enfin, au sommet de cette ascension inexorable vers la sagesse divine, j'acquis le droit de poser les mains sur les Chemises Blanches de Ronald. "Prends ton temps", m'admonesta Elisa, se souvenant sans doute de celle qu'elle avait reçue dans la figure quelques années plus tôt. "Même moi, j'ai besoin d'au moins dix minutes pour repasser correctement une chemise blanche." D'abord on lissait le col, ensuite les manchettes (déboutonnées, bien aplaties), puis les manches et, pour finir, le pan droit de la chemise, le milieu et le pan gauche, en faisant bien attention de ne pas froisser les manches déjà repassées.

Coudre et repriser. Cela me faisait drôle de glisser l'œuf en bois dans une chaussette dont le bout avait été rongé par l'ongle du gros orteil de mon père comme par un termite, mais j'aimais assez les gestes du reprisage, pareils à ceux de la vannerie : tirer doucement la laine en avant et en arrière à travers le trou, puis faire s'entrecroiser les lignes verticales et horizontales dans une maille aussi dense que possible.

Et la cuisine. Ah, enfin dévoilé, l'arcane de la béchamel sans grumeaux !

Or ce précieux savoir féminin, élaboré au cours des siècles et transmis de mère en fille, à l'instar des formules de guérison magique que l'Hélène confiait à la Jeanne... tout cela prit fin, brutalement, avec ma génération à moi. Je suis capable d'improviser un repas, mais je n'ai ni repassé une chemise ni reprisé une chaussette depuis mon départ de la maison, il y a plus de trente ans.

(Bâillement.)

Bon, bon, ça va. Naturellement, pour vous autres purs esprits, ces détails matériels sont assommants – mais ils ont tout à voir avec mon histoire, alors un peu de patience, que diable ! Ce n'est pas *vous* qui êtes mortel.

Voilà où je voulais en venir : peut-être Elisa aurait-elle survécu, peut-être aurait-elle réussi à surmonter sa douleur, à préserver un minimum d'intégrité ou de fierté, si Ronald avait été le seul à la trahir. Mais un deuxième traître, autrement redoutable, la poussait peu à peu vers le désespoir (et même, je crois, vers cette béatitude floue dans laquelle elle plane maintenant depuis de longues années) : et ce traître, c'était *son propre corps.*

C'est lui qui l'acculait, encore et encore, à la défaite. C'est lui qui la faisait ramper, se vautrer, trembler, chialer, vomir, frémir à la vue des "âmes humaines en train de patiner, patauger, se noyer dans le sang" (ses mots à elle)…

C'est son corps qui lui brisa la raison.

Image au formol : je me rappelle chaque mot de cet échange. Je devais avoir dans les treize ans, je commençais juste à me hisser au-dessus de la fange familiale, j'avais éprouvé mes premières émotions philosophiques (pas de vraies idées, certes, mais enfin des élans, des ébauches d'idées) – et, un jour après l'école, je me mis à discuter avec ma mère, ou plutôt à déblatérer toute seule devant ma mère, au sujet des *énigmes quotidiennes*.

— Il n'existe qu'une énigme quotidienne, dit-elle, coupant court à mon laïus. A savoir, l'énigme de la Chaussette Dépareillée.

— Hein ?

— Mais oui, Nadia.

Elle me regarda : ses yeux étaient chargés de la même solennité que ses paroles.

— La Chaussette Dépareillée. *Où passe l'autre ?* Es-tu capable de me le dire ?

Croyant à une plaisanterie, je ris.

— Mais ce n'est pas drôle, Nadia. Pas le moins du monde. Tu sais, si je les avais gardées toutes ces années, j'aurais assez de Chaussettes Dépareillées pour remplir un grand panier. Preuve suffisante, s'il en fallait encore, que la Raison n'explique pas Tout.

Et, à mesure que la Raison expliquait de moins en moins de choses, elle se laissa dériver vers un autre monde, s'éloignant doucement de nous, organisant ses traits en un vague sourire permanent, ce même sourire que je n'ai pu franchir hier…

Qui est le Témoin de ma mère ?

Et qui, sinon ma mère, peut être le mien ?

Vous n'allez pas remettre ça, tout de même !

Longtemps, je me souviens, je crus que mes lecteurs étaient mon Témoin. Pris non individuellement mais comme collectivité. Ils formaient une seule et unique entité que je dotais, dans mon imagination, d'yeux et d'oreilles, de cœur et de cerveau : un être vivant, respirant et sensible, susceptible de gonfler ou de rétrécir mais toujours bienveillant et attentif ; m'aimant, me pardonnant tout. Dans la présence ô combien rassurante de cette créature abstraite, même mes défauts faisaient partie de mes qualités.

De longues années durant, j'étais sûre de cela.

C'est faux.

Cela arrive assez souvent : qu'on soit sûr d'une chose, et qu'elle soit fausse.

23 h 30

Il est presque toujours faux, par exemple, qu'on ne puisse vivre sans quelqu'un. On était si sûrs, Juan et moi, de ne pouvoir vivre l'un sans l'autre – je me souviens comme mon âme mourait de faim si je devais passer plus d'un jour ou deux sans entendre au moins sa voix au téléphone – et regardez-moi ça : près de dix ans que je n'ai plus de ses nouvelles, et on continue tous deux à poursuivre notre brillante carrière.

(Cela m'est intolérable. Comment les gens font-ils pour le tolérer ?)

Quand on s'était rencontrés à la conférence d'Oslo, lauréats l'un et l'autre de prix littéraires, il s'était produit cette chose inouïe, sans précédent : la fusion du corps et de l'esprit. Ces divisions n'avaient plus d'importance, plus de sens. Ainsi tu m'aimes pour mon corps ? Mais c'est fantastique ! Ainsi tu m'aimes pour mon esprit ? Mais c'est extraordinaire ! Ainsi, tu es prêt à faire l'amour avec moi parce que tu as lu mon livre ? Tu trouves que ma beauté dénote assez d'intelligence pour justifier ton intérêt spirituel ? Tout cela miraculeusement mélangé. Qu'on soit ensemble était *juste* : c'était aussi simple que cela.

On en parlait les corps joints, et en mangeant des huîtres arrosées de chablis, et en lisant à haute voix le travail l'un de l'autre, avec force rires et suggestions et froncements de sourcils : la vie était pure musique. Ah ! oui, quand on tombe amoureux, la réalité devient d'une beauté ineffable, la surface de la terre est irisée, comme si on la voyait à travers des larmes de bonheur, et on est convaincu que l'amour viendra à bout de tous les obstacles… Bras dessus, bras dessous, on marchait ensemble à Oslo et même les quartiers industriels les plus hideux étaient enduits d'or, grâce à l'immensité de notre cœur, notre cœur d'écrivains, notre attention partagée à la souffrance humaine, ce lien entre nous qui semblait presque un lien de sang, oui c'est sans doute Juan qui, de tous les hommes que j'ai connus, a le mieux incarné mon frère jumeau perdu…

Après notre séparation à l'aéroport, il était avec moi en permanence. Il m'habitait, m'accompagnait, invisible mais présent, je regardais le monde à travers ses yeux et du coup j'aimais mieux ma vie, moi-même, voire mon mari ; savoir que Juan respirait, quelque part sur la même Terre que moi, conférait à chacun de mes gestes un sens supplémentaire. Je marchais dans la rue en lui faisant remarquer des choses, des gens, en riant de ses commentaires spirituels, en partageant avec lui mes pires craintes et doutes… J'étais plus courageuse chez le dentiste, capable de supporter la douleur grâce à l'aura de cet homme qui flottait dans la pièce, m'aimant. Mes écrits, de même, s'améliorèrent parce que je les lisais à voix haute pour son oreille absente, et que ses lèvres absentes avaient embrassé ma main qui tenait la plume. L'idée de Juan a *réellement* transformé mon existence, tout comme l'idée de Barnabé a *réellement* protégé Barbe de la canne à pêche sadique, et comme l'idée de Satan a évité aux sorcières du XVIIe siècle de souffrir le martyre quand les inquisiteurs leur enfonçaient de longues aiguilles dans le corps.

J'étais convaincue que cet arrangement était indestructible et que ma vie était enfin sur les rails, que rien, désormais, ne pourrait éclater ni s'effondrer, que j'arriverais à concilier mari et amant jusqu'au jour de ma mort.

A l'époque, Per et moi vivions encore à Copenhague, et Juan à Mexico. Chaque fois que j'allais à New York rendre visite à des amis ou animer un atelier d'écriture, il m'y rejoignait. Je témoignai même d'une sollicitude inhabituelle à l'égard de mes frères et sœurs, faisant tous les deux ou trois mois des voyages en Amérique pour les voir. Je ne sais comment Juan s'y prit pour justifier devant son épouse ces étranges excursions dans le Colorado ou l'Illinois, il ne me le dit jamais, il n'était pas comme Jonas, il me parlait peu de sa femme et de ses enfants, trop occupé à me lécher les orteils et à me caresser les seins et à me brosser les cheveux et à me réciter du García Lorca pendant le petit déjeuner…

Mais, une fois, alors qu'il était à San Francisco pour faire une lecture, je le rejoignis là-bas et on devint un peu trop sûrs de nous. J'étais venue sous prétexte de rendre visite à deux grands-tantes que je n'avais pas vues depuis plusieurs décennies et que je devais impérativement voir tout de suite car, n'est-ce pas, elles pouvaient rendre l'âme d'un instant à l'autre. L'idée d'avoir à physiquement affronter ces visites me tétanisait d'ennui à l'avance ; alors, la veille au soir (après, je le reconnais, deux ou trois whiskies), j'eus l'idée géniale d'égayer mes tantes en amenant Juan avec moi, comme s'il était mon mari. Juan n'y vit pas d'objection : à ses yeux, c'était là une preuve de plus de mon caractère d'artiste, aussi imaginative dans sa vie que dans ses livres.

Les grands-tantes étaient enthousiastes. Elles trouvèrent l'homme charmant, beau, cultivé, ce qui était vrai. Elles nous servirent du thé et des biscuits, avec un peu de sherry sur le côté. J'étais sûre qu'elles se contenteraient de s'extasier devant l'anglais excellent de Juan, sans être capables de faire la différence entre un accent danois et un accent espagnol. Par malheur, elles le bombardèrent de questions au sujet de la reine du Danemark, et sa façon systématique de changer de conversation éveilla leurs soupçons. Les bruits se mirent à courir… le mari de Nadia n'était-il pas *blond* ?

Je trouvai ingrat de leur part de me dénoncer. N'avaient-elles vécu, grâce à moi, un des après-midi les plus bidonnants de leur existence ? N'avaient-elles pissé dans leur culotte à force de rire de ses plaisanteries ? Certes, la personne que je leur ai amenée n'était pas *l'*homme – mais, bon, c'était un homme, non ? Ce n'était pas si loin. Pourquoi fallait-il que ce fût justement *tel* homme ? Moi j'appelle ça cracher dans la soupe.

Je suis en train de transformer cette histoire en blague alors que ce qui est arrivé était tout sauf drôle.

J'ai perdu Per.

On vécut encore deux années ensemble, années terribles au cours desquelles il a été – par obstination ? colère ? sadisme ? masochisme ? – impuissant et, pour finir, on dut admettre que c'était sans espoir.

C'était très différent de l'impuissance de Jonas… ou plutôt non, pas si différent que cela, maintenant que j'y pense : Per, lui aussi, était incapable de me faire l'amour parce qu'il aimait sa femme, le problème c'est que c'était moi, sa femme. C'était à moi qu'il ne pouvait plus faire l'amour mais seulement le déclarer (oh oui il m'aimait il m'aimait il m'aimait, il a dû me le dire des milliers de fois tout en pleurant – et oui il me faisait confiance, et oui il me croyait quand je lui demandais pardon, seulement son corps, son maudit corps refusait de lui obéir, de s'élancer, d'entrer en moi, chaque parcelle de son être était dure et tendue sauf celle qui avait besoin de l'être, et cette parcelle-là se ratatinait et reculait, terrorisée, tel un enfant devant la sombre bouche d'une grotte remplie de loups)… J'étais ébahie, désemparée. Comment aurais-je soupçonné, après des années de bonheur au lit avec des dizaines d'amants, après tous les films pornographiques et faits divers dans lesquels on voit le membre mâle en train de pilonner et de marteler et de parvenir inexorablement, irrésistiblement, à ses fins – comment aurais-je imaginé que l'érection est en fait un miracle très fragile, susceptible de se faner comme une violette, de se réduire à rien, à pire que rien : une pauvre poignée de chair triste, sans plus de volonté qu'une méduse échouée sur la plage…

Oh Per ! comme on a pleuré ensemble !

… Et j'ai perdu Juan aussi, bien sûr.

Merde.

Totalement défaite, dégonflée, à plat.

Fichons le camp d'ici.

SONATE DE LA RÉSURRECTION

VIII – LES REMÈDES

D'autres années passent, et puis la "mortalité" tant redoutée des paysans revient. Pour la deuxième fois de suite elle prend le visage de la famine plutôt que celui de la guerre ou de la peste : une grande gelée d'hiver tue les semences dans le sillon et l'enchaînement infernal redémarre. C'est comme pendant la petite enfance de Barbe sauf que cette fois elle observe et comprend les événements, suit le désastre pas à pas, voit disparaître la couleur des joues de Marguerite et se fermer le visage de Donat. Tous savent ce qui les attend pour l'année à venir : une récolte médiocre, le prix du pain qui grimpe en flèche, les revenus qui piquent du nez, le recours aux nourritures immondes, l'affaiblissement des corps, de nouvelles épidémies de dysenterie et de pneumonie, sans parler des affections que peuvent charrier les colporteurs, les pèlerins, les prostituées et les parasites, tout est bon, les infections prospéreront et danseront, les cadavres s'entasseront, les charrettes passeront, et les cimetières en peu de temps déborderont.

Barbe travaille, garde le silence, ne mange presque rien ; son maître a oublié son existence.

Les gens se hérissent dans une méfiance généralisée. Les femmes qui ne meurent pas maigrissent au point que leurs lunes s'interrompent et tout espoir de vie en elles est empêché, arrêté. On prie, on pleure et on maudit, on s'épie à la dérobée, on se demande à qui la faute, de qui le mauvais œil, ce qu'on a fait pour mériter ça, ce qu'on peut faire pour y remédier, pour punir, pour survivre, on prie et on pleure, on a atrocement froid. L'hiver dure si longtemps que le bois des haies ne suffit plus pour chauffer les maisons, on se met à voler du bois dans les forêts, on se fait prendre et pendre par les seigneurs. A Sainte-Solange, pour ne rien arranger, le curé se transforme devant les yeux de ses paroissiens en un démon, un forcené : une femme au bras cassé l'accuse de l'avoir frappée avec le bâton de la croix au sortir de la grand-messe, une autre prétend qu'il s'est jeté sur elle en tenant ses parties honteuses, d'autres encore l'auraient vu se faufiler dans les prés au milieu de la nuit et cogner sur les bestiaux avec une pelle, au catéchisme il terrorise les enfants par ses jurons et ses blasphèmes… Comment se confesser à pareil coquin ? Comment se délester de ses péchés ? L'univers tangue, l'air grouille de mauvais esprits et de mauvais augures ; écrasés par la culpabilité et par l'effroi, les gens se terrent chez eux et tremblent.

Barnabé, au fond de ses ténèbres, a pris l'habitude du jeûne : la faim ne l'affecte presque pas.

Ainsi que cela arrive souvent avec les aveugles, il est considéré par les gens du pays comme clairvoyant, doté d'une vision intérieure exceptionnelle. On le sollicite pour officier aux inhumations, parfois six ou sept le même jour, des enfants surtout : fillettes et garçonnets mendiants, errants, abandonnés. Sa mère lui dit qu'il n'a pas le droit de se soustraire à cette tâche pénible, qu'il s'en est fallu de peu qu'il ne fût à leur place. Il ne les voit pas, les petits cadavres, mais il entre chaque fois en terre avec eux. Il devient grave. Plus que grave : sérieux.

Sa voix reste inchangée mais il chante beaucoup moins qu'auparavant : jamais en dehors de l'église, jamais pour rien, pour le plaisir ; et il a délaissé depuis longtemps les imitations, ces frivolités, ces fadaises qui éloignent de Dieu.

Désormais ordonné prêtre et confesseur, il écoute les plaintes des misérables et elles ne le laissent pas indemne, elles rongent et grignotent son âme. La tension et le malheur ambiants s'infiltrent en lui, l'obsèdent ; même les conversations avec Marthe ne parviennent plus à l'apaiser. Pourquoi Dieu autorise-t-Il de telles horreurs ? Effrayé par ses propres doutes et questionnements, Barnabé décide que sa foi a besoin d'être retrempée : il se met à porter le cilice, à se priver de sommeil et à marcher pieds nus dans la neige, prenant pour modèle Robert d'Arbrissel, le fondateur de l'ordre.

La seule chose que l'on puisse dire en faveur de cette année-là, c'est qu'elle s'écoule.

Au mois de mars de l'année qui suit, hébétés, endoloris et concassés, les gens regardent le monde reverdir autour d'eux. C'est dans la méfiance qu'ils plantent le blé du printemps, redoutant un nouveau gel, une nouvelle catastrophe. Mais non, le beau temps est vraiment là, irréfutable, enivrant – et, presque malgré eux, bien qu'ils soient encore affamés, les paysans se remettent à espérer. Les oiseaux semblent pépier sous leur peau, sous leur cuir chevelu. Les premières pousses pointues, vert tendre, des crocus et des jonquilles s'enfoncent dans leur cœur et le piquent, le stimulent à la sensualité, pétales rose vif, corolles de vagins, gouttes de rosée, bourgeons en pleine éclosion, tension sublime, oui à nouveau la sève, les giclements : tout cela sans mots, dans le mutisme, mais le réveil des sens ressemble à une grande fête.

Il pleut ! Au lieu de neiger, après les semailles, tombe pendant deux jours une belle pluie printanière, et ensuite, sur les pousses de blé vert, le soleil répand des brassées de diamants.

C'est dans la boue, la bonne boue grasse d'après la pluie, à l'entrée de la grange, que Donat prend Barbe pour la troisième fois. Elle vient de planter le chanvre, elle passe devant la grange où son maître est en train de réparer un des socs de sa charrue, elle essuie son tablier où traînent encore quelques graines de chanvre et cela suffit : à voir ce geste léger des mains de la femme sur sa poitrine et sur son ventre, Donat a le sexe qui se raidit et se dresse, le sang lui bat dans les tempes, ah ! cela fait si longtemps ! Il s'empare de Barbe et l'entraîne vers la grange, son idée est de l'amener à l'intérieur mais quand ils arrivent à la flaque son sabot glisse et elle s'étale à plat ventre dans la boue, sa jupe tordue dénudant quelques centimètres de cuisse, et c'est trop, c'est trop, en quelques secondes il est déjà en elle, dur, énorme, poussant, et en quelques autres secondes il s'est déjà vidé avec un gros grognement de verrat, puis, se dégageant vite, il se relève, se rajuste et jette à la ronde des coups d'œil nerveux mais la Marguerite, Dieu merci, n'est pas en vue. Tournant le dos à la servante toujours vautrée, il reprend sa réparation là où il l'a laissée.

Cette fois Barbe est salie, humiliée. Elle a eu mal, elle est confuse et furieuse, Donat lui a enfoncé le visage et le corps dans la gadoue, il a joui d'elle si vite qu'elle n'a eu le temps de rien sentir.

C'est pourtant ce contact-ci – nul, affreux – qui va, elle ne le sait pas encore, faire basculer le destin de la jeune femme.

Lorsqu'elle comprend que la chose plantée en elle a germé, que la semence n'a pas gelé dans le sillon, qu'en son for intérieur une petite vie s'est accrochée avec la ferme intention de devenir grande, elle en est profondément troublée.

Mère. Elle ne sait ce que cela veut dire.

Barbe, mère : deux choses si différentes.

Elle rougit en écoutant les confidences de Marguerite au lavoir. Elle se laisse distraire. Elle rêve, rêvasse. A rien. Puis se secoue. Quelque chose est en train de se passer. C'est réel, grave. Il faut l'arrêter.

Elle frotte, frotte les vêtements sur la planche, et puis soudain, au moment où elle soulève une chemise de Donat, lourde et dégoulinante d'eau, surgit en son esprit l'atroce image des lavandières, ces âmes de mères infanticides condamnées à laver éternellement les cadavres de leurs bébés. Si on marche la nuit, dit-on, près d'une mare stagnante ou même d'une source limpide, on peut les voir qui frottent avec fureur les petits corps sur la planche, les tordant, les plongeant dans l'eau pour les rincer, puis recommençant – frotter, battre, tordre, rincer… On dit aussi que ces lavandières macabres ont le pouvoir de tendre un piège à ceux qui les aborderaient la nuit, qu'elles peuvent leur casser le bras ou bien les noyer…

Barbe a un haut-le-cœur.

— Madame Marguerite, pardonnez-moi, je ne vous ai jamais rien demandé pour moi, mais…

Elle s'arrête, rougit.

— Qu'y a-t-il, petite Barbe ? Tu as un amoureux, c'est ça ? Tu veux une sortie ? Prends-la, vas-y ! Va te promener un après-midi – et même une soirée si tu veux, c'est le printemps ! il fait beau.

— Merci, madame, vous êtes bien bonne avec moi. Mais… ce que j'aurais voulu, avec votre permission…

— Parle ! parle, ma fille !

— Ç'aurait été de partir un matin pour aller rendre visite à mes amis de Torchay. Vous savez ? La grosse aubergiste, je vous ai parlé d'elle…

— Hm, je ne m'en souviens pas.

— Voilà près de dix ans que je les ai plus revus… Mais j'aurais besoin de la journée pour l'aller et le retour.

— Une journée entière ! Non, ça ne ferait pas plaisir à mon Simon, s'il l'apprenait… Attends donc l'époque des foins, quand il s'en va de la maison à l'aube pour ne revenir qu'à la nuit tombée, sans ça il risque de se mettre en colère contre moi. Aux foins, d'accord ? tu peux attendre ? puis ça restera entre nous.

— Je suis désolée, madame, je peux pas attendre. C'est que… j'ai fait un rêve cette nuit, j'ai vu mon amie malade, mourante. Maintenant je ne serai plus tranquille avant d'être sûre que c'était rien que des chimères…

Barbe frissonne : un tel mensonge, elle le sait, pourrait réellement nuire à la santé de l'Hélène, mais elle ne voit pas d'autre expédient. La conversation se poursuit, au rythme des battements et des rinçages d'habits, et à la fin, par sa douceur, sa

212

politesse, sa soumission, Barbe finit par obtenir gain de cause.

Elle est terrifiée à l'idée que les gens de Torchay pourraient la reconnaître. Mais dix ans ont passé, et son foulard noué autour de la tête à la manière des gitans détourne les soupçons : on la scrute bien avec méfiance et hostilité dans les rues du village, mais personne ne la reconnaît.

Elle tremble d'émoi en passant devant la petite église et en traversant la place jusqu'à l'auberge. Rien n'a changé ! Est-il possible que Jeanne ne se précipitera pas à sa rencontre, sourire aux lèvres, chevelure blonde et seins sautillants ?

Hélène, elle, reconnaît sa Barbe dès qu'elle franchit le seuil de la porte. Comme si elle l'attendait, elle ouvre grands les bras et serre la tête de la jeune femme entre ses mamelles géantes.

— Ma gentille ! Ma bonne petite ! Mais te voilà enfin !

La famine n'a épargné personne. Barbe se rend compte, choquée, qu'Hélène est devenue une vieille femme. La quarantaine bien entamée. Des cheveux blancs, des rides qui montrent qu'elle a souvent ri et souvent broyé du noir.

— Viens, c'est l'heure de manger. J'ai justement un bon plat de haricots au lard qui mijote sur le feu…

Barbe blêmit, se laisse échouer sur un banc, et Hélène comprend aussitôt.

— Ah. C'est ça.

Barbe hoche la tête. Elle a les yeux secs. Elle attend. Elle espère. Elle compte sur la sorcière.

— Vous m'avez appris certaines choses quand j'étais jeune, dit-elle en regardant Hélène droit dans les yeux. Mais ça, vous n'avez pas eu le temps de me l'apprendre.

— Oui, je me souviens. C'est ton patron ?

Barbe acquiesce en clignant des paupières.

— Bien sûr. Et ça fait… ?

— Je sais pas au juste. Mes lunes ont été perturbées par la famine de l'an dernier, elles étaient pas encore revenues comme avant.

— Mais le jour de… la chose ?

— C'était au lendemain de la grande pluie, vous savez… ?

— Ah ! oui. Il a plu ici aussi, deux jours sans décesser. C'est bien ça ?

— C'est bien ça.

— Alors ma fille, c'était au moment des Rameaux, ça fait déjà un petit mois. Pourquoi as-tu attendu si longtemps ?

Barbe hausse très légèrement les épaules, sans détacher ses yeux de ceux d'Hélène.

— Vous pourrez m'aider ?

— On va essayer, dit l'aubergiste, serrant fort les menues mains de Barbe entre ses paluches charnues.

La leçon de Barbe dure plus de deux heures. Hélène lui apprend les remèdes comme un poème, elle les lui fait réciter jusqu'à ce qu'elle les connaisse par cœur. D'abord les simples : armoise, aristoloche, coloquinte, ellébore noir, concombre sauvage, graine de fougère, persil, fenouil, aneth. Ensuite les substances plus puissantes : jus d'ammoniac, fiel de taureau, poix liquide, assa fœtida, galbanum. Et, si tout cela reste sans effet : pessaires d'ortie à faire entrer en soi-même (là où la jeune femme ne s'est encore jamais touchée), bains de camomille ("Mais où irai-je prendre des bains ?"), fumigations de soufre vif et de réalgar ("Attention, dit Hélène, c'est du poison. Il faut que le dosage soit bien précis, tu m'entends ?"). Enfin, les grands moyens : la violette blanche ("si l'enfant est mort, ça l'extrait, s'il est encore vivant, ça le corrompt"), la fumée de la chandelle éteinte ou de la lampe ("respire la fumée mais pas trop, ça peut faire du mal à ton cerveau")...

— Il faut tenter une seule chose à la fois, ajoute Hélène, quand elle est sûre que Barbe a tout enregistré. Ça peut être dangereux de mélanger les remèdes. Et puis, tu dois te dépêcher, ma fille. Si c'est un garçon, l'infusion de l'âme est pour bientôt. Après ça, si jamais on découvre ce que tu as fait, ce sera grave, je ne peux pas te dire à quel point... Tu n'en as parlé à personne, au moins ?

— A personne.

— C'est bien. T'as toujours été discrète, toi... Et puis – bouge, ma fille ! danse, saute, éternue, crache, vomis, secoue-toi, fais ce qui te vient à l'esprit, même porter des choses lourdes – mais sans te faire mal, hein ? Pas de bêtises ! Pas de chute dans l'escalier, pas d'aiguille à tricoter, n'est-ce pas, ma jolie ? Promis ? ton frère et moi, on te le pardonnerait jamais…

— Mon frère ! Barnabé ! Vous avez de ses nouvelles ?

Hélène juge prudent de ne pas ajouter aux soucis de Barbe en lui racontant la mutilation du petit moine.

— Il a été ordonné prêtre. D'après ce que me raconte le père Thomas, les dames d'Orsan ne veulent plus se confesser qu'à lui.

— Ah ! mon cher Barnabé… Je me demande quand je le reverrai.

— Il faut que tu partes maintenant, dit Hélène d'une voix douce, si tu veux être de retour avant la brune. Prends un peu de pain à grignoter en route, sinon t'auras la tête qui tourne. Je te souhaite bonne chance, ma petite Barbe… Tu reviendras me voir quand tout ça sera terminé, n'est-ce pas ?

C'est comme un rêve.

D'une part, Barbe fait ce qu'Hélène lui a dit de faire. Sagement, méthodiquement, jour après jour, en choisissant bien son moment, en se cachant de ses maîtres, elle essaie les remèdes et elle les essaie jusqu'au bout, avalant des substances au goût immonde, aspirant de la fumée, enfonçant dans son intimité des choses qui brûlent, déchirent ou piquent… Tout se met à bouillonner et à gargouiller en elle, ses organes entrent en révolution, son pouls bat à ses tempes et il lui semble qu'elle va se retourner comme un gant. Elle vomit, se roule par terre, saute du haut des chaises et des tables, atterrissant le plus lourdement possible sur ses pieds, puis laissant ses jambes se dérober sous elle et tombant sur ses fesses, sur le côté, roulant sur le sol comme un pantin désarticulé...

Mais, d'autre part, elle fait ces choses un peu comme s'il s'agissait d'un jeu, comme si elle ne désirait pas vraiment que ses tentatives de meurtre aboutissent. Et de fait, chaque matin au réveil, sentant au fond d'elle-même l'autre petit être qui s'accroche encore avec obstination, qui n'a pas bougé, pas fléchi, pas été découragé par les eaux chaudes ni les mauvaises odeurs ni les poisons ni les secousses les plus violentes, elle ne peut s'empêcher d'être fière de lui, et fière d'elle-même. C'est étrange, c'est même assez invraisemblable, mais pour la première fois de son existence elle aime toucher et regarder son corps, et le jour où, baissant les yeux, elle s'aperçoit que son ventre – ce ventre plat et dur comme une planche à pain – s'est très légèrement arrondi, des larmes jaillissent de ses yeux et elle doit se mordre les lèvres pour ne pas rire tout haut de plaisir.

Cela continue ainsi.

Elle essaie de ne pas être enceinte ; elle sait qu'en étant enceinte elle s'en va vers la catastrophe ; et pourtant, secrètement, *elle veut*, et son vouloir secret est plus puissant que les plus puissants remèdes d'Hélène Denis.

Elle compte les jours. Elle dépasse la quarantaine en se disant que, si c'est un garçon, il a désormais une âme, et elle se met, à part elle, à lui parler. Elle est fière, émue, fière. Elle interrompt les traitements. Dès qu'elle se retrouve seule, elle passe lentement ses mains sur ce ventre mystérieux, et sur ses bouts de seins gonflés, sensibles. Dans son lit la nuit, elle se caresse en laissant surgir des images – accouplement de chevaux, de chiens, de Donat avec Marie la meunière du temps où elle était vivante – et elle gémit, pleure de bonheur.

Un matin, alors qu'elle vient d'ôter sa chemise de nuit, et contemple dans un secret ravissement la rondeur à peine perceptible mais dure de son ventre nu, elle se sent regardée : cet instinct ne l'a jamais quittée, depuis les lointains jours de sa fuite à travers la campagne. Tournant la tête vers la fenêtre, elle voit – immobilisé sur le chemin, la dévisageant sans la moindre retenue – le P'tit Robert. Près de lui, ses deux cochons. Comme d'habitude, le bordiniau lui fait un grand signe de la main.

Barbe hésite. Elle devrait reculer. Vite se cacher, se couvrir. Mais elle sent que cet homme-là n'est pas vraiment un homme, que c'est un innocent, presque un enfant. Jésus n'a-t-Il pas dit qu'il fallait être semblable à des enfants pour entrer au paradis ? Ne se pourrait-il que cet homme soit lui-même le Christ, déguisé, venu mettre à l'épreuve sa bonté et sa douceur ? Et aussi, n'est-ce pas Dieu qui a voulu que cette vie pousse en elle ? Tous les enfants sont Ses enfants à Lui, y compris le simple d'esprit, y compris l'enfant du viol. Il est possible que ce bébé sera moqué, persécuté comme le P'tit Robert ; d'une certaine façon ils sont frères…

Alors, au lieu de se soustraire à sa vue, Barbe fait le contraire. Avec lenteur, elle se tourne pour se mettre en profil vis-à-vis du P'tit Robert. Devant lui, elle passe doucement les mains sur ses seins et son ventre, puis le regarde du coin de l'œil. Le P'tit Robert a les yeux écarquillés et un gigantesque sourire sur le visage. Il sautille sur place, une main à l'entrejambe.

Peu à peu, sans que Barbe ait l'impression de l'avoir fait exprès, cela devient un rituel entre eux. Elle s'arrange pour se trouver devant la fenêtre au moment où passe le P'tit Robert avec ses porcs ; il s'arrête et la salue, dévore sa nudité des yeux. Si l'un d'eux a quelques instants de retard, l'autre traîne à l'attendre, en faisant semblant de rien. Chaque matin cela recommence, et chaque matin le ventre de Barbe s'arrondit un petit peu plus. Elle a le cœur qui bat follement, à partager ainsi son secret mortel avec un idiot.

LE CARNET *SCORDATURA*

Lake House, 20 avril

Ecrire ainsi – presque pareil à l'orgasme – cette impression que quelque chose vous quitte mais sans qu'il s'agisse de perte, de dépérissement – au contraire : plus ça déborde, plus on se sent riche…

J'avance à l'aveuglette. C'est un processus éminemment étrange, insaisissable. Le chaud et le froid extrêmes, en alternance. Et l'histoire, pareille à une statue de bronze se dégageant peu à peu d'entre les ordures fourmillantes. D'avance, on sait très peu sur la forme que prendra la statue. (Jamais je n'aurais cru que la grossesse de Barbe se passerait ainsi.)

C'est mieux ainsi, n'est-ce pas ?

Sans doute. En règle générale, ce que vous faites est mieux que ce que j'avais l'intention de faire. Mais c'est tellement loin de… vous savez…

La vérité ?

Eh bien, oui.

Ha ! ne me faites pas rire.

Bon, d'accord, non pas la vérité, mais… cette chose. Ce que je me raconte au sujet de mon propre… Non, je n'arrive pas à l'écrire ici, noir sur blanc. Pas encore. La prochaine fois, peut-être. Ne me le demandez pas.

C'est vous qui me demandez des choses, Nada. N'inversons pas les rôles, je vous en prie.

Au retour de la campagne j'ai croisé Mike et Leo-nora sur le perron et suis restée coincée une demi-heure avec eux, à échanger des banalités. La petite Sonya n'arrêtait pas de monter et de redescendre les marches, de courir et de sautiller sur le trottoir – ses parents étaient distraits de la conversation à force de la surveiller à chaque instant, de crainte qu'elle ne s'élance au milieu de la chaussée – elle va si vite maintenant, me dirent-ils, elle est si impé-tueuse, si imprévisible… C'est l'âge le plus dange-reux, ajoutèrent-ils : quand ils peuvent tout, et ne comprennent rien. Et je les sentais en train de me scruter, comme le font souvent les jeunes parents, pour des signes d'envie. Ce doit être dur d'être vieille fille, une maigre et stérile scribouillarde sénescente ; sans doute n'est-elle pas trop moche encore mais, d'ici quelques années, les gosses du voisinage se mettront à chuchoter… La sorcière…

t'as vu la sorcière ? Avec ses longs cheveux raides,
son corps osseux, ses lunettes qui lui glissent sur le
nez et ses petits yeux méchants ? Tu l'as vue, qui
nous épiait par la fenêtre ? Je parie qu'elle était en
train de nous jeter un sort…

*Ah comme le désir de magie est puissant ! – et
comme est délectable la terreur vraie ! – agissant
sur l'âme comme un alcool fort, vous coupant le
souffle, vous estomaquant – oh oui, choquez-moi
encore !*

Joanna et moi, debout devant la fenêtre, les yeux
rivés sur notre étoile spéciale – bien après que Père
fut reparti, laissant nos fesses en feu… Il faisait
irruption dans notre chambre, presque tous les
soirs, pour nous punir de bavarder après l'extinc-
tion des lumières, on en avait l'habitude, ça ne nous
faisait ni chaud ni froid, après son départ on bais-
sait notre pyjama pour comparer la rougeur de nos
fesses, voir laquelle de nous deux, cette fois, il
avait frappée le plus fort, et puis, baissant la voix
jusqu'au chuchotement, on écartait les rideaux…
"Là ! Celle-là, regarde ! Tu la vois ? Elle a une
auréole, c'est parce qu'elle cherche à communiquer
avec nous…" Notre attente était si passionnée que
l'étoile, au bout d'un moment, se mettait réellement
à rayonner de manière trouble, intermittente : une
princesse cosmique y était tenue prisonnière, elle
essayait de nous envoyer un message… Notre cœur
battait la chamade, notre estomac tressautait : folles
de peur, enchantées, on s'étreignait très fort en jurant
de garder le secret…

Secrets. Mots joyaux. Souvenirs diamants, plan-qués dans le coffre à trésor de notre âme, bien à l'abri du regard du Réel.

Ou alors, on s'entraînait à s'évanouir. Chacune à son tour. Accroupie, la tête entre les cuisses, il fallait inspirer et expirer profondément vingt fois, et puis – vite – se redresser et se figer en retenant son souffle, les bras le long du corps, les poings serrés – ah ! ce fabuleux vertige, quand d'un seul coup le sang quittait le cerveau…

Oh oui ! Emmenez-moi dans un autre monde ! Plongez-moi dans le divin sommeil sans rêve de Blanche-Neige ! de la Belle au bois dormant ! de Rip Van Winkle !

Une fois, Joanna s'évanouit pour de bon. Elle se cogna la tête contre l'armoire en tombant et revint à elle aussitôt, mais Ronald s'était précipité dans la chambre pour voir ce qui se passait, et je reçus la dérouillée de ma vie…

Donnez-nous un autre monde, un autre monde !

D'où : le Royaume des mensonges. Quelle joie quand, vers l'âge de douze ou treize ans, je le découvris ! Il me procurait le même plaisir aigu et essoufflé que le vol. Je mentais à mes parents, à mes professeurs, au prêtre… et on me croyait ! J'inventais des histoires – j'étais au cinéma, j'étais avec une amie, on a perdu nos tickets de bus, la prof nous a gardés après l'école – et ils me disaient : Ah bon, d'accord, vas-y, oui oui, je comprends, très bien ; et mon cœur battait de plus en plus vite, j'étais folle d'excitation. C'est alors que je

223

partis : quittant non seulement ma famille mais la surface de la Terre – même si, en apparence, je continuais de manger et de dormir et de faire mes devoirs dans la maison de Morris Avenue avec les autres membres de la famille, ces pauvres crétins entravés par la vérité.

Quand mon père comprit que je mentais, cela devint encore mieux. Quand j'avais quinze ans, par exemple, et qu'il apprit que je n'avais pas passé la nuit chez mon amie Donna mais au *Village Vanguard*, à écouter du jazz et à fumer des cigarettes et à boire de la bière avec un homme, cela devint infiniment plus palpitant. Eclats de voix, indignation, violence. Non pas que j'aie trouvé plaisant d'être frappée au visage avec le dos de sa main, non – je me rappelle encore la nausée subite, le bourdonnement dans les oreilles – mais après, il y eut le défi. Comment faire, la fois d'après, pour mentir *mieux* ? Comment organiser la transgression de façon à ne pas être prise ? Comment corrompre Jimbo et Joanna pour qu'ils m'aident, qu'ils me fournissent des alibis, qu'ils mentent avec moi… de sorte que, peu à peu, eux aussi se laissent infecter par le plaisir ? Et quand Joanna commença à attraper des revers de la main en pleine figure, elle aussi comprit vite : le défi, oui ; génial. Nous devînmes complices, de plus en plus sournoises et perfides. Nos alibis se firent plus plausibles à mesure que nos aventures devenaient plus folles. Ma petite sœur…

Stella vient de partir. Elle est venue dîner et on a bu du vin, plus d'une bouteille chacune, je suis un peu schlass mais j'ai envie de téléphoner à Long Island dans deux heures pour être sûre qu'elle est bien rentrée alors je vais écrire pour ne pas m'endormir... pour noter, aussi, au moins un peu de ce qu'on s'est dit.

Ce soir en préparant les travers de porc pour le barbecue, les mains nues plongées dans le grand bol rempli d'os et de sauce couleur de sang, je ne cessais de songer aux recettes de sorcières que je lis en bibliothèque. Celles de la célèbre empoisonneuse La Voisin, par exemple, décapitée pour avoir aidé Mme de Montespan à éliminer ses rivales et regagner les faveurs du Roi-Soleil.

Marie-Marguerite la propre fille de La Voisin a témoigné contre elle, décrivant l'une des sinistres "messes" pour Mme de Montespan à laquelle elle avait assisté chez sa mère. Lors d'une de ces cérémonies, dit Marie-Marguerite, elle vit "l'enfant, qui paraissait né avant terme, présenté à [l'abbé] Guibourg, le couteau entaillant la gorge, le sang qui coule sur l'hostie dans le calice, les paroles de la consécration dédiées à Astaroth et Asmodée, *«princes de l'amour et de l'amitié»*, au-dessus de l'affreux mélange qui sera distillé le lendemain (...) et emporté dans une fiole par Mme de Montespan" (Arlette Lebigre, *L'Affaire des Poisons*, p. 116).

Les recettes de sorcières dans *Macbeth* ne sont pas moins macabres –

> *Petit doigt d'un nouveau-né*
> *mis au monde et étranglé*
> *par une pute dans un fossé...*
> *Versez-y le sang d'une truie*
> *qui dévora ses neuf petits...*

– pour ne rien dire de la sorcière qui gave le petit Jeannot, jusqu'à ce que Margot vienne la basculer dans le four où elle comptait le faire rôtir ! Ces images récurrentes, obsédantes, de femmes qui tuent et dévorent des petits enfants... Est-ce moi qui suis folle, moi qui suis morbide ? Que concoctent les mères dans leur cuisine ? de quoi est rempli à ras bords le chaudron des sorcières, sinon – bouillant, bouillonnant – de nos propres peurs : que, sans la grâce de Dieu, *c'était nous qui mijotions dans la marmite* ?

Les travers de porc étaient succulents.

— J'ai fait du porc, j'espère que ça ne te dérange pas, avais-je dit à Stella dès son arrivée.

— Bien sûr que non, dit-elle en rigolant. Ça, c'est un tabou pour les juifs *musulmans*, moi je suis juive *protestante*.

— Ce sont les seules côtes que je supporte de voir, ajouta-t-elle un peu plus tard, les rongeant avec voracité.

Dans sa jeunesse elle était, sinon svelte, du moins d'un gabarit normal. Elle n'a commencé à prendre du poids qu'en 1945, en apprenant la déportation à

Bergen-Belsen de toute la partie française de sa famille, et en voyant les premières photos des survivants des camps, la cage thoracique proéminente, les côtes saillantes… A partir de ce jour, la maigreur est devenue pour elle synonyme d'horreur et elle a tout fait pour l'éviter, à elle-même et à ses proches. Plus jamais ça. Plus jamais jamais ça, ni quoi que ce soit d'approchant. Mange, mange. *Bon appétit !*

On était là à sucer nos travers de porc grillés et à boire l'excellent vin bulgare que Stella avait apporté. Au bout d'un moment, il ne restait plus de travers de porc et on a entamé la deuxième bouteille de vin. Comme cela arrive souvent, le vin me rendit prolixe et – tout en sachant que c'est dangereux, que ce sujet devrait être protégé par un silence de mort – je lui dis quelques mots de ma *Sonate de la Résurrection*, notamment que certains de mes personnages sont des fantômes. Elle rit. Puis, après avoir réfléchi quelques instants, elle dit, en substance :

— C'est insensé, n'est-ce pas ? On dit à nos enfants : Voyons, vous êtes grands maintenant, vous savez bien que les fantômes, les sorcières et les lutins ça n'existe pas ! On n'a inventé tout ça que pour vous endormir le soir. En fait, il n'y a rien à craindre !

J'ai ri.

— Alors qu'*en fait*, poursuivit Stella en poussant un grand soupir, il y a tant de choses à craindre sur cette Terre… S'ils avaient la moindre *idée* du nombre de choses qu'il y a à craindre : les balles, les bombes, la dépression mentale, la pollution radioactive, la pornographie, les araignées, les souris, la liste est sans fin...

— Parfois, avouai-je, entre deux gorgées de vin, j'ai peur de sortir de mon lit le matin.

— Je sais, ma chérie, dit aussitôt Stella.

— J'ai peur des autres, de leurs mondes, de tous leurs mondes... Quand je les croise dans la rue, je vois la souffrance dans leurs yeux et elle m'envahit, je n'arrive pas à me protéger d'elle, c'est comme si je n'avais pas de peau, leur douleur me frappe comme une décharge électrique et je n'arrive pas à la mettre à la terre, je ne peux que frémir et frissonner en attendant de me retrouver seule, ça me rend folle de penser que chacun de ces êtres contient un univers de peur et de douleur et de colère, il y en a trop, trop, il y a non seulement Manhattan mais Brooklyn, le Bronx, Detroit, Chicago, pour ne rien dire de Tôkyô, Manchester, Calcutta, Rio, Kinshasa, Moscou, des milliards de gens en train de circuler dans des magasins, des bureaux, des usines, des centrales nucléaires, la tête grésillant de soucis... C'est con ce que je dis là, hein ?

— Oui, ma chérie, mais ça ne fait rien. D'ailleurs, tu as raison. La vie est terrifiante. S'il fallait qu'un seul être humain se rende compte de tout ce qu'il y a à craindre dans le monde, il mourrait sur-le-champ.

— Suicide ou crise cardiaque ?

— A toi de choisir.

— Crise cardiaque.

— Moi aussi, dit Stella... Et qu'est-ce qu'on était bête, dans ma jeunesse ! qu'est-ce qu'on s'est laissé berner par le marxisme ! C'était la même chose, au fond. Il s'agissait de se libérer des illusions. Les fantômes et les lutins n'existent pas, et la religion c'est l'opium du peuple. Il n'y a rien là-haut. Ni là-bas. Il n'y a rien nulle part, rien d'autre que la réalité. On se trouvait tellement *courageux* d'insister pour regarder la réalité en face ! C'était comme un régime amaigrissant pour l'esprit, tu comprends. Il fallait éliminer la complaisance mentale, la mollesse, la paresse. Il fallait découper sans pitié les rêveries et les fantasmes, comme autant de gras superflu, puis recoudre les chairs meurtries avec l'aiguille de la dialectique et le fil du matérialisme ! Ah oui ! une fois que Marx était passé par là, on peut dire qu'on avait l'esprit bien maigre, bien étroit !

— Et après, dis-je, ma génération à moi est arrivée et on s'est mis à se regonfler artificiellement l'esprit à l'aide de drogues. L'esprit de ma petite sœur a été tellement élargi, on aurait dit le big-bang.

Stella rit doucement ; elle sait que ce n'est pas une histoire amusante. J'étais ivre maintenant et je me sentais plutôt mal en point. La tête lourde, lestée par le poids de mon passé. Des pensées noires. L'asile psychiatrique de Joanna.

Il y eut un silence. Regardant Stella, je compris qu'elle venait d'emprunter à son tour le chemin de l'enfer (pas le même, un autre : certains soirs, tous les chemins mènent à l'enfer).

— J'aurais bien aimé avoir quelques illusions quand mon Andrew a été tué, dit-elle enfin.

Je pris sa main grassouillette et tapotai dessus pour la réconforter. Un instant, je pensai même à lui citer mon proverbe païen préféré : *Les morts sont les invisibles mais ils ne sont pas les absents* – mais je m'en abstins. Dans certains contextes, même les idées profondes deviennent triviales.

— La mort de Jack, ce n'est pas pareil, poursuivit-elle au bout d'un moment. Je veux dire, j'aurais préféré, bien sûr, qu'il me tienne compagnie encore une décennie ou deux. Mais la mort d'un fils, c'est… impensable. Au sens propre. On *n'arrive pas à la penser*. Ça continue de vous enfoncer un couteau dans le cœur, encore et encore, sans jamais s'arrêter. Eh oui. La réalité. Voilà, c'est comme ça. Vous avez élevé votre fils jour après jour jusqu'à l'âge de vingt et un ans, et maintenant il n'existe plus. Il a *vraiment* été réduit à néant, et vous n'allez *pas* le retrouver au paradis, et, de plus, *aucune* puissance dotée d'une sagesse qui dépasse notre entendement n'a décrété qu'il devait mourir, et il n'est *pas* monté s'installer "à la main droite d'Allah" en tant que martyr héroïque d'une juste cause. Non. Il est tout simplement *parti*, de façon irrémédiable, sans la moindre raison, et il n'y a aucun réconfort, aucune consolation possible…

Stella se tut un moment, puis ajouta :

— Voilà qui est *infiniment* plus effrayant que les vampires et les loups-garous, tu ne trouves pas, Nadia ? Pour ma part, je serais *ravie* de revoir mon Andrew sous l'aspect d'un vampire, ou sous tout autre aspect qu'il voudrait bien prendre…

— Est-ce que tu rêves de lui parfois ?

— Oh non. Plus depuis longtemps.

— Ah… Parce que les rêves, c'est pour chacun de nous le dernier petit hectare d'illusion, n'est-ce pas ? Même Marx n'a pas réussi à nous en débarrasser.

— C'est sûr. Voilà pourquoi cher papa Freud a choisi de dresser sa tente justement sur ce terrain-là.

— Moi, je rêve encore de Sabina. Ça m'est arrivé cinq ou six fois… Je me dis que j'ai de la chance ; au moins elle me rend visite.

— Mais oui, tu as de la chance… Ça fait combien de temps, maintenant ?

— Presque un an.

— Est-ce possible !

Et voilà que c'était au tour de Stella de tapoter sur ma main à moi. Et à moi d'emprunter encore un autre chemin de l'enfer : le coup de téléphone du mari de Sabina, en mai dernier, au milieu de la nuit… Chaque fois qu'on m'annonce ce genre de nouvelle, je pense que la personne doit être en train de plaisanter, ou au moins d'exagérer… *morte ?* Allons, allons, pas la peine d'aller si loin – blessée, peut-être, malade peut-être, inconsciente, si tu veux, dans le coma, hurlant, perdant son sang, d'accord, je peux me colleter avec ça, mais… *morte ?* *Sabina ?* L'amie avec qui j'ai partagé un million de tasses de café, un million de coups de téléphone (non, c'est faux : dites-moi, Témoin, quel est le chiffre exact ?), la femme que, chaque fois qu'elle accouchait, j'allais voir à l'hôpital pour le pur plaisir de la voir *rayonner* ? Alors à quoi bon l'avoir accompagnée à travers ses divorces et ses remariages, les vicissitudes de sa carrière de poète, si en fin de compte tout devait se réduire à *cela* ? Oh, merde, de quoi parlions-nous… ?

Je repoussai l'image de Sabina déchiquetée, la tête écrabouillée sur le volant de sa voiture, me servant de l'image de mes visites à l'hôpital pour glisser vers un autre chemin de l'enfer : ma visite récente à Elisa dans le Vermont.

— Te rappelles-tu ce haute-contre qui chantait dans l'Ensemble ? dis-je, de but en blanc. Edmund, il s'appelait ?

— Bien sûr. Edmund Welch. Britannique. Excellent chanteur. Il n'est resté que deux ou trois ans avec le groupe.

— Etait-il amoureux d'Elisa ?

— Absolument.

— Et elle… ?

— Oui, elle aussi. Mais elle a fait en sorte que rien ne se passe entre eux.

— Tu en es sûre ?

— Sûre et certaine. Edmund a fini par quitter le pays à cause de cela, pauvre chou, il est rentré à

Londres le cœur brisé. Je n'ai jamais su ce qu'il était devenu.

— J'ai dû sentir quelque chose, en les voyant ensemble…

— Tu as raison, ils étaient amoureux fous. Mais – je ne sais qui elle craignait le plus, de Ronald ou de Dieu – ta mère n'a jamais trompé ton père. Malgré tous mes encouragements…

— Ah ! bon ?

— Mais oui, je trouvais qu'elle avait le droit de s'amuser un peu, la pauvre chérie.

Pendant un assez long moment, chacune de nous médita en silence la fidélité pathologique d'Elisa. Ensuite, va savoir pourquoi, je demandai :

— Et toi ?

— Pareil. Fidèle comme un chien. Absurde, n'est-ce pas ?

— Pas forcément, dis-je. Ça dépend à quel point tu étais amoureuse de Jack.

— Oh, mais c'était la même chose, tu comprends. Jack avait des petites amies, et j'en entendais parler, j'apprenais qu'il amenait d'autres femmes avec lui dans ses voyages d'affaires et je me sentais tellement *humiliée*…

Stella ne m'avait jamais parlé de cela. Il y avait une femme en particulier. C'est l'une de ses images au formol à elle, datant d'il y a plus de quarante ans : le jour où elle prit son courage à deux mains pour aller voir, dans l'Upper West Side, la femme que fréquentait – "pour le dire poliment" – son mari.

— J'avais besoin de la *voir*, tu comprends. C'était une visite très digne, j'ai demandé au portier de m'annoncer et je me suis comportée avec courtoisie, je ne suis pas allée là-bas pour lui arracher les yeux de mes ongles, j'avais simplement besoin de savoir avec quel genre de femme mon mari me trompait...

— Et ?

— Eh bien, j'ai été atterrée. Ann Driscoll, elle s'appelait, je me souviens. Une dame de la haute, rien de moins ! Tu sais qu'à l'époque on avait encore notre carte du Parti, Jack et moi. J'avais toujours cru que sa passion dominante c'était la lutte des classes, et voilà qu'il s'envoyait en l'air avec une chiquissime *shikse* du West Side ! Non, mais ! Parfum de luxe, ongles peints, trois kilos de maquillage sur la tronche, coiffure impeccable pour ne pas dire inamovible, fumant avec un porte-cigarettes élégant, attifée au beau milieu de l'après-midi avec des talons aiguilles et une robe moulante à mille dollars... Quand elle m'a regardée, j'ai compris que je n'étais qu'une... *bestiole* juive. N'importe quelle femme aurait été une bestiole à côté de celle-là. Même toi, Nadia. Tu serais peut-être même devenue juive ! Ha ! Je peux en rire maintenant... Mais tu sais, ça me fait toujours mal. Parce que je ne pouvais m'empêcher de me demander : si Jack aime ce genre de femme, *qu'est-ce qu'il fait avec moi* ?

Leur fils Andrew n'avait que trois ans à l'époque ; leurs filles n'étaient même pas nées. Crise dans le mariage. Pleurs, récriminations, paroles données, paroles trahies, menaces de divorce. Les filles ne seraient pas nées.

Maintenant, la chair et le sang éparpillés d'Andrew enrichissent le sol d'une rizière quelque part en Corée du Nord, les filles sont assez grandes pour avoir des enfants et des crises maritales à leur tour, Jack et sa maîtresse élégante pourrissent sous terre depuis vingt ans mais leur trahison *fait toujours mal*. Encore aujourd'hui, leurs fantômes tourmentent Stella. Elle fait des cauchemars dans lesquels ils la narguent et la rejettent, avant de sauter allégrement dans un avion pour San Francisco.

La vie humaine est si bizarre. Comment peut-elle paraître bizarre quand elle est tout ce qu'on connaît ? Ce n'est pas comme si on pouvait se comparer à une autre espèce intelligente, mais gentiment prévisible celle-là, chez qui tous les comportements seraient rationnels, pour qui l'amour voudrait dire l'amour, le bonheur, le bonheur et la mort, la mort... tandis que nous autres créatures cinglées, on ne peut s'empêcher de faire mal à ceux qu'on aime, de rechercher notre propre malheur, de ressusciter nos morts... et de cultiver le mensonge.

Malgré l'heure tardive, et malgré le litre de vin bulgare qu'elle avait dans les veines, Stella insista pour rentrer chez elle à Long Island en voiture. Elle adore, dit-elle, se réveiller dans son propre lit. Moi je n'aime pas l'idée qu'elle conduise la nuit (même en plein jour elle est tout sauf un as du volant). Mais quand Stella décide d'une chose, personne n'arrive à l'en faire démordre. Alors je lui donnai une grande tasse de café et un gros baiser sur le front et elle partit.

Dimanche matin

Que ce soit l'effet de la conversation surnaturelle ou du vin, rêve assez pénible... Je passais la soirée chez Jonas et Moïra – ils avaient mis au point une sorte d'alchimie, processus stupéfiant grâce auquel, à force de mener à bien des calculs de plus en plus abstraits, on pouvait engendrer des homoncules – de petits êtres embryonnaires, noirs et remuants, plus comme des gnomes ou des diablotins que des humains... On recevait les problèmes, on devait gamberger longuement sur les puissances de mille et autres affres mathématiques – et nos efforts étaient couronnés par l'arrivée de ces glabres et glissants bouts de chair dotés de têtes et de membres...

Décidément, ça ne va pas fort en ce moment. Pourquoi me faites-vous écrire sur toutes ces existences empêtrées dans la glaise, la glaire et les viscères, sur ces violences aveugles, ces soleils sanguinolents ?

Faites-moi confiance, ma chère. Je sais où je vais.

SONATE DE LA RÉSURRECTION

IX – L'ATTENTE

Depuis sa visite à Hélène, Barbe compte les jours de sa grossesse en faisant de minuscules coches avec son ongle sur le rebord de la fenêtre. Vers la Saint-Jean, elle en arrive à la quatre-vingtième coche. Maintenant il n'y a plus rien à faire : même si c'est une fille, l'âme est entrée dans le corps et c'est trop tard.

Elle sent le bébé. Elle qui n'a jamais eu de chair, qui ne s'est jamais souciée de son apparence, qui n'a jamais su se plaindre de la faim, se met peu à peu à écouter son corps. Et, même si elle continue de cacher son état, à tous sauf au P'tit Robert, comprimant fortement son ventre et ses seins avec des bandelettes quand elle s'habille le matin, portant des blouses larges, flottantes – ce corps commence à devenir beau, sensuel. Le secret illumine son visage de l'intérieur et, quand elle surprend son reflet dans l'eau pendant sa toilette matinale, Barbe ne peut s'empêcher de se jeter des regards attendris. Elle est heureuse. Elle sent enfin que quelqu'un a besoin d'elle, d'*elle* en particulier et non simplement d'une servante ou d'un sexe. La nature a choisi son corps à elle, Barbe, pour fabriquer cet enfant-ci, et l'enfant se love en son sein, à la fois vulnérable et impérieux… La nuit, ses mains courent sur son corps et, à sentir son ventre rebondi, ses seins gonflés et fermes au bout sensible, tout son être se cabre dans une pulsation de vie et elle se pâme sous ses draps. Le jour, maintenant qu'il s'agit d'en nourrir un autre, Barbe éprouve les spasmes agréables de la faim. Elle mange avec allégresse, tout en s'efforçant de dissimuler à Marguerite son nouvel appétit. Une fois, passant près de l'étable au milieu de l'après-midi, elle se glisse sous une chèvre et suce du lait directement à son pis.

Elle réfléchit. Il faudrait agir maintenant, prendre une décision quelconque. Peut-être pourrait-elle donner l'enfant à Mme Guersant, qui s'est toujours lamentée de ne pas en avoir ? et peut-être, ensuite, la vie pourrait-elle reprendre comme avant ?

Elle décide, en tout cas, que le moment est venu de lui parler.

C'est le jour de la tonte des moutons. Marguerite tient fermement les bêtes entre ses cuisses et Barbe manie les ciseaux. Elles aiment bien ce travail, cela fait des années qu'elle le font ensemble au début de l'été, elles sont devenues efficaces, expertes, elles ont trouvé un bon rythme, même les petits agneaux ne se débattent plus lorsqu'ils ressentent contre leur peau la lame froide des ciseaux.

— Madame…

C'est difficile.

Quand cela a été dit, les mains de Marguerite laissent échapper une grosse brebis à moitié tondue, qui s'élance à travers champ en poussant des bêlements absurdes.

Pour une fois, elle cesse de parler, la Marguerite. Assise sur son tabouret, regardant droit devant elle, elle pleure. Les larmes emplissent ses yeux, débordent et coulent sur ses joues, sans qu'elle fasse le moindre mouvement pour les essuyer ou pour se cacher le visage. Elle pleure.

Barbe, laissant tomber les ciseaux dans l'herbe, se met à genoux près de sa maîtresse.

— Oh ! madame, murmure-t-elle, mal à l'aise. Jamais j'aurais voulu vous faire de la peine.

Mais Marguerite ne lui répond pas : les mains abandonnées sur ses cuisses, paumes vers le ciel, elle continue de pleurer en silence.

Les deux femmes restent ainsi un long moment. Quand le soleil arrive près de son zénith, annonçant le retour de l'homme pour son casse-croûte de la mi-journée, Marguerite se tourne lentement vers Barbe, les yeux rouges et tristes.

— Il faudra que tu t'en ailles, ma petite Barbe, dit-elle d'une voix rauque. Je t'aime bien, tu le sais, j'ai toujours eu de l'affection pour toi, et je sais que c'est pas de ta faute... D'ailleurs c'est pas la première fois, on a dû te le dire... Mais, comprends-tu, je supporterais plus de te voir, là, tous les jours, près de moi... Je regrette, crois-moi... Tu vas me manquer, mais il faut que tu partes.

— Mais madame ! balbutie Barbe, totalement prise au dépourvu, tant ses rêves avaient été loin de la réalité – mais madame, partir... pour aller où ?

— J'ai des cousins à Montrémy. Les Meillat, Jacques et Sylvain. Ils ont un petit domaine et je sais qu'ils cherchaient une aide-cuisinière...

— Mais... dans mon état ?

— Je leur dirai rien de ton état. T'es tellement maigre que ça se voit pas, et puis, t'as pas ralenti dans ton travail... ils y verront que du feu. Tu sais qu'il y a des femmes qui réussissent à cacher leur grossesse jusqu'au bout, hein ? Et puis, quand l'enfant arrive... eh bien, tu te débrouilleras, je te fais confiance.

— Me débrouiller... ?

— Mais j'en sais rien, moi ! dit Marguerite, agacée. Que pensais-tu en faire ?

Troublée, Barbe détourne le regard. Elle n'ose avouer qu'elle avait espéré lui faire cadeau du bébé.

— Tu ne l'as pas dit au père Jean, du moins ? reprend Marguerite, anxieuse.

— Oh ! non...

Marguerite réprime un léger soupir de soulagement.

— Alors tu vois bien, petite Barbe, dit-elle, que tu te débrouilles déjà ! C'est péché mortel de ne pas déclarer une grossesse.

— Oui je sais. Mais…

— Je te comprends. Le dire à ce fichu coquin-là, ça reviendrait à le crier sur les toits. Or il faut surtout pas que les gens de Sainte-Solange l'apprennent.

— Vous leur direz quoi… pour leur expliquer mon départ… ?

— Je trouverai quelque chose, fais-moi confiance.

Barbe est dans sa chambre en train de ramasser ses affaires quand Donat rentre à la maison. Il n'a pas plus tôt mis les pieds à la cuisine que Marguerite lui saute dessus.

S'accroupissant, Barbe soulève précautionneusement un coin de la couverture pour épier la scène. Elle est déchaînée, la Marguerite, elle s'est découvert des forces insoupçonnées, c'est un vrai plaisir de la voir ainsi, elle crie contre son Simon et le houspille, s'emparant d'un long bâton elle le frappe à toute volée, sur les épaules, sur le dos, sur les reins ; et lui, pare les coups de ses bras en grommelant et en poussant des jurons, a-t-il seulement compris de quoi il retournait, sans doute que oui puisque Marguerite ne cesse de lui répéter que c'est la cinquième fois, la cinquième servante qu'elle va perdre par sa faute, et c'est ainsi que Barbe quitte la maison des Guersant comme elle y était arrivée, une dizaine d'années plus tôt : sur une scène de ménage.

Elle ne leur dit même pas adieu.

Montrémy est situé à quelques lieues de Sainte-Solange, dans le sens opposé à celui de Torchay. Revoilà Barbe sur les routes, marchant dans la chaleur étouffante de la mi-juillet. Sa grossesse l'encombre et la gêne, l'enfant n'aime pas être cahoté ainsi des heures durant, il se débat dans son ventre, lui fait mal, la ralentit. C'est pantelante, suante, à demi morte de soif et de faim que Barbe arrive enfin au domaine des frères Meillat, et quand ce sont deux molosses noirs qui se précipitent à sa rencontre avec des aboiements et des claquements de mâchoires, elle manque s'évanouir tout à fait.

Les frères Meillat sont interloqués, contrariés : ils ne comprennent pas qu'une femme encore jeune puisse être à ce point éprouvée par une journée de marche. Leur cousine leur aurait-elle refilé une malade ? une vérolée ? quand même pas une ancienne prostituée ? Ils verront bien à l'usage…

Propriétaires de leur ferme et de leur cheptel, Sylvain et Jacques Meillat sont, en outre, les coqs du village, respectivement maire et notaire : des célibataires arrogants et ventrus, imbus de leur propre importance. Ils emploient une vingtaine de personnes – bergères, laboureurs, métayers, femmes de chambre – et gèrent leur maisonnée d'une double poigne de fer. Chaque jour de la semaine a son horaire inamovible, la messe dominicale et le bénédicité sont obligatoires, les minutes comptées, les bavardages sévèrement réprimés et les repas expédiés dans le silence.

Mme Roger la cuisinière, la cinquantaine robuste, commande aux autres servantes, qui respectent son âge et son autorité. Au début, peut-être en vertu d'une vague ressemblance physique avec Hélène, Barbe se demande si cette femme ne pourrait pas devenir sa confidente, mais elle comprend rapidement que non. Mme Roger, comme les autres, la repousse, la tient à distance : elle est la nouvelle, l'étrangère, peut-être bien fille de soldat. On n'aime pas ses manières, on n'aime pas qu'elle soit si peu causante, on la trouve louche avec son petit sourire en coin, et, de plus, elle a des façons de cachottière, elle ne se déshabille ni ne se lave jamais devant les filles dont elle partage la chambre.

Au bout de quelques semaines de cet ostracisme, Barbe commence à vaciller. Ne devrait-elle pas aller déclarer sa grossesse au curé de Montrémy et s'en remettre à Dieu ? Mais non, c'est impensable : personne ne la connaît ici, on la vouerait aux gémonies – une fille-mère, une pécheresse – et elle se retrouverait sur les chemins, sans rien à donner à son petit, ce serait l'horreur.

Elle commence à parler à voix basse à son bébé, et elle est sûre qu'il peut l'entendre. Cela lui apporte du réconfort pendant les longues journées de travail à la cuisine et au jardin.

— Tu comprends, mon lapin, t'as besoin de manger. Et si je dis la vérité à M. le curé, on nous chassera d'ici. Et j'ai cru voir que t'étais pas tellement friand de la vie sur les grands chemins… Je ne me trompe pas ? Alors tu vois, il faut attendre, il faut être patient. Je suis là, je suis ta maman, et le bon Dieu Il est là aussi, il faut t'inquiéter de rien. Lui, Il sait qu'on a rien fait de mal… Hein que t'as rien fait de mal, mon lapin ? Il ne va quand même pas punir un petit bout de chou comme toi, c'est impossible… Comment tu t'appelles, mon bébé ? Peut-être Barnabé comme mon frère jumeau ? C'est le meilleur homme de la Terre, il est doux et bienfaisant comme le soleil du mois de mai. Je te le présenterai un jour, c'est promis. Il sait imiter n'importe quoi ! les bébés agneaux, les grands méchants loups, les mendiants et les dames du monde, oh ! il te fera rire aux éclats ! et puis, en plus, il chante comme un ange. Oui, je te ferai rencontrer tous les gens que j'aime. Hélène l'aubergiste de Torchay, qui a été comme une mère pour moi… Et le bon père Thomas aussi, s'il est encore en vie. Les années filent, c'est incroyable, voilà que j'ai déjà vingt-cinq ans, l'âge des vieilles filles, personne voudra plus m'épouser maintenant, c'est sûr, mais toi tu me tiendras compagnie, n'est-ce pas mon petitou ? Je serai plus jamais seule, maintenant que t'es là. T'es pas trop mal à l'aise là-dedans, au moins ? Ça doit être pénible d'être coincé derrière ces bandelettes… Je sens bien que tu souffres quand je me penche pour éclaircir les rangées de carottes – mais ça ira mieux plus tard, je t'assure, on s'en sortira, on ira vivre ensemble et je te ferai une vie magnifique…

Du matin au soir elle parle ainsi en travaillant, un ruisseau de paroles coule sans cesse en elle, de la tête vers le ventre, des mots tendres et rassurants, toujours pareils et toujours différents : c'est ce qui la protège des regards courroucés de ses maîtres et des harcèlements sournois des autres servantes.

Elle a beau tomber de fatigue, chaque soir quand elle s'installe sur sa paillasse, il ne faut pas s'allonger n'importe comment. Elle ne peut plus se coucher sur le ventre car cela lui fait mal aux seins, et elle doit éviter de dormir sur le dos sous peine de trahir son secret ; elle dort donc sur le côté, recroquevillée autour de sa petite chose, sa merveille, son innocence. Elle dort comme un loir, comme une pierre ; jamais elle n'a eu le sommeil aussi profond.

Elle a faim en permanence, une faim inextinguible. Elle n'ose chiper des œufs au poulailler ni des prunes au prunier, de peur d'être prise sur le fait, mais parfois elle se faufile jusqu'au tas de compost derrière la grange et s'empiffre d'ordures – vite, vite : écosses de pois, feuilles de radis, vieilles croûtes de pain moisies, gras de poulet, peu importe ; il faut manger.

A table, elle s'efforce de maîtriser sa voracité. Elle fait attention aussi de ne jamais poser les mains sur son ventre, comme elle a vu faire aux femmes enceintes. Parfois elle croise même les jambes pour avoir l'air jeune et insouciante, bien que cette position lui soit atrocement inconfortable.

A l'église, de même, elle souffre de rester agenouillée de longues minutes sur les dalles glacées, mais au moins cette souffrance est-elle compensée par la musique : Barbe se dit que son petit Barnabé écoute les prières psalmodiées en se tortillant de bonheur dans son ventre ; elle aime à s'imaginer qu'il héritera du don musical de son oncle.

Fin juillet, la moisson est une rude épreuve. Barbe ne s'attendait pas, aide-cuisinière, à avoir à travailler aux champs, mais c'est une obligation absolue à cette époque. Le blé, ici, ce n'est pas, comme autour des hameaux qu'a connus Barbe depuis l'enfance, quelques pauvres épis qui poussent ou ne poussent pas, et qui ont une chance sur deux d'être détruits avant le mûrissement par le gel, la maladie ou les bêtes errantes. Non : ici, ce sont de vrais champs qui s'étendent sur plusieurs hectares, cultivés pour le seigneur de La Chaume en personne ; c'est pourquoi, outre les hommes loués exprès, les frères Meillat ont besoin de tous les bras.

Une rangée d'hommes avance, fauchant rythmiquement les épis ; derrière vient une rangée de femmes, courbées en deux, qui les ramassent et les lient en gerbes. Dès la mi-matinée, Barbe n'en peut déjà plus de se pencher et de se relever sous le soleil fracassant, elle chavire dans la chaleur, dans tout ce jaune envahissant, impitoyable, ses mains lui brûlent, mordues encore et encore par des chardons, la paille lui picote les yeux et les narines, elle éternue, sue et pleure, s'arrêtant à chaque instant pour s'essuyer le front et le nez. Sa détresse finit par énerver à tel point les autres filles que Mme Roger, furieuse, lui ordonne de rentrer à la maison préparer le casse-croûte pour tout le monde.

Les vendanges, fin septembre, manquent la tuer.

De l'aube jusqu'au crépuscule, derechef, elle travaille avec les autres au milieu de la vigne : mais, cette fois, elle n'a même pas le droit de se redresser. Elle est pliée en deux à cueillir le raisin, une rangée après l'autre, des milliers et des milliers de grappes noires, et chaque fois qu'elle fait une pause pour frotter ses reins endoloris, l'un des frères Meillat est là près d'elle, qui dénonce sa paresse avec méchanceté. De la journée, elle ne s'assoit qu'à deux reprises, pour manger goulûment quelques noix et un morceau de fromage de chèvre, avaler deux ou trois gorgées d'eau ; et puis elle doit reprendre la même position cruelle et se remettre à détacher les grappes noires.

Vers le milieu de l'après-midi, les petits mouvements rassurants de Barnabé s'arrêtent et le ventre de Barbe devient d'une dureté effrayante : elle a l'impression qu'il ne fait plus partie d'elle, qu'il est devenu bloc de pierre, objet hostile, méconnaissable.

Elle a mal au dos, mal au cœur, la tête qui tourne – mais il faut tenir, elle ne peut se permettre de tomber dans les pommes car on viendrait alors l'examiner de près, se pencher sur elle, desserrer les lacets de son corset, défaire les bandelettes, et alors ce serait la catastrophe, le bannissement, la mort…

Il faut tenir.

Puis c'est la Saint-Michel : l'archange terrassant le démon inaugure l'automne, saison de pourriture et de mort, saison où tout dépérit et tombe en ruine, saison de chasse. Chaque jour, on entend des aboiements de chiens et des détonations de fusils dans la forêt voisine : les hommes argentés exerçant leur macabre privilège.

Barbe fait un rêve étrange : elle se trouve dans le bois avec Sylvain Meillat, devant une éclaircie où courent des dizaines de lapins. Sylvain est en train de les tirer les uns après les autres, tout en lui démontrant les prouesses de ses chiens : dès qu'un lapin tombe, les deux chiens se précipitent sur lui et l'écorchent vivant. Ils ôtent la peau d'un seul tenant et sectionnent ensuite l'une des pattes arrière d'un coup de dents, de sorte que tout le sang de l'animal s'écoule dans l'herbe. "Voilà ! dit Sylvain avec fierté. Prêts pour la casserole !"

Barbe se réveille trempée de sueur, près de Mme Roger qui ronfle.

Les travaux féminins de l'automne, par contraste avec ceux de l'été, sont relativement faciles : on file le chanvre et la laine, on casse, trie et écrase les noix pour faire de l'huile, on entasse pommes, poires et coings dans les corbeilles avant de les monter au grenier, on met du papier huilé dans les fenêtres, on nettoie les cheminées pour l'hiver… Mais Barbe sent que, depuis le jour des vendanges, quelque chose a changé dans son ventre : cela ne va plus. Elle s'en inquiète, et doit prendre sur elle pour ne pas s'affoler. Le bébé n'a pas cessé de bouger mais ses mouvements sont moins fréquents, plus erratiques qu'auparavant. Quand elle lui parle, elle ne retrouve plus la même sensation de communion intime. Mère et enfant sont comme décalés : Barnabé est là, mais il n'épouse plus sa respiration et les battements de son cœur. Barbe a peur, elle commence à perdre le sommeil et l'appétit ; à table et pendant les travaux ménagers, Mme Roger la gronde, lui reproche ses "rêveries"…

Ah ! comme elle aurait envie de demander conseil à l'Hélène ! Mais jamais les frères Meillat ne lui accorderaient, comme l'avait fait Marguerite, une journée de congé pour faire le voyage à Torchay. Et de toute façon, elle serait incapable en ce moment de parcourir cette distance à pied.

Le petit ruisseau de mots rassurants se tarit.

Les journées raccourcissent.

Le jour de la Toussaint, bien qu'elle n'ait pas de morts au cimetière de Montrémy, Barbe y va seule, avant l'aube. Elle a besoin de parler à quelqu'un. Serrant autour de sa poitrine sa cape en droguet gris, elle pousse la porte et s'approche des pierres tombales. Il fait à peine jour, un brouillard épais et sombre pèse sur la terre, une bruine glaciale se met à tomber et Barbe laisse les gouttelettes s'accrocher à ses cils. Elle arpente les allées en grelottant, suppliant à voix haute la Marthe et la Jeanne, les prenant toutes deux à témoin, sa mère morte et son amie morte, leur racontant en long et en large ce qui lui arrive, déversant ses peurs intolérables. Enfin, avec soulagement, elle sent des larmes chaudes se mêler à la pluie froide sur ses joues. Quand a-t-elle pleuré pour la dernière fois ? Elle ne s'en souvient pas. Mais le jour se lève, il faut se dépêcher de rentrer : si l'on s'apercevait de son absence, on pourrait la battre.

Les journées raccourcissent encore. Barbe attend, crispée, muette, sa délivrance.

LE CARNET *SCORDATURA*

Rêve dans lequel mon père – famélique, acariâtre (pareil à un de ces fous aux yeux déments et au langage ordurier qui errent dans les rues en vitupérant tout le monde) – compte son argent. Cela revient à une somme dérisoire, quelque chose comme un dollar dix-sept cents – et avec cela il a l'intention de partir seul à Paris – j'essaie de le raisonner, lui expliquant que Paris est une ville chère et qu'il aura besoin d'un peu plus, mais il rejette mon offre d'aide avec rancœur. "Mademoiselle Je-sais-tout ! grogne-t-il. Si tu es tellement brillante, peux-tu m'expliquer pourquoi les Parisiens appellent leur prison Santé et leur hôpital Pitié ?" (Bilieuse et haineuse, sa voix brûle encore dans ma tête, comme la gorge vous brûle quand on a vomi ou hurlé.) Moi-même pendant ce temps, en proie à la panique – j'ai un avion à prendre (pour aller où ? nulle part, n'importe où, dans mes rêves j'essaie toujours de partir et il y a toujours quelque chose qui m'en empêche) –, je fais et refais mes valises, y jetant des habits en vrac, ôtant de grosses choses encombrantes dont, au fond, je n'ai pas besoin... Ensuite je suis en train de jouer du violon, mais les notes n'arrêtent pas de se désintégrer, la musique s'effrite et s'effiloche... A la fin il ne reste qu'une seule note, et de petites tomates cerises se mettent à rouler moqueusement parmi les cordes...

Cerveau sombre et sinistre ce matin. Que suis-je censée apprendre d'un rêve pareil ? La musique de ma *Sonate de la Résurrection*, elle aussi, menace à chaque instant de s'arrêter. Quelle est la note unique qui me reste ? Et que diable veulent dire les tomates cerises ? Oh, je ne veux pas le savoir, je ne veux pas le savoir, je ne suis pas violoniste...

Bon, d'accord, je suis violoniste. Le rêve veut-il dire que je cherche à prendre le relais d'Elisa ?

C'est Schumann dont la folie a consisté en la ruine progressive de l'harmonie et de l'intervalle. A la fin, quand il n'entendait plus qu'une seule note résonner dans son crâne, *LAAAAAAAAA* à l'infini, il a demandé à être enfermé dans un asile.

Une note toute seule est dépourvue de signification, donc innocente. Schumann cherchait-il à recouvrer son innocence ? Le *Paradis reconquis*. (Derechef : la mono/tonie du Ciel. J'ai toujours trouvé Milton assommant.) Seul un intervalle, un accord, l'association de deux notes ou plus peut être étrange, ou beau, ou perturbant. Voire : diabolique.

Ah ! Je me demandais quand vous alliez y venir.

Oui. Le triton, intervalle de trois tons entiers, fut appelé pendant des siècles *diabolus in musica*, sous prétexte qu'il était instable. Le *do* est innocent, le *fa* dièse est innocent, mais rapprochez le *do* du *fa* dièse et... horreur ! damnation ! péché ! excommunication ! L'accord du diable fut classé *discordantia perfecta* au XIIIᵉ siècle, et son utilisation proscrite dans la musique liturgique. (Même bien plus tard, dans l'opéra romantique, il est systématiquement employé pour connoter la menace ou le mal. Mais je parie qu'il est omniprésent dans les compositions de Thelonious, *Monk* impie qu'il était !)

Mes parents étaient le *diabolus in musica* fait chair. Et moi, je suis le produit de cette dissonance. *Scordatura*. Sans doute. Sans blague.

Et si notre enfant, à Martin et moi, avait vécu ? Voilà. Je l'ai écrit.

Peut-être ai-je fait ce rêve – indigence de mon père, désintégration de ma mère – parce que j'ai revu Martin hier soir, pour la première fois depuis des années.

Déprimant cocktail littéraire à R. Center, pour clore la foire du livre également déprimante, et pourquoi ai-je accepté d'y aller alors que je savais d'avance à quoi cela ressemblerait, pourquoi me laissé-je encore embobiner par les agents, les éditeurs, les attachées de presse, m'assurant que ma présence est indispensable, que ce sera un groupe choisi, restreint, dans une atmosphère intime, sans parasites, sans journalistes, de sorte que je finis par céder, tout en sachant que c'est une erreur, que je vais passer la soirée seule et malheureuse, qu'on sera trois cents snobs élégants à tourner hystériquement en rond, jouant au même jeu, se disputant les places au soleil, testant notre célébrité, a-t-elle augmenté ou bien diminué depuis le dernier cocktail, X faisant semblant de ne pas reconnaître Y parce qu'il a dépassé cette catégorie-*là*, mais espérant en revanche être reconnu par Z qui se trouve dans la catégorie au-dessus. Autrefois, quand j'allais dans ce genre de soirée avec Sabina, on circulait bras dessus, bras dessous, se soûlant ensemble, montrant les gens du doigt en faisant des grimaces, transcrivant dans nos carnets, avec ostentation, des extraits des dialogues débiles qu'on attrapait au vol. Mais, depuis sa mort, je n'ai personne pour me tenir compagnie dans ce genre de lieu alors ce n'est vraiment plus la peine d'y aller ; je sais très bien que je ferais mieux de rester à la maison, à boire du vin blanc et à écouter les *Fantasias pour violon seul* de Telemann…

Ce que j'aurais aimé partager avec Sabina cette fois-ci, si elle avait été là, c'est la bouleversante fugacité de ce genre de soirée. Je suis sûre qu'elle aurait compris… *on était là*. Quelques heures plus tôt, on était tous encore en train de choisir nos habits, se coiffer ou se raser ou se maquiller devant la glace, mettre des chaussettes ou des collants, fermer la fermeture Eclair de notre jupe ou de notre pantalon, boutonner notre chemise ou notre chemisier, choisir une cravate, un collier, un parfum, aller aux toilettes une dernière fois et puis, voilà… *on était là*. Tous, nous avions notre âge respectif : certains étaient jeunes, d'autres moins jeunes et d'autres, plus jeunes du tout… On vivait sur cette Terre depuis un certain nombre de jours et on avait très précisément l'apparence qu'on avait. Chaque homme en proie à la calvitie avait perdu tant de cheveux et pas un de plus – pas, du moins, avant demain ; certaines des femmes mûres avaient l'air plus jeunes que lors des cocktails d'il y a dix ans… *On était là*, trois cents entités humaines distinctes, de taille et de format différents, réunis l'espace d'un instant, bien sapés pour l'occasion, et dans quelques petites heures cette occasion exploserait, nous envoyant valser dans les airs, chacun sur sa trajectoire, et on ne serait plus jamais tout à fait les mêmes qu'on avait été, avec une fragilité extrême, lors de cette soirée particulière du mois de juin… et pourtant personne ne le remarquait, personne ne s'en émerveillait…

Tu comprends ce que je veux dire, n'est-ce pas, Sabina ? – qu'on était humains, quoi, et que notre vanité était hautement cocasse, car on faisait comme si hier et demain n'existaient pas, comme si chacun d'entre nous n'avait pas été un môme casse-cou zigzaguant sur le trottoir, et comme si on n'allait pas tous devenir des vieillards tremblotants et divagants… Oh c'était triste, triste et étrange de voir ces personnes qui écrivent des livres, ces personnes censées savoir tant de choses au sujet de l'espèce humaine – et qui, pourtant, demeuraient inconscientes de ce qui faisait leur beauté…

et, au milieu de tout cela, Martin.

Martin Schuller avec qui j'ai passé plus de deux années de ma vie (des années cruciales, de vingt et un à vingt-trois ans), avec qui j'ai partagé un lit, fait des courses et la cuisine et des blagues et l'amour pendant plus de sept cents jours et nuits de ma précieuse existence… Martin Schuller était la dernière personne à qui j'aurais pu dire l'émotion de cette soirée.

On ne s'était pas croisés depuis au moins six ou sept ans, même si je lis parfois, debout en librairie, ce qu'il publie. Il a poursuivi son ascension spectaculaire comme critique littéraire, la pire espèce de critique littéraire, onctueux, flatteur, mondain… Oh il était positivement fat hier soir, je l'ai trouvé répugnant. Il a grossi et ça n'a rien à voir avec les bourrelets sympathiques, le gentil embonpoint de la cinquantaine que prennent les hommes comme Per – non, c'est de la chair moche et malsaine et, comme il cherche à la nier en portant des habits serrés, à la comprimer avec ceinture et nœud papillon, elle devient encore plus visible : vile, adipeuse, ballonnée. Il a invité trop d'auteurs à dîner dans trop de restaurants français, consommé trop de repas riches avec sauces et desserts à la crème fraîche, copieusement arrosés de vins et de liqueurs… Il fume même le cigare maintenant : quand il se vante d'une voix forte des écrivains célèbres qu'il a rencontrés, des compliments et honneurs qu'il a reçus, chacune de ses phrases est ponctuée par de grands gestes arrogants avec son cigare. Cela m'a donné envie de pleurer. Est-il possible que j'aie aimé cet homme, et que cet homme m'ait aimée ? A quoi ressemblait sa jouissance ? criait-il ? s'effondrait-il ? gémissait-il ? je ne m'en souviens plus – *scordare* – j'ai oublié aussi la forme de ses épaules, son dos, ses fesses que j'ai caressés avec tant d'ardeur, le grain de sa peau sous mes paumes – oui *moi*, oui *lui* – et voilà qu'il faisait mine, hier soir, de me draguer, comme il draguait toutes les jolies femmes présentes, jouant les "don Juan", feignant d'être un "séducteur cynique et raffiné", mais le feignant de façon ostensible, comme on joue un rôle au théâtre, de même que "l'influent critique fumant le cigare" était un rôle… mais à quel moment enlève-t-il les guillemets ? Où est le vrai Martin ? Ah, mais ce cerveau a absorbé tant de théorie française contemporaine (Lacan, Barthes, Derrida *et alii*) qu'il ne croit plus à la réalité : tout est Discours. Je me souviens d'une fois où, pendant notre repas du soir, il m'a expliqué que Camus et Beckett étaient les véritables fondateurs de la littérature moderne parce qu'à la première page de *L'Etranger* comme de *Molloy* figurait cette déclaration : Ma mère vient de mourir et je m'en fous. En d'autres termes : Vous qui entrez ici, laissez toute espérance de réalité ; le monde dans lequel vous pénétrez est purement verbal, fait de signifiants sans signifiés, de juxtapositions arbitraires et d'expériences formelles. "Mais, protestai-je, dans la vie réelle, Beckett et Camus étaient tous deux profondément marqués par la mort de leur mère ! – Bah !" rétorqua Martin d'un air dégoûté, repoussant son assiette comme si je venais de lui gâcher l'appétit, alors qu'en fait l'os de son steak était déjà nu et blanc. "La vie réelle !"

Alors que vous, ma chère, vous vous êtes tournée vers moi parce que vous aviez compris que c'était tout le contraire qui était vrai... Que, justement en raison du fait que la vie réelle existe, et qu'elle n'a pas de sens, il est indispensable que l'Art, qui tourne autour des inexistants, en ait.

Oui, c'est ça. Seulement, voyez-vous... ce que je commence à me demander, c'est : est-il normal que je puisse m'émouvoir du bébé mort de Barbe, et non du mien ?

Allons, allons. J'espère que vous n'allez pas devenir sentimentale en prenant de l'âge !

Non, certes... Donc. Où en étais-je ? Ah oui : malgré mes efforts, hier soir, je n'arrivais pas à me rappeler notre bonheur, la couleur et la saveur spécifiques de nos journées, à retrouver ce que j'avais aimé chez Martin Schuller... sinon que, pendant nos longs voyages en voiture, il chantait d'une belle voix de basse les chansons de Paul Robeson, de vieilles chansons syndicalistes des années trente, les comédies musicales de Broadway, *If Moses Supposes*... Mais cela aussi était un jeu : il faisait semblant d'avoir une "belle voix de basse" ; peut-être que la seule chose réelle qu'il ait jamais faite a été de me mettre enceinte.

Et voilà que, me retrouvant au cocktail devant ce parfait couillon, ce dandy gras et grasseyant, je ne pus m'empêcher de me demander ce que serait devenu notre enfant si on ne l'avait pas tué. *Notre enfant* : la combinaison de cette personne-là et de moi-même ? Un monstre ! Encore une *scordatura* ! Certes, on aurait fini par divorcer, et c'est moi qui aurais élevé l'enfant. N'empêche qu'il aurait eu les gènes de cet individu lamentable et, à supposer que j'en serais venue à détester Martin comme je le déteste maintenant, comment aurais-je fait pour ne pas haïr, chez le fils, jusqu'au moindre signe du père ?

D'un autre côté, si on était restés ensemble, je serais devenue une autre. Je n'aurais rencontré ni Per ni Juan, qui m'ont tous deux transformée en profondeur – c'est grâce à eux que j'ai appris à me prendre au sérieux, en tant que personne et en tant qu'écrivain... Mais aussi, si j'étais restée avec Martin, peut-être lui-même ne serait-il pas devenu si rance ? *Qui sommes-nous, oh mon Dieu ?*

Je sais que c'était un garçon.

Je l'ai toujours su. J'ai vécu avec lui, je l'ai connu comme je n'ai connu aucun autre être humain. Pendant trois grands mois, il m'a habitée. Mon fils.

Première fois que j'écris ces mots noir sur blanc, en dehors d'un roman. Mon fils.

Voilà bien longtemps que tu n'es plus venu me voir. Tu venais autrefois, mon chéri, mon tout petit bébé garçon, mon Tom Pouce. Tu me rendais visite la nuit, il pleuvait dans mes rêves, il pleuvait à torrents et tu étais dehors, minuscule garçon frissonnant de froid, trempé jusqu'à l'os, en train de frapper désespérément à ma fenêtre : "Maman ! Maman ! Laisse-moi entrer ! Je t'en supplie ! Je meurs de froid ! Laisse-moi entrer, Maman !" Encore et encore. Je t'entendais mais ne pouvais aller vers toi. *Ne pouvais te laisser entrer dans ma vie, vivre ta propre histoire dans l'histoire de l'humanité.* Mon amour. Tes mots sont burinés dans mon cœur. Je me réveillais avec un grand cri, le sang me battait aux tempes. Si je me rendormais, tu recommençais aussitôt à frapper sur ma vitre, sur ma vie : "Laisse-moi entrer ! Je t'en prie ! Je t'en supplie ! Je meurs de froid !"

Je n'ai jamais cessé d'entendre ces mots. Je tremble en écrivant ceci. En même temps, tout au fond de moi-même, je *souhaitais* que le cauchemar revienne, car au moins me permettait-il de te voir…

Les autres bébés, je m'en suis débarrassée vite, alors qu'ils n'étaient encore que des têtards. Mais celui-ci, c'était avant Roe *versus* Wade. Ça a poussé. Tu as poussé, Tom Pouce. D'abord c'était *ça*, ensuite c'était *tu*. Ni Martin ni moi ne voulions d'enfant (c'est peut-être le seul sujet sur lequel nous serions d'accord, encore aujourd'hui). Les jours passaient, s'étiraient en semaines. Mon ventre enflait. Ma panique montait. Coups de téléphone nerveux. Rendez-vous dans des appartements miteux : combien y en a-t-il eu ? Cinq ? dix ? J'y allais seule. Les "faiseurs d'ange", comme disent les Français (es-tu un ange maintenant, mon amour ?), étaient des messieurs ignobles qui me prenaient les sous d'abord et me pelotaient ensuite, laissant courir leurs mains velues sur mes seins et mon ventre, les enfonçant dans mon vagin… Pour finir, ils me demandaient encore des sous… Je sortais de ces rendez-vous tremblante, suante, les nerfs en boule. Ruinée.

Martin ne comprenait pas pourquoi c'était si compliqué. On avait fait une erreur et il s'agissait de la défaire. L'erreur, mon chéri, c'était toi. Tu ne cessais de grandir. C'est au mois de juin que, comme Barbe, j'en arrivai au stade où tu aurais eu une âme. "Même si tu avais été une fille" (et tu ne l'étais pas). Alors, soudain, Elisa débarqua.

Ma mère. Ta grand-mère.

Je ne l'avais pas revue depuis quatre bonnes années, depuis mes dix-huit ans, depuis le jour où j'avais enlevé Joanna à l'hôpital psychiatrique où Ronald l'avait séquestrée pour la protéger de son hippie drogué de petit ami. (Période noire : Joanna et moi habitant un studio au sous-sol sur le Bowery, deux nénettes colériques et affamées, se maintenant en vie grâce à des petits boulots de plongeuse ou de serveuse, mais trop défoncées au haschich pour garder un vrai emploi – étonnant qu'on n'ait pas fini par tapiner, peut-être qu'on l'a fait et que je l'ai simplement oublié, *scordare*, ces dix-huit mois ne sont qu'un brouillard filandreux et flou dans mon cerveau, on passait presque toutes nos soirées à fumer du shit et à ressasser combien on haïssait Ronald, ce putain d'enculé, comme on le tuerait si on en avait les moyens... Pauvre Père, désemparé de voir ses filles se transformer en femmes, craignant pour la survie de notre corps et de notre esprit dans le chaos de cette époque, l'époque de la guerre du Viêt-nam, du *flower power*, du LSD, du SDS, la vie brusquement devenue délirante, incontrôlable, ébranlant les fondations mêmes de son existence, travail-famille-mariage – il avait eu recours à la vieille recette alchimique grâce à laquelle la peur devient fureur... Mais, au bout d'un an et demi, Joanna en eut assez et, en promettant de ne pas révéler ma cachette à nos parents, elle retourna dans le Bronx. Moi je gardai un temps le sous-sol dans le Bowery, puis rencontrai un charmant et éloquent étudiant en lettres françaises modernes, tombai follement amoureuse de lui, m'installai chez lui à Saint Mark's Place, dans un minuscule appartement cradingue qui sentait l'encens en permanence à cause de la boutique psychédélique juste au-dessous, m'inscrivis en français au City College afin de pouvoir lire les livres dont il me chantait les louanges, et commençai à écrire des nouvelles furieusement expérimentales, inspirées par ce que ma sœur m'avait raconté au sujet des hallucinogènes et des asiles de fous.)

Et puis tu vins, toi, Tom Pouce. Et puis Elisa vint.

Ce fut comme de voir un fantôme, une apparition. Je n'arrivais pas à croire qu'elle était vraiment là, qu'elle m'avait retrouvée. Je m'étais mise à concevoir l'East Village et le West Bronx comme deux dimensions différentes de l'univers : était-ce possible qu'un habitant de cette dimension-là fût subitement incarné dans celle-ci ?

Je lui sautai au cou.

— Mère !

Je fondis en larmes et, tandis qu'elle m'étreignait, me serrant contre le ventre qui fut autrefois ma maison, tu étais entre nous, mon tout petit, Elisa dut te sentir elle aussi, et, quand on s'écarta enfin, elle aussi avait les yeux mouillés. Elle hocha la tête.

— J'ai senti que tu avais besoin de moi, dit-elle.

J'étais sidérée. Jamais je n'avais entendu ma mère dire une chose pareille. Personne dans ma famille ne croyait à la télépathie, c'est à peine si on croyait à l'empathie ! Chacun pour soi... Ensuite, je devins méfiante. Mon corps se raidit contre le sien et je te sentis bouger en réponse, Tom Pouce. Qu'était-elle venue faire là ? Joanna avait-elle osé lui dire où j'habitais ? Mais non, elle avait dû faire ses propres recherches, car j'avais perdu le contact avec Joanna depuis mon départ du Bowery.

Mère. Beaucoup plus de gris dans ses cheveux. (Elle avait cinq ans de moins que moi aujourd'hui…) Mais, dans ses yeux, rien que de la douceur. Je me détendis… puis me raidis encore : *trop* de douceur, peut-être ? Une douceur grand-maternelle ? Collante, froufroutante, puant le talc et la prière ? Etait-ce là son projet : me venir en aide durant la grossesse, pour adopter l'enfant une fois né ? Suggérait-elle que je laisse Dieu mener Ses projets à bien ?

Non.

S'installant de part et d'autre de la table basse en plastique violet – la seule table qu'on possédait, Martin et moi – on prit le thé. La conversation était bancale mais, de façon inexplicable, j'étais heureuse de la voir. Heureuse et soulagée. Je lui parlai des trois nouvelles que j'avais publiées et elle hocha la tête, rayonnante : "Je suis au courant." Je rougis de plaisir.

— Ronald sait-il que tu es venue ?

Il fallait que je lui pose la question.

— Non. Je te le jure.

— Tu n'as pas besoin de jurer… Comment va Joanna ? Comment vont Jimbo et les garçons ?

(Même maintenant, alors qu'ils frôlent la quarantaine, on continue d'appeler Sammy et Stevie "les garçons".)

— Ça va, tout le monde va bien… sauf que Ronald boit trop, bien sûr.

Et Elisa me fit un gros clin d'œil. Derechef, je fus estomaquée. Du temps où je vivais à la maison, elle n'avait jamais reconnu que Ronald buvait. Etait-ce parce que, entre-temps, j'étais devenue femme ?

— Comment as-tu fait pour me trouver ?

Elle nomma la revue qui avait publié mes nouvelles. Une de ses amies avait remarqué mon nom (encore avec le *i*) sur la couverture. Elisa avait téléphoné à la revue, prétendant être une photographe – oui, mentant ! Elisa ! disant délibérément une contre-vérité ! – désireuse de faire mon portrait. Et on lui avait donné mon adresse.

On pouffa comme des collégiennes à sa bonne blague.

Ensuite ma mère devint soudain grave.

— Tu en es où ? demanda-t-elle et, à nouveau, je fus prise au dépourvu par les larmes.

— Trois mois, bien sonnés. J'ai essayé…

Je n'arrivais pas à finir ma phrase.

— De te faire avorter ?

Nouveau choc. Personne n'avait encore prononcé le mot : et penser que c'était Elisa la pieuse, la soumise, la sacrifiée qui l'avait prononcé ! Martin et moi avions recours à certains euphémismes et les faiseurs d'anges à d'autres, mais personne ne

265

s'était encore servi du mot *avortement*, qui signifie, à l'origine : obliger à se coucher ce qui se levait. De *ab* + *orri*. Pousser l'Orient vers Occident, l'Est vers l'Ouest, faire basculer les êtres par-dessus le bord du monde, dans l'autre monde… *Occire.* Mettre à mort.

— Oui, Mère.

Les bras croisés sur le ventre proéminent, je me mordis la lèvre inférieure en retenant un sanglot. Tout d'un coup j'avais quatre ans. C'était comme si je n'avais pas revu ma mère – ce qui s'appelle *vue*, regardée, touchée – depuis le jour où elle avait raillé mon maniement de l'archet.

Je n'oublierai jamais ce qu'elle fit ensuite. Tendant les bras au-dessus de la table violette, détachant mes mains de mon ventre et les appuyant contre ses joues, elle me regarda avec gravité au fond des yeux et me dit :

— Nadia, ne t'inquiète pas. Je t'aiderai.

SONATE DE LA RÉSURRECTION

X – LE MIRACLE

Hélène est inquiète. Elle n'a pas de nouvelles de Barbe depuis sa visite angoissée du mois d'avril. On est maintenant fin novembre. Ce silence n'augure rien de bon.

Barnabé, cet hiver-là, s'adonnant avec une ardeur toujours accrue au jeûne et à l'insomnie, sent ses forces physiques décliner petit à petit. En même temps, son amour de Dieu s'intensifie, se clarifie et s'aiguise. Il laisse envahir sa chair par cette jouissance très pure qu'est la faiblesse, priant souvent des nuits entières à genoux sur sa paillasse, le front posé sur ses mains jointes, grelottant, ne sachant plus si les frissons qui le parcourent sont d'ordre spirituel ou bien corporel : le dortoir n'est pas chauffé et le vent glacial siffle sous les tuiles de la toiture mais Barnabé est abîmé dans sa prière, son corps tremble, il est heureux.

Noël approche.

Une nuit de la mi-décembre, alors que, de sa voix suave mais plus fluette qu'auparavant, il chante les matines avec les autres, Barnabé voit naître et lentement s'étaler, sur le mur rouge de ses paupières, une lumière bleue diffuse. Cela faisait de longs mois que sa mère ne lui était plus apparue. Il sourit, ému, tout en chantant de plus belle. Mais la lumière ne se transforme pas, ne se réorganise pas en traits maternels familiers comme elle le fait habituellement : au lieu de cela, elle glisse sur lui, en lui, tel un liquide chaud. Et, quand elle parle, ce n'est pas de ses oreilles mais de tous ses pores qu'il l'entend :

— *Elle vient maintenant, ton ombre. Prends garde ! prends garde...*

C'est la veille de Noël, la nuit où les bœufs se parlent, prédisent l'avenir : sous peine de s'entendre prédire un mauvais sort, l'homme doit éviter de les écouter.

De meilleure humeur que d'habitude, Jacques Meillat demande à Barbe d'aller fermer les étables.

— Faut pas que le diable y rentre ! Va voir qu'elles sont bien barrées, les portes ! dit-il en lui administrant une claque aux fesses, comme pour la pousser vers la grange.

Barbe sort dans la nuit, une nuit froide et dure, elle n'a pas pris sa cape, elle tremble violemment en traversant la cour. Elle ne lève pas les yeux vers le ciel étoilé mais les garde à terre, de peur de trébucher sur un caillou ou une branche morte et de s'allonger sur le sol. Ses pieds la portent avec difficulté, elle a mal partout, elle se sent comprimée, ankylosée, prête à exploser.

Quand elle arrive près de l'étable, l'une des vaches pousse un beuglement de surprise qui la fait sursauter à son tour. Aussitôt après, elle ressent la première douleur. Elle s'immobilise dans le noir, les yeux écarquillés. La chose tire, tire sur ses entrailles, puis se relâche.

Alors ce sera cela. Alors c'est pour ce soir ; cet enfant va naître dans la nuit de Noël, comme l'Enfant Jésus. Soudain, le cœur de Barbe cesse de battre et elle est saisie d'une peur nue, glacée, insupportable. Où aller ? Comment se dérober au devoir d'assister à la messe de minuit ? Les gens de la maisonnée doivent y aller ensemble, en plusieurs voitures… Affolée, elle tombe à genoux sur la terre gelée.

— S'il te plaît, Seigneur, aide-moi ! murmure-t-elle en serrant les dents pour les empêcher de claquer. Réponds-moi, je t'en prie, j'en peux plus. Protège-moi, et mon enfant aussi, prends-nous sous Ton bras.

Et Dieu daigne enfin lui répondre. Barbe entend enfin Sa voix. Il lui explique qu'au contraire, Il a organisé les choses de cette façon exprès, pour que l'enfant puisse naître pendant que les autres sont à l'église.

— Fais-Moi confiance, lui dit-Il. Je suis là, Je ne vous abandonnerai point, ni toi, ni ton fils.

Soulagée, Barbe fait le signe de la croix et se remet debout. S'immobilise. Deuxième douleur. Attend que ça passe.

— T'en as mis, du temps ! lui dit Jacques Meillat, toujours jovial, à son retour. J'espère que tu causais pas avec le bœuf noir, hein, ma fille ? Il sait conter fleurette aux femmes, celui-là ! Et puis, c'est bien connu, il choisit pas toujours les plus jolies ! Ben dis donc, on dirait que t'as vu le diable vrai pour de vrai ? T'es blanche comme un linge.

— Monsieur… pardonnez-moi, dit Barbe, balbutiante. Je suis sortie sans ma cape, je crois que j'ai attrapé froid… Permettez que je garde mon lit ce soir, je me sens tout étourdie.

— On n'attrape pas froid comme ça, en quelques secondes !

Troisième douleur. L'homme voit la souffrance distendre les traits de la jeune femme. Il fronce les sourcils, lui pose une main sur le front…

— Ah ? On dirait bien un peu de fièvre, en effet. Bon, c'est d'accord, va te reposer, ça vaudrait mieux. Mais ce serait bien que tu dresses la table du petit réveillon pour notre retour.

— Oui, monsieur.

Recroquevillée sur sa paillasse dans un coin de la chambre, les yeux fermés, Barbe écoute les autres servantes se préparer pour partir à l'église. Babillages, commentaires sur les robes et les coiffures, éclats de rire. Même Mme Roger, en incitant les autres à se dépêcher, a la voix plus enjouée que d'habitude. Barbe entend tout cela comme de très loin. Cela tire, tire, dans ses entrailles, chaque fois un peu plus fort. Un gémissement lui échappe, mais personne ne s'en aperçoit. Personne ne fait attention à elle.

Les autres s'en vont enfin. Elles descendent l'escalier en papotant toujours, et Barbe entend se refermer la grande porte de la maison. Silence. Elle est seule, seule au monde. La peur revient. Des gouttes de sueur perlent sur son front. Mais Dieu lui a promis. Comment ne tiendrait-Il pas Sa promesse ?

Pas ici.

Il ne faut pas que cela se passe ici.

Même si elle n'a jamais assisté à un accouchement de femme, Barbe a vu mettre bas des vaches, des chèvres et des truies : elle sait qu'il y a du sang, parfois beaucoup de sang.

Attends, petit Barnabé, attends ta maman, tout va bien se passer.

La douleur s'empare d'elle, grave, inexorable. Chaque fois qu'elle revient, son étreinte est plus ferme et plus longue que la fois d'avant.

271

La Vierge Marie a-t-elle connu ces mêmes affres ? Pourquoi l'Evangile ne les mentionne-t-il pas ? Ce que je vis là doit bien valoir la souffrance de Jésus sur la croix… Oh, c'est péché mortel que de penser ainsi. Pardonne-moi, mon Dieu, pardonne-moi, ne m'en tiens pas rigueur…

Les pensées tournoient dans sa tête, elle a la nausée, il faut se ressaisir, descendre.

Elle attache ses souliers, puis, se relevant avec difficulté, défait ses bandelettes, met son ventre enfin à nu et le regarde – énorme, blanc, battant, impressionnant. L'idée qu'un être humain doive sortir de là, fatalement, d'ici quelques heures, quoi qu'il arrive, lui donne de nouvelles vagues de nausée. Elle flageole sur ses jambes.

— Viens, petit Barnabé, dit-elle, transpirant. Il faut quitter la maison. Je sais, il fait froid à pierre fendre dehors, mais on ira dans l'étable, ce sera juste comme l'enfant Jésus, on aura la bonne chaleur des bêtes pour nous réchauffer et puis tout se passera bien. Viens, on y va.

Elle parle pour s'encourager. Portant le poids relâché de son ventre dans ses deux mains, elle longe le couloir par à-coups, titubant, s'arrêtant à chaque douleur, s'accrochant à la balustrade, jetant la tête en arrière, regardant le plafond à travers ses yeux plissés, comprimant ses traits en un rictus de douleur. Elle manque tomber dans l'escalier. Se rattrape en poussant un cri d'effroi qui résonne dans le vestibule vide.

Les chiens, qui dorment près du poêle dans la cuisine, aboient deux ou trois fois dans leur sommeil, puis se taisent.

Devant la porte, nouvelle panique : Barbe a du mal à l'ouvrir et se dit, horrifiée, qu'on a dû l'enfermer à clef. Mais non – soudain – elle est dehors. Libre à l'air libre. Comme son ventre à l'instant. Et comme son enfant bientôt.

— Oui, Barnabé, viens, laisse-moi te libérer…

Elle s'élance – débraillée, tanguante, folle – à travers la cour. Oui, je sais que les étables doivent rester fermées ce soir – mais Dieu me protège, Dieu nous protège, mon petit. Regarde, nous irons là-bas, au fond, contre le mur, là où passe un beau rayon de lune, viens vite !

Elle gémit fort, c'est presque un sanglot, tombe à genoux sur la terre battue, portant son ventre qui la tenaille.

— S'il te plaît, mon Dieu, donne-moi un signe ! Fais-moi juste sentir que Tu es là, et je te promets d'être forte !

Une nouvelle fois, Dieu acquiesce : Il fait entendre à Barbe les sublimes *Vêpres de la Vierge* que chantent en ce moment précis, accompagnés d'orgues et de trompettes, les moines du prieuré Notre-Dame d'Orsan.

Barbe écoute, transie, et bascule d'un seul coup dans un calme étrange.

— Merci, mon Dieu, murmure-t-elle, soulagée.

Dixit Dominus, Domino meo – sede a dextris meis. Donec ponam inimico, tuos, scabellum pedum tuorum – les voix la transpercent, la transportent, ce sont des voix d'anges et Barbe s'élève vers le ciel, elle ne pèse plus rien, le dos appuyé contre les planches rugueuses d'une stalle, les jambes repliées, écartées, elle lève la tête et tend l'oreille – *Laudate, pueri, Dominum : laudate nomen Domini. Sit nomen Domini benedictum, ex hoc nunc et usque in sæculum* – la douleur la transperce, la foudre la transperce, les voix la transpercent, elle est écartelée de bonheur, elle pleure de bonheur, elle va bientôt rejoindre son Créateur avec Barnabé dans les bras, oui, petit Barnabé et petite Barbe, les jumeaux, un dans chaque bras, elle est plus grande qu'elle-même, plus grande que la grange, plus grande que le village, elle est la Terre qui tremble, se fend et se soulève, brûle et explose, dégorge sa lave ardente, voilà que la poche des eaux s'est rompue, de son ventre gicle un geyser chaud et Barbe est là, extatique et ahanante, à écouter les trompettes des anges, la tête rejetée en arrière, les mains serrant ses genoux, elle pousse des grognements de bonheur, près d'elle les vaches se sont réveillées, elles parlent entre elles et Barbe, les écoutant, comprend enfin ce qu'elles disent – *Nisi Dominus ædificaverit domum, in vanum laboraverunt qui ædificant eam* –, oui elle comprend tout enfin, et le bœuf noir arriverait que cela ne changerait rien, non, il n'y a plus rien à craindre maintenant, car le diable n'est pas autre chose que Dieu, tout, tout est Dieu et elle aussi, oui

elle fait partie de cette même force tumultueuse, irrépressible, et rien ne pourra plus l'atteindre, elle est
omnipotente avec ces chants d'or battant dans la poitrine, son ventre qui gronde et tonne, son sang qui
goutte sur la paille, ses cheveux baignés de sueur,
elle crie de joie et les vaches mugissent doucement
en réponse, oui, car elles aussi savent qu'elles sont
tout, qu'elles sont Dieu, et qu'Il est né le Divin
Enfant, ah ! Barbe comprend enfin, comment se fait-
il qu'elle ait mis si longtemps à comprendre – *Lauda
Jerusalem, Dominum : lauda Deum tuum, Sion.
Quoniam confortavit seras portarum tuarum : bene-
dixit filiis tuis in te* – toutes les femmes sont Marie…

A la dernière extravagante jouissante poussée, la
résistance cède, une noire masse de chair est projetée d'entre ses jambes, Barbe l'attrape de justesse
dans ses deux mains, la masse est glissante, elle la
serre contre elle et s'effondre dans la paille, anéantie de bonheur.

— Merci, mon Dieu, répète-t-elle.

Un temps, les voûtes célestes continuent de tournoyer dans sa tête. Puis elle sent remuer contre sa
poitrine la masse gluante.

— Mon chéri…

Elle l'écarte un peu d'elle, cherche à le voir. Un
nuage a dû couvrir partiellement la lune car elle
voit mal à la faible lueur passant par la fente entre
les planches…

Voit toutefois que c'est un garçon. Minuscule,
bizarrement tordu, presque bossu, les épaules comme
relevées, la tête ballante.

Voit qu'il respire de façon irrégulière.

Voit les taches de sang sur ses propres mains qui le tiennent.

Ils sont encore attachés l'un à l'autre. Elle prend le cordon entre ses lèvres et – vite, pour ne pas avoir le temps d'avoir peur – le mord de toutes ses forces. A son propre étonnement, elle arrive à le sectionner du premier coup de dents.

— Eh bien, mon amour, dit-elle avec fierté à l'enfant. Tu vois bien qu'elle est capable de tout, ta maman ?

Une nouvelle douleur la prend au dépourvu. Un instant, sentant redémarrer le chamboulement intérieur, elle se dit qu'il s'agit bel et bien de jumeaux, et qu'elle va mourir.

Mais non. Ce n'est que la délivrance.

— Voilà, mon ange, on est sortis d'affaire maintenant. Ecoute, attends-moi là un petit moment, tu veux ?

Et, posant l'enfant dans la paille, à plat ventre sur le placenta pour qu'il n'ait pas trop froid, elle se relève, chancelle – non, ça ne va pas, elle ne tient pas sur ses pieds –, se met à quatre pattes donc, comme une bête, nous sommes tous des bêtes, la Vierge Marie aussi, Dieu aussi, viens avec moi, Dieu – et s'en va en rampant...

Ramasse, devant l'entrée de la grange, un caillou pointu.

Revient près de l'enfant, encore à quatre pattes, et se met à creuser la terre. Barnabé, la peau diaprée dans la pénombre, tressaute et pousse un faible gémissement.

— T'inquiète pas, mon ange ! dit Barbe d'une voix caressante, maternelle. Je sais bien que t'as froid mais ça va pas durer, un peu de patience ! T'es toujours si pressé ! Il faut comprendre ta maman, il faut lui faire confiance...

Le ruisseau de paroles s'est remis à couler. Barbe est heureuse. Elle creuse avec fébrilité, avec joie.

— Ça vient, mon doux, je te prépare un bon lit. Tu vas voir, mon lapin, les draps que j'ai brodés de mes propres mains, les coussins moelleux, les rideaux en tulle – ça va être le plus beau berceau du monde, un berceau digne d'un prince, rien que pour toi, rien que pour toi...

Le sol est dur mais Barbe est encore omnipotente, elle sait avec précision la profondeur et la forme du trou dont elle a besoin, ses doigts grattent la terre en maniant la pierre avec efficacité, on dirait qu'elle a toujours exercé le métier de fossoyeur, ses yeux s'arrondissent de contentement à mesure que le trou s'élargit, et enfin elle annonce :

— Voilà, c'est prêt. Tu vois ? Ça n'a pas été si long.

Lorsqu'elle reprend l'enfant dans ses mains, le petit corps est sans mouvement.

— Ah ? Tu t'es déjà endormi ? Petit coquin, tu pouvais même pas attendre pour voir le joli lit que maman t'a fait ? Viens là, là... Oh oui, t'étais bien fatigué, mon amour, je le sais. Tu vas faire dodo maintenant et, dès que tu te réveilles, on ira rendre visite à ton oncle. C'est d'accord, mon Barnabé à moi ?

Barbe pose douillettement le petit corps sur le fond plat du trou. Il ne réagit pas quand ses mains le quittent. Sa tête retombe sur le côté. Elle se penche pour embrasser le front bombé, bizarre, puis se met à recouvrir l'enfant de terre en commençant par les pieds, les jambes tordues. Oui : sans arrêter un seul instant de lui parler, elle l'ensevelit.

— Voilà, tu vois, comme ça t'auras plus froid, ça va aller mieux, n'est-ce pas, ce sont des couvertures de vraie laine, mon fils, de la laine que j'ai filée au long de l'hiver en pensant à toi, rien qu'à toi…

Elle dépose les dernières poignées de terre sur la tête du bébé, voit qu'une oreille dépasse encore, la recouvre de paille et s'essuie les mains sur un pan de sa jupe. Puis elle se traîne jusqu'à la porte de l'église en prenant appui sur les stalles, saluant les Rois mages à mesure qu'elle les dépasse, acceptant leurs hommages d'un signe de tête gracieux, modeste, oui le miracle a eu lieu, le Divin Enfant est né…

Elle sort dans la cour.

Les voix célestes des moines de la chapelle d'Orsan résonnent encore, vibrant l'une contre l'autre, s'enlaçant dans l'air sous le dôme de son crâne avant de monter en flottant au paradis…

— Merci, mon Dieu, dit Barbe pour la troisième fois.

Arrachant les guenilles ensanglantées qui restent accrochées à son corps, elle les arrange en tas dans un coin du jardin et rentre enfin dans la maison, nue comme un ver, la peau maculée de terre et de fumier.

Elle entend les sabots des chevaux qui ramènent les autres à la maison, maîtres et domestiques ayant communié ensemble, célébré ensemble la naissance du Messie, et n'ayant rien compris... alors qu'elle, Barbe, sait tout et comprend tout, *ex hoc nunc et usque in sæculum...*

Mais elle n'a pas la force de monter l'escalier.

Elle attend donc au salon, nue, neutre, absente, suspendue au chambranle de la cheminée. Dans l'âtre, virevoltent encore quelques flammèches du feu de la veille.

LE CARNET *SCORDATURA*

Merci, mon *daimôn*.

Mais je vous en prie.

J'étais venue ici pour essayer d'écrire sur l'avortement et… je me suis laissé distraire. Ce qui s'appelle distraire.

J'ai du mal à croire que cela est vraiment arrivé. Mais au fond, pourquoi pas ?

Mr Harley. Je sais que son prénom est Peter, mais je l'appelle Mr Harley depuis si longtemps que Peter m'est impossible. Il n'a jamais été autre chose qu'un bon voisin, quelqu'un à qui je pouvais emprunter un fusible ou un sécateur, et qui surveillait vaguement ma maison quand j'étais à New York. Je l'avais croisé une fois en hiver, il y a plusieurs années de cela, tous deux on était allés se promener sur le lac très tôt le matin, avant que les motoneiges ne débarquent, et c'est la seule fois qu'on s'est un peu parlé. J'appris qu'il était retraité, anciennement employé de la poste. Epouse décédée il y a belle lurette, enfants éparpillés à travers le continent, je ne sais plus où. (J'écoute souvent d'une oreille distraite, maintenant, quand des gens nouveaux me parlent. J'ai entendu trop de récits de vie, et j'ai tendance à les éviter de peur qu'ils ne m'envahissent comme des rats, grignotant les rares cellules encore actives dans mon cerveau, buvant mon énergie affective jusqu'à la lie…) Vous devez vous sentir seul, dus-je lui dire, l'air absent.

Il a soixante-dix berges au moins. Fiancé plausible pour Stella, pas pour moi. Mais pourquoi être ironique ? Que veut dire "fiancé plausible" ? Il est vivant et je suis vivante, aussi longtemps que nos corps tiendront le coup. C'est de cela qu'il s'agit.

> *You do the hoochie-coochie*
> *and you turn yourself around,*
> *that's what it's all about – hey !*

Alors on a fait le *hoochie-coochie*.

C'était la première journée vraiment chaude de l'année et on étouffait dans la maison, il s'était installé sur sa véranda après le déjeuner et moi sur la mienne, nos vérandas sont à soixante-quinze mètres l'une de l'autre mais, malgré cela, on a entamé une conversation, se lançant des banalités au sujet des hors-bord des vacanciers, qu'on a autant en horreur que les motoneiges ; ensuite il est venu plus près pour me raconter l'histoire de la camionnette qui a traversé la glace l'hiver dernier. Une bande de gens du Massachusetts, passablement éméchés, l'avaient garée au beau milieu du lac, avaient déchargé une table et des chaises de pique-nique et allumé sur la glace un immense feu de bois sur lequel ils avaient cuit à la broche un cochon entier, après quoi ils avaient passé l'après-midi à siffler de la bière et à s'empiffrer de porc mais, mauvais calcul, leur feu se trouvait un peu trop près du véhicule et, la température n'étant pas descendue jusqu'à zéro la nuit d'avant… Fissures, hurlements, blocs de glace se déplaçant – les fêtards avaient eu tout juste le temps de sauter ou de ramper jusqu'à la rive, d'où ils ont pu assister au spectacle de leurs camionnette, table, chaises et os de cochon en train de couler, en tournoyant lentement, jusqu'au fond du lac.

Mr Harley me raconta cette histoire, un pied sur l'escalier en bois de ma véranda ; il la raconta si bien qu'à la fin j'avais mal au ventre à force de rire et je me sentis obligée de l'inviter à entrer boire un thé glacé. Ensuite, va savoir comment, les choses s'enchaînèrent et j'ai encore du mal à y croire ; en prenant congé il me demanda pardon, rien de moins, me promettant que cela ne se reproduirait pas.

Il avait peur. Je le sentis dès que sa main m'effleura la joue, les lèvres. Peur que je ne le rejette, que je ne me moque de lui – ou que son propre corps ne refuse de lui obéir. (Alors que, naguère, c'est *nous* qui avions peur d'*eux* ! Joanna et moi errant dans les rues de Lower Manhattan, deux adolescentes maigrelettes et frivoles, abordées sans arrêt par des hommes de quarante, quarante-cinq ans en état de manque, une érection furieuse dans le pantalon – tout est question de temps. Ces mêmes hommes ont maintenant l'âge de Mr Harley... Ah ! la déconcertante rapidité avec laquelle l'effrayant homme mûr devient le vieillard effrayé !)

J'étais émue, presque aux larmes. La même émotion qu'au cocktail du mois dernier : qu'on est tous en vie, et tous en train de mourir. C'était si étrange de voir la fragilité, la gaucherie et la gêne introduites dans l'univers érotique, univers qu'on avait toujours imaginé comme celui de l'abandon sauvage, de l'invention sauvage. Ses doigts noueux tremblaient en défaisant les boutons de ma chemise. Troublé par sa maladresse ou par son propre désir, il rougit... et je vis, à travers les cheveux blancs épars, son cuir chevelu s'empourprer, même ses tavelures devenant plus foncées.

Il y avait aussi mon corps à moi : osseux et anguleux, s'affaissant çà et là, les cicatrices sur le dos et sur le ventre là où poussaient autrefois des grains de beauté suspects : chacun porte son histoire sur sa peau... alors je fermai les yeux. Ce qui se passe entre Mr Harley et moi, me dis-je, n'est pas fait pour être vu, même par nous-mêmes. Peut-être l'érotisme n'est-il un phénomène visuel que pour des corps jeunes.

De la sensation, pure et étourdissante, sur le tapis de mon salon, tandis que rougeoyait, de plus en plus fort, la lumière de l'après-midi.

Il était près de six heures quand je me mis enfin à préparer le thé glacé, y versant une bonne rasade de whisky pour faciliter le retour du langage. Mais au fond, on ne savait pas bien quoi dire : ainsi, peu après, rougissant toujours et s'excusant, Mr Harley rentra chez lui.

Nos oignons.

Oui. Pardon. Nos oignons. A dire vrai, ce n'est pas un drame monumental. Cela fait à peine une histoire. C'est très loin d'avoir été la crise suprême de mon existence. Enfin, voilà : donc, ma mère, par je ne sais quel miracle, débarqua dans ma vie exactement au bon moment et prit en charge le meurtre de mon fils.

Elle appela au téléphone sa cousine Charlotte, obstétricienne à Chicago. Lui expliqua la situation d'une voix ferme. Prit rendez-vous avec elle pour la semaine d'après. Nous réserva deux places dans l'avion. Jamais je ne l'avais vue se comporter ainsi : comme une adulte autonome. On eût dit qu'elle avait retrouvé sa personnalité d'avant le mariage : elle était soudain capable, à nouveau, de prendre des initiatives, décider pour elle-même, s'occuper de logistique... Mais Dieu, là-dedans ? je ne pouvais m'empêcher de me demander. Elisa ne redoutait-elle pas d'être la complice d'un péché mortel ?

Il fallut attendre près d'une semaine. Je me souviens que notre départ était prévu un mercredi, et qu'Elisa, dans l'intervalle, fit preuve d'une duplicité stupéfiante. Elle descendait chaque matin jusqu'à Saint Mark's Place et on passait des heures à se parler et à se promener ensemble : non seulement on avait du retard à rattraper pour les nouvelles mais, de plus, on se découvrait comme femmes pour la première fois. Vers la fin de l'après-midi, elle reprenait le métro jusqu'au Bronx, faisait la cuisine pour Stevie, Sammy et Ronald ("C'est dur d'être la seule femme dans la maison", m'avoua-t-elle), et les accueillait le soir comme si elle avait passé la journée à faire du repassage en regardant la télévision.

Le mardi, elle me fit part de son projet. Mon Martin devait appeler, ce soir-là, en faisant semblant d'être Bill le mari de Charlotte. C'était toujours Ronald qui répondait au téléphone (il tenait à surveiller les appels des autres), mais comme il n'avait jamais entendu la voix de Martin il ne devrait pas y avoir de problème. Il passerait le combiné à Elisa et "Bill" raconterait à celle-ci que Charlotte avait eu une crise cardiaque ; elle n'allait peut-être pas s'en sortir et elle tenait à revoir sa cousine préférée… Elisa pouvait-elle venir à Chicago ?

Et c'est ainsi qu'on se retrouva dans un taxi en route pour l'aéroport de La Guardia : le premier et dernier voyage qu'on ait jamais fait ensemble, toutes les deux.

On était début juillet, il faisait une chaleur et une humidité insupportables à Chicago, je crus m'évanouir quand la chaleur nous frappa de plein fouet à la sortie de O'Hare. Toi non plus, tu n'as pas apprécié – hein, Tom Pouce ? Tu te tortillas dans mon ventre et je dus m'accrocher au bras de ma mère… Ah, elle s'est si bien occupée de moi ce jour-là ! Je n'avais jamais été sûre de son amour, mais là il n'était plus possible d'en douter. "Détends-toi, mon chou, dit-elle d'une voix douce, alors qu'on hélait un autre taxi. Ce sera terminé d'ici quelques heures, tu n'as plus besoin de t'inquiéter." Et elle donna au chauffeur l'adresse, dans quelque banlieue huppée, de la clinique de sa cousine.

A la clinique elle continua de s'occuper de tout, d'un air calme et pour ainsi dire professionnel. Je ne cessais de la regarder, bouche bée. Charlotte vint nous retrouver dans le hall – une femme du même âge qu'elle, à l'allure efficace et alerte, mais cha-leureuse – et les deux cousines s'étreignirent. Ensuite Charlotte prit mes deux mains dans les siennes. Ensuite on monta dans l'ascenseur, toutes les trois, tous les quatre. Et enfin, enfin, on se retrouva dans une petite pièce mal ventilée, aux jalousies fermées : la salle de ton trépas, petit Tom.

Grâces lui en soient rendues, Charlotte éteignit la lumière dans mon cerveau. (Vers quelles régions infernales mon moi glissa-t-il alors ? Où partit mon âme, si tant est que j'en eusse une ? Te rejoignit-elle, mon chéri, aux confins de la vie, aux confins de la conscience ? Descendit-elle dans mes viscères pour y attendre, avec toi, ta destruction ?) Et voici ce que firent pendant mon absence les deux cousines, les deux sorcières : déployant leur savoir-faire, elles transgressèrent – avec courage, avec sérénité – un des dogmes sacrés de leur propre religion et une des lois sacrées des Etats-Unis d'Amérique. Elisa tendit à Charlotte, au fur et à mesure, les instruments dont elle avait besoin ; à intervalles réguliers, elle vérifiait que je saignais encore, non, que je respirais encore, elles ne m'ouvrirent pas au bistouri, je ne garde de cette intervention aucune cicatrice, du moins sur le corps, c'est avec une adresse et une douceur extrêmes qu'elles extrayèrent de sa demeure, de sa sombre caverne, mon quasi-fils, mon proto-fils, mon presque-fils, mon plus-du-tout-fils – mettant fin à son approvisionnement en oxygène par le sang, l'enveloppant de papier hygiénique et le glissant dans les cabinets avant de tirer la chasse – ah oui, on peut dire que tu eus un enterrement bien peu glorieux, Tom Pouce, premier petit-enfant d'Elisa, projeté cul par-dessus tête parmi les excréments et l'eau de vaisselle à travers les tuyaux du tout-à-l'égout de Chicago, pour être recraché quelques heures plus tard, sans cérémonie, dans le lac Michigan : oui, tel fut le dénouement de la rencontre accidentelle, à New York City, d'un des spermatozoïdes hyperactifs de Martin Schuller avec un de mes gros ovules.

Sais-tu ce que j'ai lu dans le journal l'autre jour ? Le pape Jean-Paul II, qui retient ses spermatozoïdes depuis tellement longtemps qu'ils ont commencé à lui monter au cerveau, vient de décréter que tu aurais dû recevoir le baptême et des funérailles chrétiennes.

Que penses-tu de cela, Tom Pouce ?

Pierre de Lancre, célèbre chasseur de sorcières du XVIIe siècle, explique pour sa part que "pour les non-baptisés, Dieu permet bien souvent à Satan de les tuer (…) parce que Dieu, prévoyant les énormes péchés qu'ils commettraient s'ils vivaient, ne veut qu'ils acquièrent une plus grave damnation, et ne peut-on dire pour cela ni se plaindre que Dieu soit cruel ou injuste, car pour le seul péché originel ils méritaient la mort" (*Tableau de l'inconstance des mauvais anges et démons*, p. 139).

Que penses-tu de cela, Tom Pouce ? Satan aurait-il demandé à Dieu la permission de te tuer, et Dieu aurait-Il dit : "Ben oui, pourquoi pas ?" Serais-tu réellement devenu ce pécheur abominable ?

De nos jours, les gens prétendent tout juste le contraire : "Ce bébé que vous avez empêché de naître serait peut-être devenu un grand artiste, un génie, un messie !" Ou bien Hitler, ou bien Mozart : c'est ça, l'alternative ? Foutaises. Les bébés avortés sont des gens comme nous autres, qui ne "méritent la mort" ni plus ni moins que nous. Mais qui la reçoivent. En pleine figure. Et de façon drôlement précoce.

Oui, Tom Pouce. Je le reconnais, je t'ai ôté tes chances… de bonheur comme de malheur. C'est ainsi. (Désolée, mon amour. Mais ta mort est bien moins tragique que celle d'Andrew, le fils de Stella.)

Tu aurais vingt-sept ans maintenant, si tu avais vécu : idée vertigineuse.

Quand je revins à moi, Charlotte avait quitté la pièce et Elisa était assise à mon chevet. Elle me tenait la main, me caressait le front.

— Comment te sens-tu ? demanda-t-elle d'une voix très tendre.

— Comme de la merde, dis-je tout bas.

C'était vrai. J'avais la nausée, et à l'intérieur une douleur aiguë me courait d'un bout à l'autre.

Le rêve ne commença qu'après mon retour à New York.

Martin voulait que je sois stoïque. Je trouvais obscène d'être stoïque, s'agissant de l'élimination d'une autre vie humaine.

"Pour l'amour du Ciel, Nada ! s'écriait-il. Dieu le fait tout le temps !" Martin était un athée militant, mais il croyait que j'avais régressé aux superstitions de mon enfance, que je me tordais dans les affres de la culpabilité catholique. "En plus, Lui le fait à la hussarde, sans cas de conscience. Et vlan ! – une vie – d'embryon, de bébé, de tout et de n'importe quoi – s'éteint. Dieu bute des gens sans la moindre raison, chaque seconde de chaque journée. Il s'en contrefout, Lui !" "Mais nous, on doit être *meilleurs* que Dieu, insistai-je en serrant les dents. Nous, on doit *justifier* nos meurtres. Dieu est un assassin immoral, dément et insatiable. Il ne répond de Ses crimes devant personne."

Quand tu te mis à me rendre visite la nuit, j'en parlai à Martin et il ne fit que s'esclaffer.

"Comment peux-tu être si bouleversée par quelqu'un qui n'existe pas ?" Il ne croyait pas que c'était vraiment *toi*, Tom Pouce, qui tapais à la fenêtre de ma vie. Pourquoi ne vins-tu pas le voir, lui aussi ? Pourquoi ne le tourmentas-tu pas, lui aussi ? Après tout, c'était ton père, exactement aussi responsable que moi de ta création et de ton annihilation. Plusieurs mois s'écoulèrent avant qu'on ne commence à se disputer pour de vrai, un an de plus avant qu'on ne se sépare, ayant enduré assez de ruptures et de réconciliations pour atteindre enfin à l'indifférence… mais sa dénégation sarcastique de tes visites nocturnes fut le début de la fin.

Evidemment que tu n'existes pas ! Tu es un fantôme, et les fantômes n'existent pas, c'est bien connu. Mais depuis que le monde est monde, la plus grande partie des passions humaines a tourné autour de choses inexistantes : Jéhovah, Belzébuth, Shiva, Isis, Damballah, la Vierge Marie, Hercule, Gatsby le Magnifique, Mme Bovary, la Fée bleue, mon frère jumeau, mon ange de fils, Sabina ma plus chère amie, Andrew le fils de Stella et Jack son mari… Ces êtres vivent et vibrent en nous, agissent sur nous, influencent nos gestes, nos pensées, nos états d'âme… *Les morts sont les invisibles, mais ils ne sont pas les absents…* comment peut-on être assez bête pour croire qu'ils n'ont pas d'importance ? (Excuse-moi, Tom Pouce, mais ton père était d'une bêtise vraiment spectaculaire. Croire au Discours et ne pas croire aux fantômes : c'est un comble !)

Point n'est besoin d'exister pour compter. Tu as énormément compté dans ma vie, mon ange. Et je m'excuse de t'avoir traité de scarabée, dans les premières pages de ce carnet.

SONATE DE LA RÉSURRECTION

XI – LE PROCÈS

La musique s'est arrêtée. Dans la tête de Barbe éclot et plane un vaste silence blanc.

Les femmes rentrent dans la maison avant les hommes, occupés à ranger les voitures et les chevaux ; Mme Roger la cuisinière est la première à jeter un coup d'œil dans le salon, et à voir.

Un cri lui échappe. Ses deux mains montent à ses joues, se rapprochent et s'appuient contre ses lèvres.

Les autres servantes accourent, puis, freinant soudain leur élan, se rassemblent en grappe à l'entrée du salon. Après un instant de silence dérouté, elles se mettent à pousser des gloussements nerveux à la vue de cette chose, cette Barbe qui n'est pas la Barbe qu'elles ont quittée quelques heures plus tôt, ce corps nu, sale et incompréhensible, aux chairs pendantes, ces jambes tachées de sang, ce visage hagard, absent : c'est trop.

Mme Roger, pour qui ce corps n'est pas incompréhensible, se précipite aux côtés de la jeune femme.

— Où est l'enfant ? dit-elle d'une voix basse, urgente.

Barbe se tourne très lentement pour la regarder. Elle la reconnaît. C'est quelqu'un d'ici-bas. Ses yeux s'animent et un sourire vague joue sur ses lèvres.

— Je… je l'ai posé dans le parc, murmure-t-elle. Dans le coin, près du muret, pour le protéger du vent. Il voulait être dehors, vous comprenez, pour le douzième coup de minuit, quand les pierres se lèvent et laissent voir des trésors.

— Mais…

Entendant arriver les frères Meillat, Mme Roger se dépêche d'ôter son manteau pour couvrir la nudité de la jeune femme.

— Il est mort-né ? lui demande-t-elle à voix basse.

— Non, non, il a poussé un cri. C'est un garçon bien vivant, tout va bien, seulement il avait pas envie de rentrer tout de suite dans la maison. C'est qu'il y avait tant et tant d'étoiles dans le ciel – et puis de la musique aussi – on l'a écoutée ensemble, de ma vie j'en ai jamais entendu d'aussi belle…

Mme Roger blêmit.

— Ma pauvre fille, souffle-t-elle.

Fronçant les sourcils, elle se tourne vers les autres servantes et les chasse d'un geste féroce. Les filles déguerpissent, on entend encore leur babillage excité dans l'escalier au moment où les frères Meillat pénètrent dans le salon.

— Qu'est-ce qui se passe ? demande Jacques, qui a faim et qui voit avec dépit que la table n'a pas été dressée.

Il ne reçoit aucune réponse. Voyant la jeune femme échevelée, tremblante dans les bras de la cuisinière, il répète, la voix menaçante :

— Qu'est-ce qui se passe ?

Toujours pas de réponse. Sylvain a une idée :

— Quelqu'un est venu pendant notre absence ? On l'aura violentée ?

— Non, dit Mme Roger, les mâchoires serrées et les yeux par terre. Non. C'est qu'elle… c'est qu'elle a eu… un bébé.

Ce dernier mot à peine audible.

Estomaqués, les hommes le sont ; mais ils se reprennent vite. Se disent que leur cousine Marguerite les a floués et bien floués. Grincent des dents de rage.

— Ah ! comme ça, c'est bel et bien une putain, ça m'étonne pas, je m'en suis même douté. Et il est où, son bâtard ?

— Elle dit… elle dit qu'elle l'a laissé dehors, dans le parc.

— *Dans le parc ?* Par un froid pareil ? Mais elle est folle en plus d'être putain, alors !?

Ils prennent chacun une bougie, s'emparent chacun d'un bras de Barbe et la tirent avec eux hors de la maison, dans la cour :

— Où ? où ça ? où c'est que tu l'as mis ?

— Là-bas, là-bas…

Ses bras étant retenus par les deux hommes furibonds, Barbe fait un geste de la tête. Elle a froid, ses dents claquent, mais autrement elle est calme. Jacques et Sylvain la traînent jusqu'à la pile d'habits ensanglantés. Dégoûtés, ils jettent la jeune femme par terre et se mettent à fouiller dans le tas en poussant des jurons.

Rien.

— *Où est-il ?*

— Je l'ai laissé là, je vous le jure... Il avait envie de regarder les étoiles.

Barbe serre autour d'elle le manteau râpeux de Mme Roger, elle tremble mais sa voix est grave et elle ne pleure pas. Elle ne pleurera plus. Elle est avec Dieu.

— T'en as fait quoi, espèce de putain ? Il est où, ton bâtard ?

Ils ramassent Barbe, la secouent.

— C'est une vraie folle lubrique, je te l'ai dit depuis le début.

— Tu m'as rien dit du tout.

— *Mais qu'est-ce qu'elle a fait de son bâtard, foutre chien ?*

Ils sont épouvantés. Les enfants morts sans baptême sont dangereux, c'est bien connu : impurs, entachés du péché originel de leur mère, n'ayant pas été ensevelis en terre sacrée ils errent autour du lieu de leur naissance et s'acharnent contre les vivants... C'est une calamité.

— Il est où, bougresse ? Tu l'as mangé ou quoi ?

— Non, elle a dû le dépecer pour en faire des philtres et des onguents. Je parie que c'est ça – hein, la sorcière ?

295

Ils ont peur, les frères Meillat. La lune jette des ombres effrayantes sur leurs visages déformés par la peur.

— *Où c'est que tu l'as mis !?*

Barbe passe la journée de Noël – une journée resplendissante, ensoleillée, glaciale – à dormir, seule dans son coin de la grande chambre des servantes. Les autres filles l'évitent comme une pestiférée. Les frères Meillat la laissent dormir, sur l'insistance de Mme Roger qui, même si ses trois fils sont déjà grands, n'a pas oublié à quoi ressemble un accouchement.

On néglige le festin du réveillon pour chercher le bébé. Le village entier participe à la battue, maîtres et domestiques confondus, sans parler des chiens. On fouille partout : la maison, le jardin, les champs alentour, la vigne, les vergers, les berges de la rivière.

Mais on ne trouvera pas l'enfant de Barbe, ni ce jour-là, ni le lendemain, ni jamais. Comme les chiens n'ont pas le droit d'entrer dans l'étable, de peur que le lait des vaches ne tourne ou ne tarisse, et comme le travail de fossoyeur de Barbe a été d'une propreté impeccable, personne ne mettra au jour la petite tombe couverte de paille.

Les soupçons de sorcellerie montent et se précisent. Le lendemain de Noël, Jacques Meillat va au domaine du seigneur, dénoncer la jeune femme pour recel de grossesse et infanticide.

Barbe est à la maison d'arrêt de La Chaume, enfermée dans la même cellule que les prostituées et les voleuses. Les bonnes gens de la grande ville, vite mis au courant, en veulent à cette mère contre nature d'avoir apporté le danger parmi eux : ils tournent autour de la prison et l'injurient, la conspuent, crient leur haine contre elle.

Barbe reste calme. Elle a confiance parce que le petit Barnabé est avec elle, doux et minuscule, il vit blotti à même sa peau, comme le Petit Poucet dissimulé dans les habits de la femme de l'ogre, Barbe lui parle à chaque instant et Dieu veille sur tous deux.

Mais les autres prennent sa sérénité pour de l'indifférence sinistre, voire du cynisme diabolique. Le juge a en mémoire des cas célèbres de sorcières qui fabriquaient une poudre de taciturnité en brûlant au four, en même temps que d'autres choses innommables, un nouveau-né mâle non baptisé. Il suffisait que les criminels portent sur eux un peu de cette cendre et on ne pouvait d'aucune façon, même sous la question extraordinaire, leur faire avouer leurs méfaits.

A longueur de journée, Barbe est interrogée avec brutalité par des hommes qu'elle ne connaît pas et qui ne peuvent rien comprendre à ce qu'elle a vécu, des hommes barbus ou moustachus, veules et ventripotents, vêtus de noir ; le procureur, le curé, le médecin, l'avocat et enfin le seigneur haut justicier. Jour après jour, on lui pose les mêmes questions, et elle répond de manière à protéger la vie de son fils.

— Où as-tu mis ton enfant ?

— Oh ! mais c'était à peine un enfant, il était pas plus long que le doigt…

— Est-il vrai que tu l'as laissé dehors dans le froid ?

— Oui, monsieur, mais seulement le temps d'aller chercher de l'aide…

— L'avez-vous ondoyé à la naissance ?

— Non, car il était déjà mort.

— Pourtant vous aviez dit à Mme Roger qu'il avait poussé un cri ?

— Je savais pas ce que je disais… J'étais pas moi-même… Quand j'ai vu qu'il était mort…

— Pourquoi ne pas avoir fait une déclaration de grossesse ?

— …

— Vous allez bien à la messe chaque dimanche ?

— Oui, monsieur.

— Vous avez donc entendu lire en chaire, quatre fois l'an depuis que vous savez le français, l'édit d'Henri II interdisant le recel de grossesse et d'accouchement ?

— …
— Où est l'enfant ?
— Je sais pas.

Les interrogatoires sont pénibles, répétitifs, interminables, mais Barbe demeure sereine. Elle prie et Dieu l'écoute, lui accorde tout ce qu'elle Lui demande. Elle se sent forte, tellement plus forte qu'il y a dix ans, lorsqu'elle était en butte à la haine des habitants de Torchay. Les questions la cernent et la sillonnent, ce sont des taupes creusant leurs tunnels dans les profondeurs de son cœur, de son passé. Malgré l'amitié qu'elle porte encore à Marguerite, elle finit par donner le nom du père de l'enfant : Simon Guersant, dit Donat. D'une voix égale et sèche, elle décrit les circonstances dans lesquelles celui-ci a abusé d'elle, évoquant chacune des trois fois avec le moins de détails possible : d'abord le lit conjugal, ensuite l'étable, enfin la flaque de boue dans la cour. Elle décrit le jour de son départ, la scène de ménage, la Marguerite donnant la bastonnade à son mari. Elle cite le chiffre de cinq, cinq servantes que, depuis vingt ans, ce même homme aurait engrossées. Puis elle se tait. Prie Dieu. Lui demande de faire en sorte que Marguerite ne se mette pas à la détester comme les autres.

Le procès s'étire en longueur. On fait venir les Guersant, mari et femme, on les interroge. Emue, Marguerite confirme la version des faits de Barbe, mais Simon Guersant, tranquille, souriant, nie tout en bloc : jamais il n'a touché à cette femme ni même été tenté de le faire ; jamais une servante de sa maison n'a été grosse, ni de ses œuvres ni de celles d'un autre, on n'a qu'à poser la question aux gens qui le connaissent. On fait venir des amis de Donat, des voisins et des voisines, des hommes avec qui il travaille et boit depuis de longues années. Tous se souviennent de son aventure avec Marie la petite meunière et tous évitent soigneusement d'en parler, même son veuf André Bourdeaux qui vient juste de se remarier. On jure de la bonne conduite de Donat, d'autant plus louable que sa femme ne lui a jamais donné d'enfant, et qu'il n'eût pas été surprenant de le voir volage. On se rappelle, en revanche, des comportements suspects de la jeune Barbe Durand, sa façon de partir avant le lever du soleil pour aller cueillir des plantes dans la forêt, sans doute en vue de fabriquer des poisons… Oui, ils l'avaient bien devinée sorcière ; souvent, même, ils s'étaient demandé si la stérilité persistante de la Marguerite n'était pas due au mauvais œil de sa servante… Et puis, il y avait eu l'histoire du petit Philippe – si si, vous vous rappelez, il y a deux ou trois ans de ça – ce garçonnet en parfaite santé qui était décédé subitement après avoir vu une souris, déjà à l'époque ils s'étaient dit que la souris devait être l'animal familier d'une sorcière, peut-être cette étrange femme maigre et renfermée qui travaillait pour les Guersant… Oui, elle devait s'exercer déjà à l'infanticide, ils se l'étaient dit mais ils n'avaient pas eu assez de preuves ; ils n'en avaient rien dit non plus à M. le curé, pour la bonne raison que celui-ci était un fieffé coquin qui terrorisait la paroisse entière, et que depuis des mois plus personne n'osait aller à confesse...

Les gens s'échauffent les uns les autres en parlant. A mesure que le procès se déroule et que l'histoire souterraine de Barbe se ramifie, les tunnels de taupe débouchant sur d'autres tunnels, leur reviennent en mémoire un nombre croissant d'indices de la méchanceté torve de l'accusée. Que faisait-elle à Sainte-Solange, pour commencer ? On le lui avait dit, à la Marguerite, qu'il ne fallait pas laisser entrer comme ça une étrangère dans sa maison, mais la Marguerite était la Marguerite, elle n'en faisait qu'à sa tête ; et cette Barbe, elle ne s'en était pas méfiée. D'où venait-elle, d'ailleurs ? On n'avait jamais pu l'apprendre.

— Vous le savez, vous, madame Guersant ? Où résidait l'inculpée avant son arrivée à Sainte-Solange ?

Sans oser regarder en direction de Barbe, Marguerite s'empourpre et reconnaît que la jeune femme lui avait parlé de ses amis au village de Torchay.

On fait une enquête à Torchay ; on cherche de nouveaux témoins. Hélène est souffrante, alitée : quand on lui raconte la teneur du procès Barbe Durand, elle suffoque de rage – de peur, aussi, pour cette jeune femme qu'elle chérit –, mais il est hors de question qu'elle fasse le voyage jusqu'à La Chaume. Ce témoin clef éliminé, il se trouve d'autres paroissiens, des femmes et des hommes en nombre, pour venir se rappeler devant le juge le jour où la jeune fille avait surgi parmi eux, venue de Dieu sait où, comme une chose pas tout à fait humaine… Oh ! oui, on se souvient de ses manières excentriques, comme elle avait l'habitude d'aller seule à l'église, tôt le matin – pour faire quoi ? pour blasphémer d'une façon ou d'une autre, c'est certain, puisque la colère de Dieu a fini par lui tomber sur la tête.

Les preuves s'accumulent, l'émotion monte, les habitants de Torchay se rappellent qu'il s'est passé quelque chose dans le sous-bois du village, un jour où Barbe Durand et Jeanne Denis étaient allées ensemble cueillir des fraises sauvages, ils ne savent plus quoi au juste mais c'était une histoire de sorts, peut-être l'étrangère avait-elle déjà tenté, ce jour-là, de provoquer la mort de son amie – pourtant la propre fille d'Hélène Denis, qui l'avait accueillie dans sa maison ! assurent les villageois, heureux que l'Hélène ne soit pas là pour les contredire.

Les habitants de Sainte-Solange écoutent en hochant la tête : oui, ils s'en étaient toujours doutés… et lorsque les nouveaux témoins en viennent à l'histoire de l'orage qu'a déclenché la sorcière, et se mettent à décrire le foudroiement de Jeanne, son cadavre retrouvé sans vêtements et sans cerveau, les cris de terreur et de colère fusent dans la salle.

Enfin, peu de temps après le carnaval, Mme Raffinat la mère du P'tit Robert vient témoigner à son tour. Les joues rouges d'indignation, elle raconte ce que vient de lui raconter son fils, après une année entière de silence et de honte, à savoir que tout au long du printemps dernier, la dévergondée s'est montrée à lui à la fenêtre, dénudée dans son état de grossesse, et qu'elle s'est caressée devant lui, cherchant ainsi à l'inciter à forniquer avec elle, mais qu'il a su résister et demeurer vertueux, malgré les ruses de la sorcière et les formules magiques qu'elle marmonnait, lui scellant les lèvres par magie de sorte qu'il ne puisse en parler aux êtres humains mais seulement à ses cochons, cette magie ayant été d'une puissance considérable, puisque ce n'est qu'aujourd'hui qu'il a pu la surmonter, qu'il s'en est enfin ouvert à sa maman, et que celle-ci s'est résolue à venir témoigner à la place de son fils qui, n'ayant pas toute sa tête, monseigneur, en aurait certainement été tout confus et embournillé.

Il y a un assez long silence ; et puis une clameur indescriptible s'élève dans la salle d'audience. On vocifère : "A mort ! A mort la sorcière !" On se bouscule pour chercher à atteindre l'inculpée et la frapper, lui cracher à la figure.

Barbe reste immobile, les yeux fermés, un doux sourire aux lèvres.

— Vous avez entendu le témoignage de Mme Raffinat ?

— Oui, monseigneur.

— Qu'avez-vous à dire pour votre défense ?

— …

— Est-il vrai que vous avez ensorcelé son fils le simple d'esprit, et fait de votre mieux pour l'entraîner dans la luxure et le péché ?

— …

— Je vous préviens, tout refus de répondre de votre part sera interprété comme un acquiescement.

Barbe hoche la tête, toujours souriant. Elle ne sait ce que veut dire le mot d'acquiescement mais elle a hâte que tout cela finisse, c'est fatigant et désagréable pour son Petit Poucet de dormir dans une cellule froide, au milieu de la puanteur des autres corps et de leurs déchets, et de passer ensuite de longues journées dans cette salle d'audience bondée, tumultueuse… Il est temps qu'ils retrouvent la liberté tous les deux, qu'ils partent ensemble sur la grande route. Barbe est sûre que son fils, maintenant qu'il est sorti d'elle, aimera voyager. Elle a envie de lui apprendre tout ce qu'elle sait : les champs de blé, la forêt, les oiseaux, les noms des fleurs et des champignons, elle déborde de joie à l'idée de partager avec lui les choses qu'Hélène lui a enseignées et celles que, peu à peu, grâce à ses investigations, elle a découvertes par elle-même.

Oh oui ! il est temps de quitter cette atmosphère étouffante et d'aller respirer l'air pur ! C'est le printemps, mon enfant ! Bientôt on va fêter Pâques, la mort et la résurrection de Notre-Seigneur Jésus-Christ – tout meurt et tout renaît, mais oui ! Tu verras ! Je t'amènerai chez l'Hélène à l'auberge de Torchay et sa fille Jeanne sera là, ce sera elle ta marraine, et on te montrera comment on fait pour teindre les œufs de Pâques, avec de la pelure d'oignon pour le jaune, des violettes pour le violet et de l'oseille pour le vert – c'est très amusant, tu verras ! Et ensuite on fera un immense repas ensemble pour célébrer nos retrouvailles, on mangera le biquet et la roulée aux œufs, puis on ira danser sous les arbres en fleurs ! Pommiers, poiriers, pruniers, cognassiers, épines noires – on lancera les pétales en l'air – viens, viens, mon fils ! allons-nous-en d'ici !

Une semaine encore s'écoule. Enfin, dans les derniers jours d'avril, après un procès inhabituellement long et dramatique, le verdict est rendu.

Simon Guersant, dit Donat, est renvoyé absous. On entend des applaudissements dans la salle ; l'ambiance est festive.

Quant à Barbe Durand, la partie physique de sa punition est énoncée avant la partie pécuniaire, même si, de toute évidence, l'ordre inverse devra être respecté dans le déroulement des choses : une fois pendue, étranglée et brûlée, en effet, il lui serait difficile de verser les deux cents livres d'amende au seigneur haut justicier. L'exécution doit avoir lieu ici même, à La Chaume, un jour de foire ou de marché. La date exacte est à fixer ultérieurement.

Barbe trouve les mots de sa sentence encombrants, impénétrables. Il n'y a guère que ses cendres dispersées au vent pour venir rejoindre dans son esprit les pétales de fleur, flottant et palpitant ensemble sous les arbres : le reste demeure à distance et ne parvient pas à la déranger, à perturber sa certitude et sa joie.

LE CARNET *SCORDATURA*

L'histoire du Petit Poucet figure dans la première édition des contes de Perrault, qui est parue en 1697, quand Barbe avait onze ans. Naturellement, elle ne savait pas lire ; mais, étant donné que Perrault n'a recueilli que les récits les plus anciens et les mieux connus de la tradition orale, il y a peu de doute qu'elle ait connu l'histoire de l'enfant grand comme le pouce. Lors de son procès, elle ne cesse de répéter que son bébé mort n'était pas plus long que le doigt...

Maintenant que j'y pense, il est très possible que les personnages de conte comme Tom Pouce et le Petit Poucet aient été la symbolisation populaire des fœtus dont les paysannes se débarrassaient avant terme, et qui revenaient les hanter, se glissant dans les poches de leurs vêtements et les accompagnant partout...

Il s'est passé une chose étonnante cet après-midi quand je suis arrivée à la maison. La petite Sonya jouait toute seule avec un ballon sur le perron. Me voyant, tout son visage s'illumina et elle dit : "Joue avec moi." Je faillis regarder derrière moi pour être sûre qu'elle ne parlait pas à quelqu'un d'autre. Moi ? jouer avec elle ? *jouer ?* Comment fait-on pour jouer ? Prenant mon courage à deux mains, je posai valise et ordinateur par terre et déclarai : "D'accord." Et on se mit à se lancer le ballon. Je la regardai. Ses yeux brillaient de joie, rien que parce que j'avais accepté de jouer un moment au ballon avec elle ! Elle se tenait en haut des marches, je lui lançais le ballon, elle le ratait à chaque fois, il retombait jusqu'en bas de l'escalier, je devais passer de l'autre côté du grillage, me pencher et farfouiller sous les buissons pour le retrouver, les branches piquantes m'égratignaient les bras, Sonya hurlait de rire et puis on recommençait. "Encore ! Encore !" Elle bouillonnait d'enthousiasme. Je lui demandai son âge et elle me dit : "Deux ans et demi." Ah ! Ainsi, à deux ans et demi, on est déjà capable de dire qu'on a deux ans et demi ? Ensuite elle me demanda mon nom. On habite le même immeuble depuis sa naissance et elle ne connaissait pas mon nom. Alors je le lui dis. "Je m'appelle Nadia", dis-je.

J'avais décidé de revenir aujourd'hui à Manhattan parce que je sentais que le pire était passé. Pour Barbe, et pour moi. Que j'arriverais à me débrouiller à partir de là.

Il ne faut présumer de rien, ma chère.

Tiens ! Voilà un bon moment que je n'ai plus de vos nouvelles.

Comment ! Mais je vous dicte tout depuis des mois !

Ah ? C'est curieux. Je n'en avais pas tellement l'impression, pendant que j'écrivais. Du moins, pas souvent. Et ces derniers temps, pas du tout.

N'oubliez pas que je suis responsable aussi de vos sensations : les vraies comme les fausses. L'illusion et la véracité, la clairvoyance et l'ignorance – tout cela et plus encore relève de mon empire. Je suis omnipotent.

Sans blague. Vous savez quoi, *daimôn* ?

Quoi ?

A mon avis, vous êtes à peu près aussi omnipotent qu'une des Chaussettes Dépareillées de ma mère.

Allez-y, moquez-vous, insultez-moi, cela ne me dérange pas. Même votre sens de l'humour vous vient de moi, je suis le maître suprême de l'ironie. Rien ne me blesse.

Vous savez quoi, *daimôn* ?

Quoi ?

J'ai à peu près autant besoin de vous que d'une Chaussette Dépareillée.

A vrai dire vous n'avez pas tort, parce que si vous me renvoyez, cela vous coupera les jambes. Vous n'aurez plus besoin de chaussettes, ni même de chaussures. Ce qu'il vous faudra, c'est un fauteuil roulant.

Seriez-vous par hasard en train de me menacer, *daimôn* ?

Menacer des êtres humains : ha ! je ne perds pas mon temps avec des niaiseries pareilles !

Vous savez quoi, *daimôn* ?

Ce dialogue commence à devenir fastidieux. Pour la dernière fois : quoi ?

Je crois que vous avez plus besoin de moi que moi de vous.

Plus tard

Longue conversation avec Stella. Je l'avais appelée parce que Hélène est malade et alitée dans le roman et… et… voilà, j'avais envie d'entendre sa voix. Elle va bien : c'est-à-dire qu'elle avait l'air un peu tendue, anxieuse, déprimée, harassée, comment appeler ce mal-être dont nous souffrons à peu près tous par les temps qui courent – mais, côté santé, il n'y a pas de problème. Elle ne prend pas plus de trinitrine que d'habitude.

Je veux l'écrire ici et en avoir le cœur net : j'ai peur que Stella ne meure si je tue Hélène dans ma

Sonate de la Résurrection. Ça a l'air insensé, mais c'est vrai. Et je n'oserais l'avouer à aucun être vivant.

Qu'est devenue Elisa après notre voyage à Chicago ? Elle avait été si pleine d'entrain et d'énergie pendant qu'on complotait et menait à bien le meurtre de Tom Pouce... Mais, dès que ce fut fait, je repris mon incognito. J'avais besoin de silence, de solitude, de difficulté : il me semblait que je devais être coupée de ma famille pour écrire (la vieille illusion d'auto-engendrement).

Je ne puis m'empêcher de me demander...

Allez-y, autant en finir.

Je ne puis m'empêcher de me demander : si j'étais restée en contact avec elle, son destin eût-il été différent ? Aurais-je pu la maintenir en éveil ? Aurait-on fait des choses, voyagé ensemble ? Peut-être même aurais-je su la ramener vers la musique, lui insuffler le courage de reprendre son violon et de jouer à nouveau – *joue, Mère, joue !* Ou bien notre intimité intense et sans précédent, au moment de Tom Pouce, dépendait-elle entièrement de notre complicité dans le crime ?

Quand elle retourna dans le Bronx et reprit ses vieilles habitudes de prière, de confession et de communion, elle dut être submergée de remords pour le rôle qu'elle avait joué dans mon avortement. Et je l'ai laissée se coltiner avec cela, seule.

Alors… la pire question de toutes : serait-ce cela, ce souvenir insupportable, inassimilable, qui, peu à peu, a conduit ma mère à oblitérer *le souvenir* en tant que tel ?

Le problème, c'est que je n'avais toujours pas pardonné à Ronald d'avoir enfermé Joanna dans l'asile et de nous avoir coupé les vivres. Je voulais que tout mon passé meure.

Nada. L'anéantissement. La page blanche. C'est alors que je changeai de nom.

Dieu sait qu'il y eut des moments, surtout autour de Noël, où les autres enfants me manquaient, et où je me demandais ce que devenaient Sammy, Stevie et le cher petit Jimbo-du-milieu… Ça me faisait mal de penser qu'ils habitaient la même ville que moi, et qu'ils grandissaient, changeaient, devenaient des adultes à mon insu… Ils devaient penser que leur grande sœur était devenue méchante, snob, indifférente, droguée… ou tout cela à la fois.

Certes, j'aurais pu appeler Elisa et continuer de la voir en secret. Mais j'avais besoin de perdre le contact. Seule Joanna avait mes nouvelles coordonnées. Quand elle décrochait un petit rôle dans un théâtre off-Broadway, j'allais la voir sur scène et après on prenait un verre ensemble à la *White Horse Tavern*, je lui posais des questions sur Elisa et les enfants, elle me montrait des photos, me racontait des histoires… C'était douloureux, oui, étant donné qu'ils vivaient juste à l'autre bout de la jungle d'asphalte, à quinze kilomètres à peine… mais c'était ainsi.

Stella aussi me donnait des nouvelles de Mère, par bribes, quand elle était de passage à New York et qu'on trouvait le temps de déjeuner ensemble. Mais elle-même était souvent en déplacement : ou à l'étranger pour ses concerts, ou çà et là à travers les Etats-Unis, suivant les déménagements de ses filles. Elle m'envoyait des billets pour les concerts que donnait l'Ensemble à New York et j'y allais fanatiquement, seule ou accompagnée, ivre ou à jeun, peu importe ce qui se passait dans ma vie. Grâce à Stella, je fis la connaissance de cent compositeurs baroques ; à la maison je me disputais avec mon petit ami du moment pour savoir si on écouterait Gesualdo ou les Stones… et, chaque fois que je quittais un homme, ce qui arrivait souvent, la première chose que j'emportais était ma collection encombrante de 33 tours baroques.

Quand on se sépara enfin, Martin et moi, il y eut une autre période scabreuse, beaucoup de pénis et de drogues dans mon corps, beaucoup de têtards extirpés dans diverses cliniques autour du monde, beaucoup de feuilles déchirées ou froissées et balancées dans la corbeille, beaucoup d'élans vers la mort – et puis, soudain, tout changea pour le mieux (cela arrive parfois, je dois l'admettre, encore qu'on se demande quel est l'intérêt de monter s'il faut fatalement redescendre tôt ou tard) : Per entra dans ma vie au moment même où mon premier roman fut accepté ; et après ce fut Copenhague, l'amour, d'autres romans, chacun plus sinistre et mieux reçu que le précédent ; et ensuite ce fut

Juan, cette merveille, ce gâchis, le lent effondrement de mon mariage, de nouveaux élans vers la mort, dont un avec passage à l'acte, suivi d'une longue convalescence chez Laura dans le Centre de la France, où je tentai de recoller les morceaux de mon moi fracassé, me plongeant dans la recherche, m'abandonnant au sortilège de la langue et du folklore, de sorte que ce qui devait n'être qu'une vacance d'été se gonfla inopinément pour devenir deux années… Puis le retour à New York, et d'autres romans, et patati et patata, et pourquoi suis-je là en train de griffonner toutes ces fadaises dans mon *Carnet Scordatura*, alors que ce n'est pas du tout de cela que je voulais parler ?

Je voulais parler du "pendant ce temps".

Que se passait-il pendant ce temps ? Comment ai-je pensé à Elisa durant toutes ces années ? Comment me figurais-je son existence ? Voilà ce que je n'arrive pas à reconstituer, ni à me pardonner. Après ce qu'elle avait fait pour moi, surgissant dans mon salon de Saint Mark's Place pour prendre ma vie en main et la sauver… l'ai-je tout simplement laissée tomber ? Ai-je accepté qu'elle s'enfonce lentement, à nouveau, dans les eaux stagnantes et crasseuses de son martyre quotidien ? L'ai-je biffée de ma mémoire ? Cela paraît incroyable, mais il semble bel et bien que c'est ce que j'ai fait.

Oh, Mère. Je laissai s'écouler les années… et puis, vint le jour…

– il y a des années, et il y a des jours –

Pourquoi ai-je envie de pleurer ?

Pourquoi ai-je tant de mal à écrire ceci ?

Soirée d'été à Manhattan, lourde et étouffante, il y a huit ans presque jour pour jour. Je faisais une lecture de mon roman en cours au YMCA. Ouverte au public. Payante. Placardées dans tout le quartier, des affiches avec mon visage. (Un visage assez vieux, c'est-à-dire assez jeune. Ça fait un drôle d'effet, de voir un soi d'antan vous dévisager sous chaque lampadaire.)

La salle était pleine à craquer. Deux cent cinquante personnes, installées sur d'inconfortables chaises pliantes, dégoulinant de sueur et d'espoir. L'acoustique était affreuse, il n'y avait pas d'air, je me sentais irascible et préménopausique, je n'avais aucune envie d'être là, j'aurais voulu être à Lake House, en train de faire quelques brassées dans le lac avant de remonter sur la véranda pour mon souper solitaire. Par superstition, je ne lis jamais en public des extraits d'un livre inachevé, je m'en voulais à mort d'avoir accepté cette invitation, la soirée était mauvaise et elle ne fit qu'empirer, le microphone ne cessait de faire des siennes, émettant ce hurlement strident qui donne envie de fuir, les mains sur les oreilles, pour finir je le coupai et me mis à crier mes pauvres phrases – une torture, tant elles me paraissaient fragiles, friables, mais, dès que je baissais la voix, les gens au fond de la salle se plaignaient de ne rien entendre, ils avaient payé le billet d'entrée pour cette lecture et ils avaient l'intention d'entendre ce qu'on leur lisait, alors je rouvris le micro, il fit mine de se tenir tranquille mais, dès que j'ouvris la bouche, il se remit à hurler de plus belle, je continuai de lire tout en sentant ma tension monter en flèche, j'avais envie d'exploser, d'envoyer au diable l'auditoire, le quartier, toute l'île de Manhattan... et, juste à ce moment

– il y a des jours, et il y a des moments –

je vis, s'avançant vers l'estrade en titubant...

M'interrompant au beau milieu d'une phrase, je posai les pages sur la table et écarquillai les yeux. Au début je n'étais même pas sûre qu'il s'agissait de Ronald : je ne l'avais pas vu depuis plus de vingt ans, il avait horriblement vieilli et je me disais que j'hallucinais, que la chaleur m'était montée à la tête et que je forçais sans doute les traits d'un ivrogne anonyme à coïncider avec ceux de mon père. Mais non. C'était bien lui. A l'instant où je m'en rendis compte, je me sentis envahie d'un calme glacial.

Ah ! c'est parfait, me dis-je. Tu as choisi le bon moment, Père, pour le *remake* du concert de 1948 à la Riverside Church. Eh bien non ! cela ne se passera pas ainsi une deuxième fois. Tu as peut-être réussi à détruire ma mère, mais ce n'est pas demain la veille que tu me détruiras moi, espèce de salaud, essaie un peu pour voir...

Le problème, c'était comment se débarrasser de lui : devais-je suggérer aux organisateurs de lui sauter dessus, de l'emporter et de le jeter dehors, comme n'importe quel clochard ? Mais le sang de ce clochard-là courait dans mes veines, ses gènes expliquaient la couleur de mes yeux, la forme de mes pieds, et mon amour démesuré pour le whisky écossais. Je ne pouvais pas simplement...

Ronald avançait encore vers l'estrade. Nerveux, les organisateurs se levèrent pour intervenir. Je restai là, hypnotisée : ce fut comme si cette scène avait déjà eu lieu des centaines de fois, comme si elle faisait partie d'un film que je connaissais par cœur, comme si je n'avais d'autre choix que de regarder, impuissante, tandis qu'elle se déroulait sous mes yeux une fois de plus. Puis, Ronald me fit signe d'approcher. Il prononça mon nom. Et je me réveillai. Je fis signe aux organisateurs de ne pas le toucher.

Dans la salle régnait un silence de mort. On eût dit que le public était envoûté, ensorcelé. Tout mouvement était suspendu, comme dans *La Belle au bois dormant*...

Ronald vint s'appuyer contre l'estrade.

— Nadia, répéta-t-il, et je vis qu'il pleurait.

Le micro reprit sa sonnerie perçante. Je le coupai. Puis, me mettant debout sur des jambes flageolantes, je traversai l'estrade jusqu'à mon père.

— Nadia.

Les joues baignées de larmes, il tendit une main vers moi. Sans quitter l'estrade, je m'accroupis près de lui et le regardai au fond des yeux. Je ne dis rien. J'étais sans voix.

— Je suis désolé.

Ses premiers mots. Puis il renifla, se moucha bruyamment (ah ! ce bruit si familier ! ces mouchoirs tant de fois repassés !) et reprit.

— Je suis désolé. Je suis désolé, Nadia, il faut me croire. Je suis *vraiment complètement confus* de débarquer comme ça au milieu de ta lecture. Je n'aurais jamais fait une telle chose, je te jure. Ne sois pas fâchée contre moi, Nadia, je t'en *supplie*, arrête d'être fâchée contre moi. Il fallait que je te voie. Je ne savais pas comment te joindre, je ne savais pas si tu étais à New York ou non, ça fait des années que je ne sais même pas si tu vis encore sur la même putain de planète que nous. Pardon. Mais ensuite, j'ai vu les affiches – et alors, quand j'ai vu les affiches, ça m'a paru la seule façon… Nadia, ta mère, elle ne va pas bien. Viens la voir, je t'en supplie.

Mon estomac se retourna.

— Elle… elle est mourante ? dis-je, à voix basse.

— Non. Non, ce n'est pas ça. Ne t'inquiète pas. Non, elle n'est pas malade, elle n'est pas en train de mourir. C'est autre chose. Je… je voulais juste te donner notre nouvelle adresse, tu veux bien ? Au cas où tu ne l'aurais pas. Je n'étais pas sûr que tu l'avais. On a décidé que l'ancien appartement était devenu trop grand, tu vois ? Après le départ des garçons. Alors voici l'adresse, c'est là qu'on habite maintenant, d'accord ? C'est le même quartier. Je t'en supplie, viens la voir, Elisa. Tu feras ça pour elle ? Je ne te retiendrai pas plus longtemps, et je m'excuse – crois-moi, Nadia, je n'aurais jamais débarqué comme ça au milieu de ta lecture si j'avais pu trouver une autre façon…

Oui. Dans son désespoir, Ronald était venu me voir, moi. Pas les autres enfants, ceux qui étaient restés à la maison jusqu'à la fin de leurs études, ceux qui téléphonaient encore plusieurs fois par mois et qui rentraient chaque année pour Noël et Pâques. Non, il était venu me trouver, moi. Parce que j'étais l'aînée ? La plus riche ? Celle qu'il estimait le plus à même de les conduire à travers le labyrinthe terrifiant de médecins et d'hôpitaux, de cliniques et de maisons de repos ?

— Ne t'en fais pas, Père, marmonnai-je. Tu n'as pas à t'excuser.

Je n'avais pas prononcé le mot "Père" depuis le milieu des années soixante.

— Tu as bien fait de venir, ajoutai-je. Je passerai vous voir bientôt. Très bientôt. Je te le promets.

Il partit en tanguant et, Dieu sait comment, je réussis à aller jusqu'au bout de la soirée. Qu'ai-je lu ? Sur quel ton ? Le micro finit-il par se calmer ? Les applaudissements furent-ils délirants ou seulement polis ? Je ne me souviens de rien. De rien.

Quelque chose n'allait pas chez Elisa. Oh mon Dieu. Oh mon Dieu. Oh mon Dieu.

Evidemment, quand je suis arrivée, il y avait déjà de longues années que ça n'allait pas et les dégâts étaient irréversibles.

M'approchant de la porte de sa chambre, dans un appartement que je ne connaissais pas, je la vis. Ses cheveux : si blancs que j'en eus le souffle coupé, ne pus dire un mot. Elle leva les yeux vers moi, puis traversa la pièce pour me prendre dans ses bras. Bien qu'elle dît mon nom, "Nadia", il y avait de l'incertitude dans son étreinte. Mais ensuite elle me demanda, et je dus m'accrocher au chambranle de la porte :

— Comment va ton petit garçon, ma chérie ?

— Tu vois ? me dit Ronald à voix basse, en haussant les épaules. Elle divague complètement.

En effet, elle divaguait. Cette expression me semble plus adéquate que les autres : celles qui évoqueraient la sénilité, la folie, le délire et ainsi de suite. Elle n'avait pas non plus "perdu la tête". Non : simplement, son esprit s'était mis à errer – entre le réel et l'imaginaire, le souvenir et le fantasme –, à revendiquer la liberté de déplacement auquel son corps avait été contraint de renoncer.

Une fois, me confia Ronald un peu plus tard à la cuisine, tout en me servant un café (il avait appris à faire du café, remarquai-je, mes mains tremblant encore, faisant tinter ma tasse contre la soucoupe), Elisa s'était précipitée dehors à six heures du matin, en chemise de nuit, pantoufles et bigoudis, et avait dévalé le Grand Concourse en criant, hystérique : "Ronald ! Ronald ! Où est mon mari ? On m'a enlevé mon mari !" Mais quand la police l'avait ramenée enfin chez elle, son mari était à sa place, endormi dans son propre lit.

Avait-elle oublié que depuis la dernière fausse couche – innommable, presque fatale, trente ans plus tôt – ils faisaient chambre à part ? *Scordare* : désaccorder. Oublier.

Elle ne se souvenait plus de rien, ne retenait plus rien, ne contrôlait plus rien, pas même sa vessie. Pour la première fois de sa vie, Ronald avait dû apprendre à se servir d'une machine à laver, et à plier des draps. Peu à peu, il s'était même chargé des courses et de la cuisine, car Elisa avait tendance à égarer les choses et n'arrivait plus à suivre une recette. Peut-être s'était-il enfin rendu compte à quel point il aimait sa femme, à quel point il avait besoin d'elle.

Mais c'était trop tard. Elisa s'effilochait. Le pire, c'est qu'elle s'en rendait compte, et qu'elle cherchait désespérément à s'accrocher au réel, à mettre de l'ordre dans les objets hétéroclites flottant à la surface de sa pensée, à se rappeler qui elle était, d'où elle venait et où elle désirait aller. Elle ne cessait de s'écrire des pense-bêtes, et puis des pense-bêtes au sujet des pense-bêtes… notant, de sa belle main méticuleuse, les gens à qui elle souhaitait écrire ou téléphoner (*Nadia*… mon nom apparaissait plusieurs fois au milieu des autres), son arbre généalogique, l'arbre généalogique de Ronald, des dates et des toponymes apparemment sans suite, les noms des compositeurs, des chefs d'orchestre et des musiciens qu'elle avait fréquentés dans sa jeunesse, une liste des villes où elle avait donné des concerts, sans parler des listes de courses (oh, Mère ! comme j'adorais, quand j'étais petite, te regarder faire la liste de courses ! comme tu avais l'air sérieuse et jolie, à mordiller ton crayon en fronçant les sourcils, vérifiant par la pensée le contenu du garde-manger et du réfrigérateur)... Maintenant, ces feuilles volantes proliféraient, se démultipliaient follement sur son bureau, comme un véritable cancer de papier... Faire ceci, chercher cela, pour aller là-bas il faut tourner à droite, c'est juste en face de Yankee Stadium, ne pas oublier d'éteindre la lumière, tirer la chasse, demander un nouveau chéquier à R., j'ai mis le poulet au congélateur...

A l'époque, elle souffrait encore d'angoisse : maintenant c'est terminé. Un jour, quelque chose en elle se cassa et, relâchant une fois pour toutes sa prise sur les affaires humaines (et les affaires divines aussi, pour autant que l'on puisse en juger de l'extérieur), elle se laissa glisser dans le même état d'absence affable que Barbe.

Mère. Ma petite fille.

SONATE DE LA RÉSURRECTION

XII – LA VISITE

Hélène Denis se tord dans les douleurs ignobles de la dysenterie, sans doute attrapée d'un Parisien de passage. Rien n'y fait : ni saignées, ni ventouses, ni pansements prononcés à distance et à heure fixe par son grand ami le rebouteux de Ronzay. Elle ne peut rien manger, elle perd sa substance ; et le pire, c'est qu'elle est réduite à la passivité, obligée de rester au lit et de se laisser soigner par des voisines. Celles-ci, tout en lui changeant les draps plusieurs fois par jour, la tiennent au courant, non sans un certain plaisir pervers, des développements du procès de Barbe Durand à La Chaume.

Quand elle entend enfin le verdict, annoncé par trois bonnes dames à la fois avec des piaillements excités, Hélène pousse un cri terrible, un immense cri de rage impuissante. A partir de ce moment, dirait-on, elle n'a plus envie de guérir. Elle tombe dans le mutisme et la prostration, abandonnant son corps énorme à la maladie, laissant broyer et réduire en liquides infects sa chair de femme généreuse. Dans ses brèves heures de répit entre les crises de colique, elle met en ordre les affaires de l'auberge, dont elle sait qu'elle retombera à coup sûr, après sa disparition, entre les mains du seigneur de L...

Vers le milieu du mois de mai, à l'article de la mort, Hélène demande à voir le père Thomas. Celui-ci, entièrement chauve maintenant, arthritique, presbyte et dyspeptique, ravagé par les ans mais toujours aussi secourable, arrive en apportant ce qu'il faut pour administrer à son amie l'extrême-onction.

— Oui, oui, mon petit père, dit Hélène d'une voix faible mais en lui souriant avec sa vieille affection ironique. On s'occupera de ça tout à l'heure si tu veux, mais pour l'instant il s'agit d'autre chose. Il faut me promettre...

Une douleur lui coupe la parole.

— Te promettre quoi, ma chère Hélène ? Ah ! ça me fait de la peine de te voir souffrir ainsi ! Dis-moi, que puis-je faire pour toi ? Du moment que ce n'est pas du côté du Malin, je le ferai.

— Tes jambes te portent-elles encore, vieil idiot ?

— Ça peut aller, ça peut aller. Surtout que j'ai appris à bien fouetter les chevaux.

— Alors, bon.

Hélène fait encore une grimace de douleur et attend que son ventre se calme.

— Ecoute-moi bien, mon petit père. Il faut aller prévenir Barnabé de ce qui attend sa sœur.

Le prêtre sursaute.

— Ah ! Mais c'est que ce n'est pas une bonne idée, ça. Tu ne l'as pas vu depuis de longues années,

Barnabé. Il a changé. Il est devenu, en quelque sorte, éthéré. Je crois qu'il n'en a plus pour long-temps parmi nous. Il ne fait plus que prier et chan-ter, chanter et prier, un sourire angélique aux lèvres. Sa peau est comme diaphane, il est si maigre qu'on voit pour ainsi dire à travers son corps, on dirait qu'il va s'évaporer plutôt que de trépasser comme un homme normal… A quoi bon le déranger, ma sœur ? Il n'y pourra rien, cela ne fera que le cho-quer et l'accabler, le pauvre…

— L'exécution est prévue pour quand, tu le sais ?

— Oui, je le sais, soupire le père Thomas. Pour finir, ils ont choisi le lundi de la Pentecôte, parce que c'est jour de foire à La Chaume. Le juge tient à faire de Barbe un exemple pour les autres femmes…

— Il veut que la plus grande foule possible assiste à sa pendaison, c'est ça ?

— C'est bien ça, reconnaît le prêtre, baissant la tête de tristesse.

— Alors écoute, mon petit père. Je sais pas ce qu'il fera, Barnabé. Mais ce que je sais, c'est que c'est pas justice de laisser assassiner sa sœur dans la ville voisine sans même qu'il soit au courant. Vas-y toi-même ou alors envoie quelqu'un, ça m'est égal, mais il faut faire vite ! Je te l'ordonne. On se connaît depuis quarante ans, Thomas, c'est ma dernière volonté, tu peux pas te défiler, hein !

Le bon père hésite, résiste encore un instant ; puis, impressionné par le teint terreux de son amie, il cède.

— J'irai moi-même, Hélène. Tu peux compter sur moi.

— C'est bon. Alors je te donne la permission de sortir tes potions magiques, là.

Le prêtre se signe précipitamment.

— Attention, hé, oh ! C'est du blasphème, ça ! traiter les saintes huiles de potions magiques !

— Allez, allez, dit Hélène d'une voix à peine audible. Ne nous disputons pas, c'est pas le moment… J'ai mes mixtures et tu as les tiennes. Moi, c'est plutôt pour toucher l'âme à travers le corps et toi c'est plutôt l'inverse, mais c'est au bon Dieu de décider lequel de nous deux va gagner. Allez, tu vas pas te fâcher pour si peu, voyons ? Donne, mets-moi-z-en, où est-ce que tu les mets, toi ? Ah, sur le front… sur les mains… C'est bon, ça… Ça fait du bien… Merci, mon Thomas. Je t'aime bien, tu sais…

En fermant les yeux de son amie, quelques instants plus tard, le bon père se rend compte qu'il a oublié de lui demander quels péchés elle avait commis depuis sa dernière confession.

Le prieuré Notre-Dame d'Orsan est en mauvais état. Au vrai, il ne s'est jamais complètement relevé des déprédations commises cent cinquante ans plus tôt par le duc des Deux-Ponts et ses reîtres ; il n'a jamais retrouvé sa prospérité ni son rayonnement d'avant. Ces derniers temps, qui plus est, les seigneurs locaux se sont emparés de maintes propriétés naguère ecclésiastiques – moulins et forges, champs et vignes – tant et si bien que la situation financière du monastère est plus que précaire en ce moment. La prieure Marie de Lagrange vient de dresser un bilan catastrophique des revenus et des dépenses, et de tirer la conclusion que celles-ci dépassent à tel point ceux-là qu'il ne sera bientôt plus possible aux moniales de subsister que par dot ou par donation.

Les moines mangent mal.

Barnabé ne mange presque plus du tout.

Il prie.

Le soir même du décès d'Hélène Denis, le père Thomas tient sa promesse : Barnabé apprend que sa sœur jumelle est condamnée à être pendue et brûlée sur la place publique. Il écoute toute l'affreuse histoire en silence, les lèvres serrées, les sourcils froncés au-dessus de ses orbites vides.

Il passe la nuit à pleurer Barbe, à se remémorer leur première rencontre dans la cour de la ferme, les caresses, les confidences – et soudain, déjà, tournoyant au-dessus de leurs têtes, les chauves-souris. C'est ainsi : sur les talons du bonheur arrive le malheur, à la lumière vitale succèdent les ténèbres de la mort. Si peu de rencontres entre le frère et la sœur ! si peu ! Quatre ou cinq fois, peut-être, ils avaient réussi à se voir, avant la danse des feux de la Saint-Jean derrière l'auberge de Torchay. Et puis ce fut la consultation angoissée, clandestine, dans la chapelle d'Orsan. Ensuite, plus rien. Pendant si longtemps, rien. Et maintenant, ceci. Sa pauvre, pauvre sœur...

Barnabé sent s'écouler les jours, les derniers jours du mois de mai, les jours ultimes de Barbe sur la Terre. Il prie Dieu pour l'âme et le salut de sa jumelle ; à tout hasard il demande conseil aussi à sa mère, mais celle-ci n'est plus sortie de son silence depuis longtemps, depuis son mystérieux avertissement : *"Prends garde !"* Barnabé comprend de moins en moins en quoi consiste la chance de Barbe, en quoi le fait d'être née coiffée a adouci son destin. A moins que leur mère n'ait voulu dire ceci : que sont bénis ceux qui, comme elle-même, la petite bergère chantante, meurent jeunes, délaissant cette vallée de larmes pour aller rejoindre plus tôt leur Créateur. Oui : peut-être, en fin de compte, s'agissait-il tout simplement de cela.

Pourvu que... pourvu qu'elle aille au paradis, se dit Barnabé, mal à l'aise.

Chaque année au prieuré d'Orsan, la Pentecôte est la fête particulière de M. Saint-Cœur : des dizaines de milliers de pèlerins affluent de près et de loin pour rendre hommage à la relique, profiter de ses effets apaisants, et la supplier de guérir, si telle était la volonté divine, leurs maladies (M. Saint-Cœur est réputé spécialement efficace dans les interventions sur l'estomac). Cette année, en outre, comme le prieuré fête son six centième anniversaire,

Marie de Lagrange et les autres sœurs attendent la Pentecôte avec impatience : elles espèrent soutirer aux pèlerins des cadeaux encore plus généreux que d'habitude, en nature et en espèces, qui leur permettront non seulement de rembourser l'intérêt sur leurs dettes mais peut-être même de commencer à reconstruire la sacristie.

Barnabé redoute les foules : de plus en plus, il préfère éviter tout contact avec les autres humains afin de rester à l'écoute de la voix divine. Ce soir, désirant méditer devant M. Saint-Cœur dans la solitude et le recueillement, sans être perturbé par la vue des mendiants, malades, vieillards et pestiférés qui s'agglutinent depuis plusieurs jours déjà autour du monastère, il a demandé et reçu de sœur Marie l'autorisation de rester un instant dans la chapelle après les matines. Ainsi, à trois heures du matin le dimanche de la Pentecôte, Barnabé s'agenouille seul devant le coffre qui renferme les restes piteux de la relique, baisse la tête et s'abîme dans la prière.

Et voilà que par miracle, cinq cent quatre-vingt-seize ans après la mort du célèbre fondateur de l'ordre double de Fontevraud, le Cœur de Robert d'Arbrissel répond au jeune moine aveugle. Il lui dit :

— Va voir ta sœur.

La voix est douce et grave. Elle résonne dans la petite chapelle, d'un timbre clair et sans écho. Barnabé tressaille violemment.

— Quoi ?

— Mais oui, Barnabé. C'est bien moi qui te parle. Il faut que tu ailles à La Chaume, aujourd'hui même, rendre visite à ta sœur en prison. Tu diras que c'est Marie de Lagrange en personne qui t'a envoyé afin de confesser la pauvre pécheresse.

— Mais ce serait mentir !

— Non, non, ne t'inquiète pas, je lui en glisserai un mot à elle aussi. Je lui expliquerai que c'est indispensable, que c'est la seule chose à faire dans les circonstances – et que, de plus, elle me fera plaisir à moi en te donnant son accord. Après tout, c'est ma fête personnelle aujourd'hui et j'ai toujours eu un faible pour les femmes tombées, les mal mariées – celles qui avaient un peu vécu, quoi, dans ce bas monde. Au moins savaient-elles à quoi elles renonçaient.

Barnabé n'en croit pas ses oreilles.

— Les vierges et les nobles veuves, poursuit le Cœur, ne m'ont jamais inspiré que de l'ennui. Elles n'avaient rien vu, rien vécu, rien compris à l'existence humaine. Il s'ensuivait qu'elles n'avaient pas d'humour, pas de conversation, pas de philosophie… Ah ! je t'assure, c'étaient ce qu'on peut appeler des nunuches, des têtes à claques. J'ai dû parfois me retenir de les gifler, avec leurs prières niaises et leurs confessions sans sel. Alors tu comprends, il a bien fallu que je les fasse souffrir un peu – de la faim, du froid, du silence, parfois de quelques coups de fouet aussi – pour qu'au moins il se passe quelque chose dans leur petite tête et leur petite carcasse, avant le trépas. Oh ! oui, je préférais de loin la compagnie des putains et des mamans malheureuses, c'était autrement palpitant. Voilà pourquoi j'ai installé ma paillasse dans leur dortoir à elles – ah ! ce qu'on a pu s'amuser ! On devisait ensemble jusqu'à l'aube, on se racontait des histoires… Ta sœur aussi, Barnabé, elle est formidable. On peut dire qu'elle en connaît un sacré bout, déjà, de ce monde-ci. Je l'aime beaucoup, vraiment. Elle a du chien.

Barnabé s'éclaircit la gorge.

— Ira-t-elle au paradis ? demande-t-il, gêné.

— Hé, ne t'occupe pas de cela. Fais ce que je te dis. Va dans sa prison cet après-midi, je t'ouvrirai le chemin, ne dis à personne que tu es son frère, dis plutôt que tu es son confesseur…

— Mais ce serait mentir ! répète Barnabé.

— Tu n'as que ce mot à la bouche ! Puisque c'est moi qui te l'ordonne ! Tu oses me résister ?

La voix de M. Saint-Cœur se fait menaçante.

— Non, non, c'est bon, dit Barnabé, se demandant si en réalité ce n'est pas le Malin qui lui parle, en contrefaisant la voix de d'Arbrissel. Du reste, comment saurait-il à quoi ressemble la vraie voix de d'Arbrissel ? Il ne l'a jamais entendue…

Le Cœur redevient mielleux.

— C'est tout ce que tu as à faire. Va lui parler, débrouille-toi pour te retrouver seul avec elle, Dieu se chargera du reste.

— Eh ben ! murmure le jeune moine, ébahi.

— Mais oui, eh ben ! Et maintenant, fiche le camp d'ici ! Va vite te coucher et, dès le lever du soleil, demande ta permission de sortie à la prieure.

Moi aussi, il faut que je prenne des forces, pour supporter l'assaut de tous ces pèlerins assommants.

Sœur Marie de Lagrange accepte d'aider Barnabé à se rendre à la ville pour un ultime entretien avec sa sœur condamnée. Elle avoue même s'être étonnée qu'il n'en ait pas fait la demande plus tôt. Bien que débordée déjà par les préparatifs de la grande journée à venir, elle a eu vite fait d'organiser le voyage du jeune moine, embauchant un charretier local pour le conduire, mettant à sa disposition le meilleur carrosse du prieuré, et lui glissant dans la main un morceau de pain pour son déjeuner.

— Sois bien sûr de revenir avant la nuit tombée, n'est-ce pas ?

— Oui, ma mère, dit Barnabé, ému, les joues en flammes. Merci, ma mère.

Cela fait des années, depuis son accident, qu'il ne s'est plus aventuré à l'extérieur des murs rassurants du prieuré. Dès que le carrosse laisse derrière lui la grande cour centrale et s'engage sur la route, sa peau se rétracte de peur. Il a le sentiment d'être nu, exposé, flottant dans l'inconnu, à la merci de tout.

On le dépose sans cérémonie devant la maison d'arrêt de La Chaume. Il tremble en annonçant aux gardiens de la prison le but de sa visite.

— Il me suffira de quelques… quelques petites minutes, balbutie-t-il. Mais il faudrait que je puisse me retrouver seul avec elle, pour… pour la confesser – et puis, pour lui donner les derniers sacrements.

— C'est déjà fait, rétorque l'un des gardiens, à la voix grasse et basse. Le curé d'à côté est venu hier, parce que aujourd'hui, j'sais pas si vous êtes au courant, c'est la messe de la Pentecôte, il a pas que ça à faire.

— Mais c'est l'abbesse elle-même qui m'envoie, insiste Barnabé avec nervosité, se disant, pour apaiser sa conscience, que cette phrase est davantage une exagération qu'un vrai mensonge.

— Remarquez, dit un autre, apparemment plus jeune, avec un petit rire égrillard : c'est pas impossible qu'elle ait commis encore des péchés depuis hier, et qu'elle ait besoin de se confesser à nouveau. Avec une putain comme ça, on sait jamais.

Tout le monde rit à gorge déployée. La discussion continue quelque temps ainsi, ponctuée de gros éclats de rire, tantôt aux dépens de la jeune femme et tantôt du moine aveugle. Barnabé ne sait plus à quel saint se vouer. Cela fait si longtemps qu'il n'a eu de commerce qu'avec des moniales et des anges, il ne sait plus parler aux gens ordinaires. Ces êtres l'effraient par leur vulgarité bornée et méchante, mais c'est sans doute lui qui a oublié comment les prendre du bon côté. Après tout, ce sont des créatures de Dieu...

Enfin il sent quelqu'un s'emparer brusquement de son bras et le tirer hors de la pièce.

— Vous refusez ma requête ? demande Barnabé, cramoisi.

— Au contraire ! répond l'autre, jubilant. On y accède, mon frère, on y accède ! C'est juste qu'on savait pas où vous mettre, vous et la putain, pour vous voir entre quat'z'yeux. Et puis on s'est rendu compte qu'il y avait qu'un seul lieu où vous seriez, si j'ose dire, *à l'aise*... ha, ha, ha !... Mais peut-être que ces choses-là, ça vous connaît pas, hein ? Ça chie, les moinillons ?

Tout en rigolant et en le poussant du coude, l'homme traîne Barnabé le long d'un corridor ; le pauvre moine est trop effaré à l'idée de buter contre quelque chose pour écouter ce qu'on lui dit. Soudain il sent sous ses pieds de la terre molle et de l'herbe. Il entend une porte s'ouvrir et, la seconde d'après, se sent projeté en avant... Il heurte du front une planche de bois humide, une odeur immonde assaille ses narines ; il comprend qu'il va passer ses derniers instants avec sa sœur à l'intérieur de latrines.

— Voilà, putain ! grommelle l'autre homme, s'adressant à Barbe. Ton dernier confessionnal ! Comme ça, tu pourras te débarrasser des dernières vétilles qui te pèsent sur la conscience. Ha ! ha ! tu te l'es ben fourrée dans le cul, ta conscience aussi !?

A son tour, Barbe est projetée dans la noirceur et la puanteur.

— Barnabé ! murmure-t-elle, incrédule, en reconnaissant son frère.

Les jumeaux s'étreignent tendrement dans les lieux d'aisance.

Le soleil de juin parvient à glisser quelques rais jaunes à travers les fentes de la cabane : peu à peu, les yeux de Barbe s'habituent à l'obscurité.

— Barnabé ! répète-t-elle – mais, cette fois, sa voix est remplie d'épouvante.

— Ma sœur, ma petite sœur, dit le moine. Je dois avoir l'air horrible, pardonne-moi. C'est vrai, tu ne savais pas. Mais ce n'est pas moi qu'il faut plaindre, ma douce Barbe, c'est toi… Oh ! mon Dieu, poursuit-il, lui palpant le visage et le crâne. Mon pauvre ange, qu'est-ce qu'on t'a fait ? Tu as la tête rasée ?

— La tête et toutes les parties poilues du corps, dit Barbe en riant. Je suis aussi chauve que toi ! C'est pour préparer la cérémonie de demain.

Les orbites vides du moine sécrètent quelques larmes, qui glissent sur ses joues glabres.

— Pleure pas, mon frère, murmure Barbe. Je t'assure que tout va bien se passer. Et tu sais pourquoi ? Parce que j'ai gardé le bébé avec moi !

— Tu as… tu as… ?

Barnabé est décontenancé mais la jeune femme a du mal à refréner sa joie.

— En plus, dit-elle, il s'appelle Barnabé comme toi ! Je l'ai nommé pour toi, mon frère ! Et je lui avais promis que je te le présenterais un jour, seulement je savais pas comment faire… Et voici que Dieu a entendu ma prière, une fois de plus ! Tu peux pas savoir comme je me sens proche de Dieu en ce moment, Barnabé. Depuis Noël, depuis que mon fils est né le même jour que le Sien, Il me

335

quitte plus, on se parle sans arrêt, c'est merveilleux !
J'ai jamais été aussi heureuse…

— Comme c'est étrange, dit le moine, lentement, comme pour lui-même. Moi, j'ai l'impression qu'au contraire… bien que je passe mon temps à prier, Dieu s'est éloigné de moi. Je sens Sa présence de moins en moins souvent. Quant à notre mère, elle n'est plus venue me voir depuis des mois… Et ce matin, je t'avoue que je me suis demandé un moment si ce n'était pas… l'Autre qui me conseillait de venir te voir ici.

— Quelle idée ! Comme tu es drôle, frérot ! Oh mon pauvre chéri…

— Il faut que je te dise autre chose, Barbe… Le père Thomas est venu à Orsan le mois dernier, m'apporter des nouvelles du monde : rien que des nouvelles tristes. C'est lui qui m'a dit… pour toi… Et il m'a appris aussi… que… Hélène Denis nous a quittés, juste après Pâques.

— Oh !

— Elle est morte de dysenterie… mais en plaisantant, jusqu'à la dernière minute ! Il me l'a juré.

Un temps, chacun plongé dans ses pensées, le frère et la sœur se taisent.

L'idée leur vient à tous les deux au même instant exactement. Ils sursautent ensemble, tant est abrupte et surprenante l'arrivée simultanée de cette idée dans leurs deux cerveaux. A partir de cet instant, ils ne font plus que chuchoter.

— Tu en es sûr, Barnabé ?

— Mais oui, c'est évident. C'est pour cela que j'ai été envoyé ici.

— Tu ferais ça pour moi ?

— Pour toi… et pour ton petit aussi.

— Oui. Pour Sa Majesté Barnabé II.

Ils pouffent de rire, mais sans faire de bruit.

— Raconte-moi, reprend Barbe. Comment dois-je faire ?

— Tu te dissimuleras le visage avec le capuchon de mon habit. Ce n'est pas difficile de jouer les aveugles : tu n'as qu'à bien fermer les yeux et à te laisser guider jusqu'au carrosse. Le contact des gardiens n'est pas de velours, mais tu en as l'habitude.

— Et ensuite ?

— Ensuite, quand tu seras installée sur le siège arrière, garde le capuchon bien baissé sur ton front mais ouvre l'œil. Vous vous arrêterez forcément à la sortie de la ville pour tourner à gauche. Le charretier aura passé l'après-midi au cabaret, il sera probablement en train de chanter ou d'engueuler les chevaux à ce moment-là ; de toute façon, dès qu'il s'arrête au carrefour, toi tu te glisses en bas et tu files ! Tu sais encore détaler comme un lapin et disparaître comme un lézard ?

— Je crois que oui, mon frère.

Un ange passe.

— Et quant à moi ? demande Barnabé.

— Oh ! on te fera plus rien. Cette robe-ci, c'est la robe de la pendaison… elle gratte, n'est-ce pas ? Tiens, je te l'ajuste… voilà, ça te va à merveille. T'as pas plus de poils aux jambes que moi, frérot !

— Et toi, toujours pas plus de seins que moi, sœurette !

— Eh ! ben non, c'est vrai… Donat m'appelait la fouine.

— Qui est-ce, Donat ?

— Oh ! ça ne fait rien. C'était il y a longtemps… Donc, on va te prendre et te jeter dans la cellule, c'est un trou noir, j'y vois pas plus clair que toi… Et puis demain matin, avant de te conduire au gibet, on te mettra un bandeau sur les yeux et on te ligotera les mains… Donc tu crains rien, tu seras guidé comme d'habitude !

— C'est parfait. Pour demain c'est parfait, je ne vois pas de problème. Mais là, maintenant, en sortant d'ici… Si jamais on remarquait mes yeux ?

— Oh, tu sais, on me regarde pas de très près, je suis un objet d'horreur. Mais tiens, je te donne ce chiffon, c'est la couverture de mon petit garçon mais je lui en trouverai une autre… Comme ça, en sortant, tu te couvriras les yeux avec, comme si t'étais en train de pleurer. D'ici le cachot, ils y verront que du feu.

— Tu es formidable, Barbe. Je t'adore.

— Moi aussi, Barnabé. Je t'ai toujours adoré, et maintenant je t'adorerai toujours. Tu sais encore imiter ma voix ?

Barnabé, après avoir marqué un petit silence, s'éclaircit la gorge et dit, en écho impeccable :

— Tu sais encore imiter ma voix ?

Ils s'étreignent, étouffant leur rire dans le cou l'un de l'autre.

— Je te remercie, petite sœur, dit Barnabé enfin. Depuis longtemps déjà, mourir est mon vœu le plus cher.

— Moi aussi je te remercie. C'est bien ça que Dieu voulait, n'est-ce pas ?

— C'est sûr. C'est absolument sûr.

LE CARNET *SCORDATURA*

Mais que faites-vous ?

Je m'amuse comme une petite folle, voilà ce que je fais.

C'est inadmissible ! La Sonate de la Résurrection *se termine par la pendaison de Barbe, vous le savez bien, vous le savez depuis le début. C'est une tragédie !*

Désolée, ça ne l'est plus.

Mais si ! C'est une tragédie, basée sur un fait divers authentique.

C'est impayable : c'est *vous* maintenant qui voulez que je m'en tienne aux faits ? Voyons, je croyais que c'était le boulot du bon Dieu, ça ! Barbe a raison : vous êtes bonnet blanc et blanc bonnet, tous les deux.

Comment osez-vous transformer cette histoire en vaudeville ?

Ah… si j'apprends à attraper des rires comme autant de poissons étincelants dans l'eau courante du langage, dans le fleuve ondulant du langage… qui sait ? peut-être que Sol aimera, cette fois-ci ! Ça le fera peut-être rire si fort qu'il n'aura d'autre choix que de se jeter à mes pieds et de demander ma main.

Vous voudriez épouser Sol ?

Ben, non.

Alors arrêtez de faire l'imbécile. Regardez comme votre style a dégénéré, depuis que vous m'avez chassé à coups de pied !

Ah ! Au moins reconnaissez-vous que j'ai encore des pieds ! Vous prétendiez, n'est-ce pas, que j'aurais les jambes coupées…

Nada. On ne peut pas raconter n'importe quoi dans un roman. Votre nouvelle idée est farfelue, invraisemblable. Croyez-moi, personne ne marchera ! On ne vous prendra plus jamais au sérieux !

Nadia, je m'appelle.

Du reste, pourquoi m'avoir demandé de faire exister votre frère jumeau, si c'était pour le zigouiller à la fin de toute façon ?

Posez la question à Dieu. Il a fait la même chose avec Son Fils à Lui. Si, si, cela en valait la peine, mon cher *daimôn*. J'ai d'excellentes raisons de faire ce que je fais. Enfin, grâce à la *Sonate de la*

Résurrection, je pourrai abandonner le fantasme de mon frère jumeau comme Témoin parfait, regarder sa mort en face – oh, ça fait mal ! ça fait vraiment mal ! quel soulagement de ressentir enfin de la douleur ! – et être moi-même. Tantôt seule, tantôt avec d'autres, que ces autres soient réels ou imaginaires, vivants ou morts…

Je ne l'admettrai pas !

C'est bientôt votre tour, mon pote. Car il ne faut pas l'oublier, vous n'êtes ni plus ni moins qu'un de mes personnages. C'est moi qui vous ai donné vie, et je peux me débarrasser de vous à tout moment. Il me semble que vous êtes devenu, comment dire… de trop. Un diable qui joue du violon, ce n'est déjà pas mal, mais pensez-y : un violon se jouant tout seul ! Tirant de ses propres profondeurs de fabuleux accords de mémoire et d'imagination ! Voilà ce que moi j'appelle de la magie ! Le *diabolus in musica* ce n'est rien, comparé à mes nouveaux intervalles !… Passant de l'harmonie à la dissonance, de l'accord au désaccord… Ecoutez, sérieusement. J'en ai fini avec les jamais et les toujours, les tout et les rien. Dorénavant j'embrasserai les mixtures, les choses mitigées, et me contenterai de morceaux de perfection (comme on dit : morceaux de musique). L'Enfer et le Paradis sont tous les deux *ici*, sur Terre. Nulle part ailleurs. Nulle part ailleurs. *Daimôn*, vous ne voyez pas ? Jamais vous ne l'emporterez. Toute résolution de désespérer est annulée en un clin d'œil par le visage d'un enfant, le sourire d'une amie, la beauté d'un poème, d'un tableau ou d'une fleur…

Mais je crois rêver !

… non parce que ces choses sont une raison d'espérer (ne vous en faites pas, je n'irai pas jusque-là !) mais parce qu'elles *sont*. Point à la ligne. *No future*. Je crois aux personnages de mon roman de la même façon que les paysans superstitieux croient aux fantômes, ou les mères en leurs enfants : non parce qu'ils espèrent en tirer quelque chose, mais parce qu'ils sont *là* : de façon aussi irréfutable que miraculeuse. Le désespoir est exactement aussi débile que l'espoir, ne voyez-vous pas ? La vérité n'est ni la lumière permanente éblouissante, ni la nuit noire éternelle ; mais des *éclats* d'amour, de beauté et de rire, sur fond d'ombres angoissantes ; mais le scintillement bref des instruments au milieu des ténèbres (oui, car la musique ne se perçoit que grâce au silence, le rythme grâce à l'étendue plane) ; mais des rayons de soleil s'infiltrant entre les planches pourries des latrines où Barbe et Barnabé viennent de s'embrasser pour la dernière fois…

Vous vous rendez ridicule.

On ne peut plus me faire peur avec ce mot-là !… Dans la deuxième partie du livre, Barbe s'acheminera jusqu'à Paris, elle apprendra à lire et à écrire, Louis XIV décédera et sera remplacé sur le trône par Louis XV, Barbe deviendra célèbre dans la capitale par ses dons en tant que guérisseuse, consolatrice, défaiseuse de sorts, faiseuse d'anges et réparatrice des cœurs brisés ; vers le milieu du siècle elle aura une aventure avec Jean-Jacques Rousseau, son cadet de vingt-six ans (ah ! Stella devrait aimer ça !), elle lui racontera son histoire, il lui apprendra à lire la musique et à chanter, elle vivra très très vieille, Louis XV décédera et sera remplacé sur le trône par Louis XVI, Barbe continuera de faire de bonnes affaires comme sorcière, peut-être finira-t-elle par se faire arrêter et enfermer dans l'horrible hôpital général de La Salpêtrière mais, si c'est le cas, elle y fomentera une révolte, poussant les mendiantes, les prostituées, les lépreuses, les syphilitiques et les folles à se soulever : tout est possible, tout est possible, elle n'aura que cent ans en 1786 et elle peut très bien avoir eu un pressentiment de la Révolution française... Elle est maligne, vous savez.

...

Voyons, cher *daimôn*, il ne faut pas avoir l'air si abattu ! Souvenez-vous de ce que disait le Méphistophélès de Goethe : "Il n'y a rien au monde de plus absurde qu'un diable qui désespère." Non, sérieusement. Il ne faut pas vous affliger. Il y a encore des millions de gens qui seront ravis de vous accueillir dans leur cœur. Le mien est rempli maintenant, il est même surchargé. Tout est réservé à l'avance, jusque bien avant dans le XXIᵉ siècle. Plus de place pour la haine. Je regrette. Plus de place.

344

Et… les hortensias ?

Ah ! justement. Mr Harley vient d'appeler. Il m'invite à venir voir ses hortensias le week-end prochain.

Mais… voudriez-vous vivre avec Mr Harley *?*

Ben, non. Mais ils sont en fleur en ce moment, me dit-il. C'est magnifique, il faut venir voir comme c'est magnifique, la douce explosion sphérique, les cumulus de pétales – et les couleurs, mon Dieu ! rose, blanc, vert, mais surtout les bleus, oh ! toutes les nuances de bleu, depuis le mauve pâle du ciel matinal jusqu'à l'indigo profond des nuits d'été – venez les voir ! me dit-il. Et vous savez, ajouta-t-il, les plus beaux de tous les hortensias, ce sont ceux de l'an dernier qui se trouvent dans ma maison. Je les ai séchés la tête en bas, et le résultat est surprenant. Tons de rouille, lie-de-vin, perle et bruyère. Vraiment, il faut venir voir ça. Vous n'êtes jamais entrée dans ma maison. J'aimerais vous garder à dîner, si vous avez le temps.

TABLE

BABEL

Extrait du catalogue